AARGAUER GRAUEN

Ina Haller lebt mit ihrer Familie im Kanton Aargau, Schweiz. Nach dem Abitur studierte sie Geologie. Seit der Geburt ihrer drei Kinder ist sie »Vollzeit-Familienmanagerin« und Autorin. Zu ihrem Repertoire gehören Kriminalromane sowie Kurz- und Kindergeschichten.

www.facebook.com/autorininahaller
www.instagram.com/ina.haller.autorin/
www.inahaller.ch

INA HALLER

AARGAUER GRAUEN

Kriminalroman

emons:

Bibliografische Information der Deutschen Nationalbibliothek
Die Deutsche Nationalbibliothek verzeichnet diese Publikation
in der Deutschen Nationalbibliografie; detaillierte bibliografische
Daten sind im Internet über http://dnb.d-nb.de abrufbar.

© Emons Verlag GmbH
Alle Rechte vorbehalten
Umschlagmotiv: arcangel.com/Karina Vegas
Umschlaggestaltung: Nina Schäfer, nach einem Konzept
von Leonardo Magrelli und Nina Schäfer
Umsetzung: Tobias Doetsch
Gestaltung Innenteil: DÜDE Satz und Grafik, Odenthal
Druck und Bindung: CPI – Clausen & Bosse, Leck
Printed in Germany 2024
ISBN 978-3-7408-1868-5
Originalausgabe

Unser Newsletter informiert Sie
regelmäßig über Neues von emons:
Kostenlos bestellen unter
www.emons-verlag.de

Für Becca – härzleche Dank
für die inspirierende Gschpröch

Prolog

»Es tut mir leid.«

Er hielt mir die Hand hin, die ich aber nicht ergriff. Stattdessen starrte ich ihn an. Sein Gesicht war fahl, und er stand da, als könnte er sich nicht aufrecht halten.

Er war ein guter Schauspieler, das musste ich ihm lassen. Jeder, der nicht Bescheid wusste, würde diesem Mistkerl die Qualen und innere Zerrissenheit abkaufen, die er zur Schau stellte. Aber ich wusste es besser.

Ich warf meiner Mutter einen Seitenblick zu. Sie stand mit durchgestrecktem Rücken neben mir, als habe sie einen Stock verschluckt. Nichts war von dem quirligen kleinen Energiebündel übrig geblieben. In der vergangenen Woche war sie um Jahre gealtert. Sie sah hager und zerbrechlich aus und machte den Anschein, als könnte ein leichter Windhauch sie umwehen. Das schwarze, wadenlange Kleid verstärkte diesen Eindruck.

Mein Blick wanderte und blieb an dem viereckigen Loch hängen. Die Urne konnte ich von meinem Standort nicht sehen, aber ich wusste, dass sie in dem Grab lag. Erst vor wenigen Minuten hatte ich eine weiße Rose in das Loch geworfen und meine Mutter gestützt, als ihre Knie nachzugeben drohten.

Er behielt die Hand ausgestreckt. Seinen flehenden Blick konnte ich fast nicht ertragen.

Du Schwein, hätte ich ihm am liebsten entgegengeschrien. Mörder!

Nach wie vor konnte ich mir nicht verzeihen, mich so in ihm getäuscht zu haben.

Ich riss mich zusammen, da ich kein Aufsehen erregen wollte. Ich hatte keine handfesten Beweise gegen ihn, obwohl ich mir seiner Schuld sicher war.

Meiner Mutter wäre es am wenigsten dienlich, wenn ich die Kontrolle verlöre. Das konnte ich ihr nicht antun.

Ich presste die Zähne aufeinander und ergriff seine Hand.

Seine Erleichterung war deutlich. »Danke«, sagte er kaum hörbar.

»Ich habe zu danken, dass du gekommen bist«, zwang ich mich zu sagen.

»Bitte lass mich wissen, wenn ich etwas für dich – euch tun kann. Immerhin war er ... mein bester Freund.«

Von wegen bester Freund – verlogener ging es nicht. Dieser Glaube hatte meinem Vater das Leben gekostet.

Ich schaute ihm nach, wie er sich entfernte. Zuerst war der Gang schlurfend, wurde aber federnder, je näher er dem Ausgang kam. Beim schmiedeeisernen Tor war es, als würde er vor Erleichterung über den Boden schweben.

Wieso kam er ungeschoren davon? Das durfte nicht sein. Doch es fehlten die Beweise.

»Kommt er nachher nicht mit zum Essen?«, fragte meine Mutter so leise, dass es beinahe vom Rascheln des Laubes übertönt wurde.

Er drückt sich, lag mir zuvorderst auf der Zunge. »Ich denke nicht«, sagte ich stattdessen laut.

»Lass uns gehen«, flüsterte sie. »Die Leute warten.«

Der Leichenschmaus. Warum sie darauf bestanden hatte, konnte ich nicht nachvollziehen.

»Dein Vater hätte es sich gewünscht«, hatte sie mir erklärt. Ich teilte die Meinung nicht, hatte es aber dabei belassen.

Ich legte den Arm um meine Mutter, warf einen letzten Blick zum Grab und führte sie den gleichen Weg zum Ausgang, den er eben genommen hatte.

Sein Wagen war verschwunden. Feigling. Gleichzeitig nahm ein Entschluss in meinem Kopf Gestalt an. Wenn es die Polizei nicht schaffte, ihn zur Rechenschaft zu ziehen, würde ich das tun. Zwar wusste ich nicht, wie, aber ich war mir sicher, mir würde etwas Passendes einfallen.

EINS

»Der Preis ist überrissen«, sagte Andrina, als sie mit Enrico das Geschäft verlassen hatte und sie gemeinsam zu seinem Auto gingen. Anfang Woche hatte ihre fast dreißigjährige Waschmaschine ihren Dienst quittiert. Eine Reparatur wäre teurer als eine Neuanschaffung, hatte der Monteur erklärt. Enrico hatte einen Beratungstermin für heute Donnerstagabend abmachen können. Das passte gut, da Andrina dienstags und donnerstags im Cleve-Verlag war, in dem sie als Lektorin arbeitete. Den Rest ihres Fünfzig-Prozent-Pensums erledigte sie im Homeoffice. Enrico und Andrina hatten sich um kurz vor sechzehn Uhr in der Stadt verabredet.

»Das, was er angeboten hat, hat mich nicht überzeugt«, sagte Enrico und holte den Autoschlüssel hervor. Statt den Motor zu starten, trommelte er mit den Fingern auf das Steuerrad.

»Was ist?«, fragte Andrina.

»Wann müssen wir Rebecca abholen?«

»Heute gar nicht. Sie übernachtet bei Seraina.«

Wenn Andrina ihre Verlagstage hatte, kümmerte sich ihre Schwester Seraina um Andrinas und Enricos zweieinhalbjährige Tochter. Andrina war froh um diese Unterstützung. Heute löste Seraina das längst überfällige Versprechen ein, dass Rebecca bei ihr über Nacht bleiben durfte.

»Richtig«, sagte Enrico. »So haben wir unseren freien Abend.«

»Genau. Es hat mit der Reservation beim Chinesen geklappt.« Andrina schaute auf die Uhr. »Um halb acht müssen wir dort sein, also in drei Stunden.«

Nach wie vor startete er nicht den Wagen, sondern drehte sich um und schaute auf die Rückbank.

»Was ist los?«, wiederholte Andrina.

»Gregor Hartmann ist krank.«

Als sie am Mittag miteinander telefoniert hatten, hatte Enrico es erwähnt. Den Finanzchef von Enricos Pharmaunternehmen JuraMed musste eine üble Grippe erwischt haben. »Ausgerechnet zum dümmsten Zeitpunkt«, hatte Enrico gesagt. Etwas stimmte mit dem Monatsabschluss beim Wareneinsatz nicht, und Gregor hatte realisiert, dass der Fehler bereits im Halbjahresabschluss unbemerkt geblieben war. Was falsch war, hatten sie bisher nicht finden können. Gregor hatte in der E-Mail, mit der er Enrico informiert hatte, gebeten, ihm den Laptop zu bringen. Er würde von zu Hause aus arbeiten.

»Ja?«, fragte Andrina, da Enrico nichts weiter sagte.

»Ursprünglich wollte ich Fadrina darum bitten, habe es aber vergessen. Als es mir wieder einfiel, war sie schon weg. Sie musste am Nachmittag früher gehen. Nun muss ich den Job übernehmen.« Er deutete auf die Rückbank.

Andrina bemerkte die zweite Tasche. »Dafür ist Zeit genug«, sagte sie.

Fünf Minuten später fuhren sie über die Kettenbrücke. Nein, dachte Andrina. Die Steinbrücke war der Ersatz für die alte Kettenbrücke und hieß Pont Neuf. Beim Kreisel nahmen sie die zweite Ausfahrt und bogen vor dem Feuerwehrdepot in das Aarepark-Quartier ab.

»Darfst du hier parken?« Andrina schaute auf die gelbe Markierung.

»Gregor hat mir gesagt, ich dürfe hier das Auto abstellen. Sonst müsste ich zahlen.« Er zeigte auf den Parkautomaten.

»Möchtest du warten oder mitkommen?« Enrico griff nach der Laptoptasche.

»Ich komme rasch mit.«

Andrina und Enrico stiegen aus und gingen an dem Veloparkplatz im überdachten Bereich vorbei. Sie bogen in einen schmalen Weg ein und gingen zur Siedlung mit den dreistöckigen grauen Häusern. Zwischen den parallel angeordneten Hausreihen hatte es einen Rasen oder einen Kiesplatz mit Pingpong-Tischen und Schaukeln. Hecken bildeten einen Sichtschutz zu den Sitzplätzen im Parterre.

Andrina lief hinter Enrico zu einem Hauseingang. Von hier aus hatte sie Sicht auf die Aare und die Altstadt mit der Stadtkirche am gegenüberliegenden Ufer.

Die Glastür wurde von einem grauhaarigen Mann von innen aufgestoßen, und er trat zur Seite.

Andrina folgte Enrico in den ersten Stock. Vor der einen Wohnungstür stand eine schwarz gekleidete, hagere Frau, die kleiner als Andrina war. Sie streckte die Hand zur Klingel aus, schüttelte den Kopf und zog sie zurück, ohne auf den Knopf gedrückt zu haben. Einige Sekunden später wiederholte sie das Prozedere.

»Kann ich Ihnen helfen?«, fragte Enrico.

Die Frau fuhr herum.

»Was wollen Sie von Gregor Hartmann?«, fragte Enrico, als die Frau nichts sagte und ihn anstarrte.

»Er hat das Gemüse nicht reingenommen«, sagte sie und zeigte auf einen Papiersack, der auf der Fußmatte stand. »Er hat mich gestern gefragt, ob ich ihm heute Gemüse und Eier vom Hof mitbringen könne, an dem ich regelmäßig frische Produkte kaufe. Aber der Sack steht nach wie vor so da, wie ich ihn heute am frühen Nachmittag hingestellt hatte. Vielleicht ist Gregor noch nicht nach Hause gekommen.«

Andrina und Enrico schauten einander fragend an.

»Wer sind Sie?« Die Frau verschränkte die Arme vor der Brust. Misstrauen hatte den Schrecken und die Verwunderung abgelöst.

Enrico stellte Andrina und sich vor und erklärte, warum sie gekommen waren.

»Das sieht Gregor ähnlich«, sagte die Frau. »Obwohl er krank ist, will er sich nicht schonen. Ich bin Lucia Widmer«, sie reichte Andrina und Enrico die Hand, »die Nachbarin.« Sie wies auf die gegenüberliegende Tür. »Das passt nicht zu ihm. Er hätte mir Bescheid gegeben, wenn er krank ist«, sagte sie.

»Kennen Sie Gregor gut?«, fragte Enrico.

Die Wangen der Frau färbten sich rosa. »Ja, nein. Wir unternehmen hin und wieder etwas zusammen. Wissen Sie, mein

Mann ist vor vier Jahren früh – zu früh – gestorben, und Gregor hatte diese unschöne Trennung von seiner Frau. Das hat uns … zusammengeschweißt.«

Enricos Mundwinkel zuckten. Andrina bemühte sich um einen nichtssagenden Gesichtsausdruck.

»Wir waren verabredet. Ich wollte uns zur Feier des Tages etwas Feines kochen.«

»Er öffnet nicht?« Enrico zeigte auf die Tür.

»Nein. Ich mache mir Sorgen.« Lucia Widmer klopfte gegen die Tür. »Gregor?«

»Ist die Tür vielleicht offen?«, fragte Enrico.

»Nein. Aber ich habe seinen Schlüssel – wenn er nicht da ist. Damit ich Pflanzen gießen und den Briefkasten leeren kann.«

Wieso behielt sie den Schlüssel, wenn Gregor nicht in den Ferien war?

»Ich wollte aber nicht einfach reingehen.«

»Ich denke, das ist ein Notfall«, sagte Enrico.

Notfall, dachte Andrina. War das nicht übertrieben? Es konnte einen simplen Grund geben, weswegen er die Tür nicht öffnete oder das Telefon nicht abnahm: Er könnte schlafen, um sich auszukurieren. Auf der anderen Seite würden sie sich Vorwürfe machen, sollte er ernsthafter erkrankt sein und sie hätten nichts unternommen.

Lucia Widmer holte einen Schlüsselbund hervor, an dem vier oder fünf Schlüssel waren. Nervös spielten ihre Finger mit den einzelnen.

»Okay«, sagte sie.

»Gregor?«, rief sie, als sie die Wohnungstür geöffnet hatte. »Ich bin es.«

Keine Antwort.

Zögernd machte sie einen Schritt ins Innere und rief nochmals seinen Namen.

Andrina kam sich wie ein Eindringling vor, als sie hinter Enrico und Lucia die Wohnung betrat. Sie blieben in dem kleinen Entrée stehen. Obwohl aufgrund des Nebelwetters die Dämmerung bereits eingesetzt hatte, brannte kein Licht.

Lucia Widmer schaltete das Licht ein.

»Gregor?«, rief sie zum vierten Mal.

Auch dieses Mal kam keine Antwort.

Von ihrem Standort aus hatte Andrina einen direkten Blick ins Wohnzimmer, das wie der Eingangsbereich mit schwarzen Bodenplatten belegt war. Einer der drei Spots der Deckenlampe war darauf gerichtet. Sie erkannte im Wohnzimmer einen Teil eines hellgrauen Sofas und eines Glastischchens. An den weißen Wänden hingen wie neben der Garderobe, vor der Andrina stand, abstrakte farbenfrohe Bilder. Zu Andrinas Linken war eine Tür, hinter der sie das Gästebad vermutete.

Der Korridor führte ein Stück geradeaus, bevor er einen Knick machte.

»Gregor?«, rief Lucia Widmer von Neuem. »Ich bin es.«

Stille. Nicht einmal ihr Atmen war zu hören. Es war, als hielten alle gleichzeitig die Luft an.

»Vielleicht ist er nicht da«, sagte Enrico.

»Wo sollte er sein? Immerhin waren wir verabredet, und Ihrer Angabe zufolge ist er krank und konnte daher nicht zur Arbeit gehen. Da wird er kaum unterwegs sein.« Lucia Widmer klang entrüstet. Sie bog um die Ecke – zielgerichtet.

Enrico schien ähnlich unschlüssig wie Andrina zu sein. Er trat zur Tür, die ins Wohnzimmer führte, schaltete das Licht ein und schaute sich um. Andrina betrachtete eins der Bilder. Es war in Rot-, Gelb- und Blautönen gehalten. Schwarze Flecken waren unregelmäßig über die Leinwand verteilt. In dem für Andrina wirr anmutenden Muster konnte sie nicht erkennen, was das Bild darstellen sollte. Sie trat näher heran. Ein ungefähr ein Zentimeter großer rot-schwarzer Punkt bewegte sich über die Fläche, und Andrina zwinkerte. Der Punkt setzte den Weg vom linken zum rechten Bildrand fort. Nun erkannte Andrina, dass es sich um eine Spinne handelte, die über die Fläche krabbelte. Sie rümpfte die Nase und wich einen Schritt zurück. Die Spinne war stehen geblieben, und es war Andrina, als starrte diese sie an.

Andrina wandte sich dem nächsten Gemälde zu. Moment

mal. Sie drehte sich zum ersten Bild zurück. Das konnte nicht sein. Vorsichtig beugte sie sich vor.

»Enrico, kannst du bitte herkommen?«

Enrico stieß sich vom Türrahmen ab, gegen den er sich gelehnt hatte.

Ein Schrei ließ sie zusammenfahren.

»Das war Frau Widmer«, sagte Enrico und eilte in die Richtung, in die Lucia Widmer vorhin verschwunden war. Andrina folgte ihm.

Lucia Widmer stolperte aus einem Raum heraus und verlor das Gleichgewicht. Knapp konnte Enrico sie auffangen. Sie klammerte sich an ihm fest. Schluchzer schüttelten ihren Körper.

»Ich habe geahnt, dass etwas nicht stimmt«, stammelte sie.

»Was ist …«, setzte Enrico an.

»Dort.« Sie löste sich von Enrico, stützte sich an der Wand ab und deutete in den Raum.

Andrina erblickte Gregor Hartmann auf dem Bett. Er lag auf dem Rücken und starrte mit aufgerissenen Augen zur Decke. Der Mund war wie zu einem Schrei geöffnet. Die Bettdecke war zur Hälfte auf den Boden gerutscht. Die andere Hälfte lag über ihm ausgebreitet. Mit den Händen hatte er sich daran festgekrallt.

Enrico trat ans Bett, legte die Finger gegen Gregors Hals und verharrte in dieser Position eine für Andrina erscheinende Ewigkeit. Als er aufschaute, war die gesamte Farbe aus seinem Gesicht gewichen.

Lucia Widmer stierte auf das Glas, das Andrina vor sie auf den Küchentisch stellte.

Sie hatten in Gregors Küche auf die Polizei gewartet. Die beiden Beamten waren wenig später eingetroffen, nachdem Enrico den Notruf gewählt hatte. Sie hatten kurz mit ihnen gesprochen und sie danach gebeten, die Wohnung zu verlassen, sich aber für Fragen zur Verfügung zu halten.

Sie waren in Lucia Widmers Wohnung gegangen. Enrico

stand vor der halbhohen Küchenanrichte, die den offenen Küchenbereich vom Wohnzimmerteil abtrennte, und schaute auf einen imaginären Punkt an der Wand. Gregor muss einen Herzinfarkt gehabt haben, dachte Andrina. Enrico hatte die Vermutung geäußert, Gregor sei schon länger tot. »Seine Haut war klamm und kalt«, hatte er Andrina zugeflüstert.

Lucia Widmers Schluchzer waren abgeebbt, und Stille hatte sie abgelöst. Mit der Stille kam Andrina weniger zurecht als mit der aufgelösten Frau.

Verstohlen musterte Andrina Küche und Wohnzimmer. Wie in Gregors Wohnung hatte es schwarze, längliche Bodenplatten. Die Wände waren beige gestrichen, wobei der Braunton der Wand hinter dem Tischchen mit dem Fernseher dunkler war. Die beiden Wohnungen schienen gleich unterteilt zu sein.

Lucia Widmers Küchenmöbel waren ländlich rustikal und weiß lasiert, was zur übrigen Einrichtung in Andrinas Augen nicht passte. Die Küche erinnerte Andrina an ein Bauernhaus in Norddeutschland, in dem Enrico und sie bei einer Rundreise einmal übernachtet hatten. Die Wohnzimmereinrichtung dagegen war modern gehalten und machte einen kühlen Eindruck.

Alles war blitzblank geputzt. Auf der dunklen Anrichte standen ein Wasserkocher und eine Kaffeemaschine. Eine Schüssel mit grünem Salat befand sich davor, und auf dem Herd waren ein Topf und eine Bratpfanne. Ein Holzbrett mit geschnittenen Zwiebeln, ein Teller, auf dem zwei Steaks lagen, und eine Schüssel mit getrockneten Pilzen standen daneben. Lucia Widmer hatte offenbar mit den Vorbereitungen für das Nachtessen begonnen.

Wieso war sie während der Vorbereitungen zu Gregor gegangen? Andrina hätte das erst getan, wenn er nicht zum verabredeten Zeitpunkt gekommen wäre. Oder wollte er früher kommen, und hatten sie vorgehabt, gemeinsam zu kochen?

»Herr Bianchi?«, kam eine Männerstimme aus dem Entrée. »Frau Widmer?«

Lucia Widmer zuckte zusammen und bemühte sich, langsam aufzustehen.

»Ich übernehme das«, sagte Enrico und verließ die Küche. Personen, die leise miteinander sprachen, waren zu hören. »Einige Fragen …«, meinte Andrina herauszuhören. Die Stimmen entfernten sich, und neue Stille setzte ein, die nur vom Brummen des Kühlschranks gestört wurde.

Andrina führte Lucia Widmer zu einem Sessel. Sie beugte sich vor und nahm deren Hände. Sie waren eiskalt.

Lucia Widmer rührte sich nach wie vor nicht, und Andrina wusste nicht, wie sie sich verhalten sollte.

»Ich hätte früher nachschauen sollen«, sagte Lucia Widmer unvermittelt. »Den ganzen Tag hatte ich das Gefühl, es stimme etwas nicht. Warum habe ich nicht darauf gehört?« Sie holte zitternd Luft.

Fieberhaft überlegte Andrina, was sie darauf erwidern sollte. Mehr, als Lucia Widmers Hände zu halten, fiel ihr nicht ein, und sie verwünschte sich für die Hilflosigkeit.

»Ich selbst habe mich heute auch nicht gut gefühlt und bin nicht zur Arbeit gegangen. Absagen wollte ich unser gemeinsames Essen trotzdem nicht. Während ich im Bett lag, ist er gestorben, und ich habe nichts davon mitbekommen.« Ihre Finger schlossen sich fester um Andrinas Hände. »Wieso stirbt er einfach? Gregor war kerngesund«, fuhr Lucia Widmer fort. »Er trieb regelmäßig Sport und hat bei einigen Marathons mitgemacht. Beim letzten Hallwilerseelauf hat er zweieinhalb Stunden gebraucht.«

Das hatte Enrico einmal erwähnt. Andrina überlegte, ob Gregor Hartmann es übertrieben hatte.

»Gestern Morgen habe ich ihn zum letzten Mal gesehen, als ich zur Arbeit ging. Wir sind uns im Treppenhaus begegnet. Da ging es ihm wunderbar. Auch als wir nach dem Mittag kurz telefoniert haben. Da bat er mich, heute das Gemüse und die Eier mitzubringen. Gleichzeitig haben wir uns für heute Abend verabredet.« Sie löste eine Hand aus Andrinas und wischte sich über die Augenwinkel. »Wieso habe ich nichts bemerkt?«

Weil er dir nicht zeigen wollte, nicht fit zu sein. Hätte Gregor geahnt, wie es enden würde, wäre er zum Arzt gegangen, war Andrina überzeugt.

»Warum tut er mir das an und macht sich wie Hans aus dem Staub?«

Andrina brauchte einen Augenblick, bis sie begriff, dass Lucia Widmer von ihrem verstorbenen Mann sprechen musste.

»Kaum bin ich so weit, um …« Sie presste die Hände vor das Gesicht und schluchzte auf.

Andrina fühlte sich zunehmend hilfloser.

Es klopfte am Türrahmen. In der Tür, die zum Entrée führte, stand eine Polizistin. Eine zweite Frau erschien hinter ihr. Aufgrund der Kleidung musste es sich um eine Sanitäterin handeln.

»Ich möchte mit Frau Widmer sprechen«, sagte die Beamtin.

Ob Lucia Widmer brauchbare Hinweise liefern konnte, bezweifelte Andrina. Sie kam der Bitte der Beamtin nach und verließ das Wohnzimmer.

Andrina fand Enrico und einen Polizeibeamten im Treppenhaus vor. Bevor sie die Wohnungstür hinter sich schloss, hörte sie Stimmengemurmel.

»Das wäre es fürs Erste.« Der Beamte reichte Enrico die Hand. »Bitte halten Sie sich weiterhin zur Verfügung«, sagte er und wandte sich der Treppe zu.

**

»Hast du keinen Hunger?«, fragte Enrico.

»Wieso?«

»Du sortierst das Essen nur auf deinem Teller hin und her. Dabei liebst du Chinesisch. Und Ente erst recht.«

Sie hatten beschlossen, die Reservation beim »China House« in der Laurenzenvorstadt in Aarau nicht zu stornieren.

»Pekingente muss vorbestellt werden, und es wäre dem Wirt gegenüber unfair«, hatte Enrico gesagt. »Wir können gut eine Ablenkung brauchen.«

Sie waren direkt hergefahren und um zwanzig vor acht Uhr eingetroffen.

»Das Essen ist fein, aber ich habe keinen Appetit«, sagte Andrina.

»Dir ist wie mir die Sache mit Gregor auf den Magen geschlagen.«

»Ja.«

»Vielleicht war das Nachtessen …« Er brach ab, als die Kellnerin fragte, ob sie noch etwas wünschten. Andrina bestellte einen weiteren Jasmintee.

»Ich überlege die ganze Zeit, welche Anzeichen ich übersehen habe, dass es Gregor nicht gut ging, komme aber zu keinem Schluss«, sagte Enrico. »Gestern hat er nur erwähnt, nicht ganz fit zu sein und eine Erkältung sei vermutlich im Anzug. Ich gebe zu, überrascht gewesen zu sein, als ich heute Morgen seine E-Mail las. Ich denke, er hat selbst nichts geahnt, und er wäre nicht der Erste, den ein Schlaganfall oder Herzinfarkt überrumpelt hat.«

»Ist ein Herzinfarkt die bestätigte Todesursache?«

»Nein, es ist meine Vermutung, die ich dem Beamten ebenfalls mitgeteilt habe. Was soll es sonst sein?«

»Die Polizisten haben sich nicht dazu geäußert?«, hakte Andrina nach.

»Was der Amtsarzt festgestellt hat, hat man mir nicht gesagt. Ich habe gehört, wie ein Beamter einem anderen gesagt hat, Gregor solle in die Rechtsmedizin gebracht werden, damit eine Obduktion durchgeführt werden kann.«

»Eine Obduktion?«, fragte Andrina. »Die wird nur durchgeführt, wenn der Amtsarzt den Verdacht hat, beim Tod sei etwas nicht mit rechten Dingen zugegangen.«

»Woher weißt du das?«

Die Kellnerin kehrte mit einer Kanne mit frischem Jasmintee zurück. Andrina wartete, bis sie ihn vor ihr hingestellt hatte, bevor sie antwortete: »Marco hat mir das einmal erklärt. Sollte der Amtsarzt einen natürlichen Grund als Todesursache feststellen, wird der Totenschein ausgestellt. Sollte aber ein Verdacht bestehen, es habe jemand nachgeholfen, muss die Leiche in die Rechtsmedizin, und die Ermittlungen werden aufgenommen.«

»Nun ist einiges klar.« Enrico schaute an Andrina vorbei.

»Eigentlich hätte ich selbst darauf kommen können, weil so viele Beamte vor Ort waren, als wir wegfuhren. Genauso ergeben die Fragen, die mir dieser Polizist gestellt hat, einen neuen Sinn.«

»Was hat er dich gefragt?«

»Ob mir in den letzten Tagen etwas an Gregor aufgefallen sei. Ich bezog das auf die Gesundheit und nicht auf sein Verhalten.«

»Und wie ist deine Antwort, wenn du die Fragen der Beamten unter diesem Aspekt betrachtest?«

»Nicht anders. Er war wie immer. Locker und zu Scherzen aufgelegt. Nichts schien ihn zu bedrücken. Genauso machte er keinen unsteten Eindruck.«

Andrina ließ es sich durch den Kopf gehen. »Hast du etwas an Gregor bemerkt, das auf eine nicht natürliche Todesursache zurückzuführen sein könnte, als du ihm den Puls gefühlt hast?«

»Ich bin kein Arzt.«

»Hatte er zum Beispiel Würgemale?«, fuhr Andrina unbeirrt fort.

»Wie kommst du ausgerechnet auf das?«

»Ich meine irgendwas, das dir ins Auge gesprungen ist?«

»Ich habe keine blauen Striemen oder Abdrücke am Hals gesehen.«

Andrinas Handy klingelte. »Max Wagner«, sagte sie. »Wenn meine Befürchtungen richtig sind, hat definitiv das Team Leib und Leben die Ermittlungen aufgenommen.«

»Kannst du bitte morgen Vormittag ins Polizeikommando kommen?«, fragte Wagner, nachdem Andrina das Gespräch entgegengenommen hatte.

Sie machte mit ihm eine Uhrzeit ab.

»Ist dein Mann in der Nähe?«, fragte Wagner.

»Er sitzt mir gegenüber.« Andrina reichte Enrico das Handy.

»Ich komme zusammen mit Andrina«, sagte Enrico, nachdem er kurz gelauscht hat.

Andrina starrte auf ihren Teller. Übelkeit gesellte sich zum verdorbenen Appetit.

ZWEI

Enrico und Andrina betraten das Polizeikommando. Enrico meldete sie beim Eingang an.

»Bitte warten Sie dort«, sagte die Beamtin und deutete zu einem Tischchen, um das vier schwarze Stühle standen. Andrina schaute durch die gläserne Schiebetür und erkannte Max Wagner, der auf sie zukam. Er begrüßte sie und bat sie mitzukommen. Andrina und Enrico folgten ihm die Treppe nach oben. Vor einer Tür blieb er stehen und strich über seine grauen Haarstoppeln, was einen gehetzten Eindruck machte. »Ich muss gleich los. Daher werden Silvan Brogli und Samuel Häusermann die Befragungen durchführen.«

Nur knapp konnte Andrina ein Aufstöhnen unterdrücken, als sie Broglis Namen hörte. Das hatte passieren müssen. Wie sie wusste, war das Team von Leib und Leben gerade reduziert. Corina Burkhard hatte nach ihrem unrühmlichen Verhalten bei den Ermittlungen Anfang Jahr gekündigt und war somit einer Entlassung zuvorgekommen.

Zusätzlich fehlte Susanna Marioni. Seit einem Monat, also seit September, war sie krankgeschrieben. Nachdem sie nicht mehr daran geglaubt hatte, war sie schwanger geworden und erwartete Zwillinge. Wenn Andrina das richtig im Kopf hatte, war Susanna im siebten Monat. Die Schwangerschaft verlief nicht komplikationsfrei, und Susanna musste häufig liegen. Sie hatte Andrina erzählt, Wagner, der Chef der Abteilung Leib und Leben, habe bisher weder einen Ersatz noch eine Vertretung gefunden.

Wagner öffnete die Tür und bat Andrina, dort zu warten. Enrico sollte mit ihm kommen. Das würde länger dauern, befürchtete sie.

Zum Glück hatte ihre Nachbarin Ruth Bischofsberger angeboten, auf Rebecca aufzupassen. Seraina konnte nicht einspringen, da der Terminkalender ihrer Physiopraxis heute Vormittag voll war.

»Wir machen einen langen Spaziergang. Danach kann sie mit Fara spielen«, hatte Ruth erklärt. Rebecca liebte die Appenzeller Hündin über alles und war begeistert von diesem Vorschlag gewesen.

Andrina setzte sich an den Tisch und versuchte, die Nervosität in Schach zu halten.

Nach Wagners Anruf gestern hatten sie überlegt, wieso die Polizei einen gewaltsamen Tod vermutete. Sie hatten diskutiert, wer einen Grund haben konnte, Gregor Hartmann etwas anzutun. Enrico war die Mitarbeiter bei JuraMed durchgegangen. Niemand hegte seines Wissens einen Groll gegen Gregor. Im Gegenteil, sein Team schätzte ihn als fairen Chef, der zwar einiges verlangte, aber stets freundlich mit den Leuten umging. Das Gleiche galt für die Mitarbeiter, die regelmäßig mit ihm zu tun hatten.

Wie es im privaten Umfeld aussah, konnte Enrico nicht sagen, da Gregor so gut wie gar nicht darüber gesprochen hatte.

Es klopfte, und die Tür öffnete sich. Andrina seufzte innerlich, als sie Broglis rundliche, gedrungene Gestalt erblickte. Sie war zwiegespalten gewesen. Auf der einen Seite hatte sie gehofft, nicht Brogli, sondern Samuel Häusermann würde sie befragen. In dem Fall wäre Brogli zu Enrico gegangen, was ebenso keine Alternative war. Der Mann hatte aus einem unerklärlichen Grund etwas gegen Andrina und Enrico. Wieso das so war, hatte Andrina bisher nicht herausgefunden.

Das graue, ohnehin lichte Haar war dünner geworden und klebte am Kopf. Sein Gesicht war gerötet, und auf der Stirn erkannte Andrina einzelne Schweißtropfen. Er schnaufte, als er die Tür hinter sich schloss und auf Andrina zukam. Hatte er sich beeilt?

»Frau Kaufmann –«

»Bianchi«, fuhr Andrina dazwischen. Am liebsten hätte sie ihn gefragt, warum er sich nicht merken konnte, dass sie seit über einem Jahr mit Enrico verheiratet war. Sie ließ es lieber bleiben, weil sie nicht sicher war, ob es Vergesslichkeit oder Provokation war. Diese Frage hätte zudem für Spannungen gleich von Anfang an gesorgt.

Brogli ließ sich auf einen Stuhl Andrina gegenüber fallen und holte ein Stofftaschentuch hervor, mit dem er sich über die Stirn wischte.

»Vielen Dank für Ihr Kommen«, begann er.

Brogli bedankte sich. Bei ihr? Es gab tatsächlich Wunder. Bei früheren Zusammentreffen war er ihr stets unfreundlich begegnet und hatte Andrina das Gefühl vermittelt, grundsätzlich schuldig zu sein.

Andrina setzte ein Lächeln auf. Von der Freundlichkeit, die sie ihm nie zugetraut hätte, würde sie sich nicht um den Finger wickeln lassen. Im Gegenteil, sie war doppelt auf der Hut.

»Ich gehe davon aus, Max Wagner hat Ihnen gesagt, weshalb Sie hier sind.«

»Ja, wegen Gregor Hartmann.«

»Sie scheinen eine besondere Gabe zu besitzen, immer am Ort eines Verbrechens zu sein.«

Das süffisante Grinsen passte eher zu dem Brogli, den Andrina kannte. Sie ging nicht auf die Konfrontation ein und schwieg.

»Es war Anfang Jahr, wenn ich mich richtig erinnere, als Sie das letzte Mal in Schwierigkeiten steckten«, fuhr Brogli fort.

Erneut sagte Andrina nichts. Stattdessen wurde ihr bewusst, was Brogli eben gesagt hatte. Ort eines Verbrechens. Es war also definitiv Mord bei Gregor Hartmann?

Brogli öffnete die Mappe, die er vor sich auf den Tisch gelegt hatte, und holte einen Block und einen Stift hervor.

»Sie sind gestern nicht eingehend befragt worden«, sagte Brogli. Andrina machte eine Schärfe in seiner Stimme aus. »Ein Versäumnis der Kollegen. Könnten Sie bitte berichten, wie Sie Herrn Hartmann vorgefunden haben?« Das klang geschäftsmäßig neutral. Der Unterton war verschwunden, was Andrina abermals erstaunte.

Sie berichtete, wie Enrico den Laptop zu Gregor Hartmann bringen wollte, weil dieser ihn darum gebeten hatte. Sie fuhr fort, wie sie zu dessen Wohnung gefahren waren und Lucia Widmer angetroffen hatten. Zu ihrem Erstaunen ließ Brogli sie ohne Unterbrechung ausreden. Nachdem sie geendet hatte, schwieg er. Mit dem Ende des Stiftes klopfte er auf die Tischplatte.

»Wie gut kennen Sie Herrn Hartmann?«, fragte er.

»Nicht gut. Ich bin ihm einige Male an Anlässen beim Pharmaunternehmen meines Mannes begegnet und weiß sonst nur das, was Enrico mir erzählt hat.«

»Sie können daher nicht beurteilen, wie zuverlässig Herr Hartmann war?«

Was war das für eine seltsame Frage? Was hatte das mit seinem Tod zu tun? Ging Brogli davon aus, Gregor habe die Krankheit nur vorgetäuscht? Doch warum war er tot?

»Ich persönlich kann das nicht beurteilen«, beantwortete Andrina die Frage. »Ich kann nur sagen, dass mein Mann ihn schätzte und für zuverlässig hielt. Gregor Hartmann machte nach Enricos Angaben einen guten Job.«

»Er hat die Finanzen erstklassig im Griff«, hatte Enrico mehr als einmal gesagt. »Ich wüsste nicht, was ich ohne ihn tun würde. Seine Einstellung war mehr als ein Glücksgriff.«

»Wie haben Sie Herrn Hartmann erlebt, wenn Sie mit ihm zu tun hatten?«, fragte Brogli.

»Freundlich. Er hatte eine lockere Art und war mir sympathisch.«

»Was wissen Sie aus seinem privaten Umfeld?«

»Nur das, was mein Mann mir erzählt hat. Er war geschieden und lebte allein.«

»War die Wohnungstür offen?«, fragte Brogli, und Andrina benötigte einige Sekunden, bis sie mit dem Themenwechsel zurechtkam.

»Nein. Frau Widmer hatte einen Schlüssel. Da wir uns Sorgen machten, beschlossen wir, diesen zu benutzen.«

»Ist Ihnen etwas aufgefallen, als Sie die Wohnung betraten?«

»Da ich nie vorher drin war, kann ich nicht sagen, ob etwas anders war. Für mich sah alles normal aus.«

»Was meinen Sie mit ›normal‹?«

»Im Entrée war alles ordentlich. Die Jacken hingen an der Garderobe, und die Schuhe waren darunter aufgereiht. Ich habe dort gewartet und war nur bei der Schlafzimmertür.«

»Es gab nichts, das Ihnen seltsam erschien?«

»Nein – doch, da war diese seltsame Spinne«, fiel Andrina ein. Seit der Entdeckung von Gregors Leiche hatte sie nicht mehr daran gedacht.

»Welche Spinne?«

»Sie saß auf dem Gemälde neben der Garderobe.«

»Was soll an einer Spinne seltsam sein? Auch Sie werden sicher den einen oder anderen Untermieter im Haus haben. Wie sah sie aus?«

»Schwarz, und sie –«

»Schwarz ist nicht ungewöhnlich bei einer Spinne. Wie groß war sie?«

»Ungefähr einen Zentimeter Durchmesser, wenn man die Beine weglässt.«

Brogli brach in schallendes Gelächter aus. »In meiner Wohnung habe ich größere angetroffen und mich nicht darüber gewundert. Erst gestern habe ich eine im Wohnzimmer entdeckt und rausgeschmissen. Eine von den neuen, diese Nosferatu-Spinne, die sogar ich nicht als ideale Untermieterin empfinde. Aber bei einer kleinen schwarzen, also bitte.«

»Darf ich bitte ausreden«, zischte Andrina.

Das war der Brogli, den sie bisher kennengelernt hatte. Seine Belustigung nahm zu, aber er hielt den Mund. In seinen Augen funkelte es.

»Bei dieser Spinne handelt es sich um eine Redback spider, die –«

»Können wir uns darauf einigen, Deutsch miteinander zu sprechen«, unterbrach Brogli sie schneidend.

Nicht aufregen, ermahnte Andrina sich. Er kann kein Englisch, dachte sie und verspürte Genugtuung.

»Auf Deutsch heißt sie Rotrückenspinne. Sie ist nicht wie die Nosferatu aufgrund des Klimawandels vom Mittelmeerraum eingewandert. Die Rotrückenspinne ist in Australien heimisch und gehört zu den giftigsten Spinnen.«

»Eine australische Spinne im Aargau? Das wird immer besser. Phantasie ist in Ihrem Job bei diesem Verlag nützlich, aber im Alltag sollten Sie diese zurückhalten.« Broglis Belustigung war zurück. »Frau Kaufmann, eine australische Spinne hat bei unseren Temperaturen keine Überlebenschancen. Klimaerwärmung hin, Klimaerwärmung her.«

Ganz ruhig, ermahnte Andrina sich erneut. »Das heißt nichts. Sie kann in einem Terrarium leben.«

»Wollen Sie behaupten, Herr Hartmann hatte sein Haustier nicht im Griff, es ist ausgebüxt, und er ist an dem Biss gestorben, als er es einfangen wollte?« Er hob die Hand, als Andrina zu einer Antwort ansetzte. »In seiner Wohnung gibt es kein Terrarium. Herr Hartmann hatte keine Haustiere – weder exotische noch normale wie Hund, Katze oder Fisch.«

»In diesem Fall muss es einen anderen Grund haben. Jemand könnte sie …«

»… in der Wohnung ausgesetzt haben? Sie müssen selbst zugeben, wie bizarr sich das anhört.« Er beugte sich vor. »Ich wiederhole es gerne, halten Sie Ihre Phantasien im Zaum, Frau Kaufmann. Ich bin hier, um Hinweise zum plötzlichen Tod von Herrn Hartmann zu erhalten, und nicht, um meine Zeit mit abenteuerlichen Geschichten zu vergeuden wie der, die Sie mir gerade auftischen.«

Andrina holte Luft, aber abermals kam ihr Brogli zuvor. »Wollen Sie mir weismachen, Sie kennen sich mit Spinnen aus? Ausgerechnet Sie? Wenn ich Ihre Reaktion richtig interpretiere, kann ich davon ausgehen, diese Tiere gehören nicht zu Ihren Favoritenlebewesen.«

***

»In dem Punkt, dass du nicht gerade der große Spinnenfan bist, muss ich Herrn Brogli recht geben«, sagte Enrico. »Du musst zugeben, wie sonderbar es klingt, was du ihm erzählt

hast: eine australische Spinne in einer Aargauer Wohnung.«
Enrico klappte den Geschirrspüler zu und lehnte sich gegen
die Anrichte.

»Ich weiß, was ich gesehen habe«, rief Andrina. »Ich gebe zu,
hätte sich die Spinne nicht bewegt, hätte ich sie nicht bemerkt.
Sie passte farblich perfekt zu diesem Bild.«

»Warum hast du sie mir nicht gezeigt?«

»Das Auffinden von Gregors Leiche kam dazwischen. In
dem Trubel hinterher habe ich nicht mehr daran gedacht.«

»Ich war nie in Australien. Wie sieht diese Spinne aus?«

Andrina holte ihr Handy und kehrte in die Küche zurück.
Sie lehnte sich neben ihn gegen die Anrichte und reichte ihm
das Handy.

»Die sieht recht hübsch aus.«

»Hübsch?« Entsetzt schaute Andrina ihn an.

»Sie ist nicht so haarig wie andere, und dieser glänzende
schwarze Körper mit dem roten Flecken auf dem Rücken hat
etwas.«

»Das ist Geschmackssache«, brummte Andrina.

»Wie giftig ist sie?«

Andrina versuchte sich zu erinnern, was der Guide damals
erklärt hatte. Ihre Reise lag fast fünfzehn Jahre zurück. Als sie
fünfundzwanzig gewesen war, war sie mit einer Freundin für
einen Monat durch Australien gereist. Sie hatten einen Wagen
gemietet und machten auf ihrer Rundreise einen Stopp beim
Uluru. Der Guide berichtete, dass der Berg für die Ureinwohner
ein Heiligtum und in ihrem Glauben das Zuhause der mysti-
schen Regenbogenschlange, der Hüterin des Wasserschatzes der
Aborigines, sei, als ein Mann aus der Touristengruppe die Spinne
entdeckte. Der Guide hatte es sich nicht nehmen lassen, einen
Exkurs über die Schwarze Witwe zu machen, der eindrücklich
gewesen war.

Andrina berichtete, wo die Spinne vorkam und was sie von
ihrem Verhalten wusste.

»Bei dem Gift handelt es sich um ein starkes Nervengift. Es
kann auch für Menschen gefährlich werden. Symptome sind

unter anderem starke Schmerzen und Lähmungen. Man muss nicht daran sterben, falls aber das Atemzentrum von den Lähmungen betroffen ist, wird es kritisch. Genauso kann es gefährlich sein, wenn man allergisch darauf reagiert, und besonders für Kinder oder Personen, die gesundheitlich angeschlagen sind, kann so ein Biss tödlich enden.« Andrina hielt inne und überlegte, was der Guide zusätzlich erklärt hatte. »Generell wirkt das Gift nicht allzu schnell. Man hat genügend Zeit, zu einem Arzt zu gehen, wenn ich mich richtig erinnere. Soweit ich weiß, gibt es ein Gegengift. Meistens sind es Unfälle, wenn man gebissen wird. Die Rotrückenspinne ist nicht angriffslustig, sondern ein stiller Mitbewohner. Ich hatte einmal das Vergnügen in einer Buschdusche. Wenn du sie in Ruhe lässt, tut sie das auch. Das Problem ist, dass sie überall sein kann – im Briefkasten, im Schuh oder unter der WC-Brille. Auf dem WC passieren die häufigsten Unfälle.«

»Auf dem WC?«

»Du solltest grundsätzlich unter der WC-Brille nachschauen, bevor du es dir auf dem stillen Örtchen gemütlich machst. Aber, wie gesagt, ein Biss ist wohl schmerzhaft, doch nicht unbedingt tödlich.«

»Ein Spinnenbiss in den Hintern. Tolle Vorstellung.« Enricos Mundwinkel zuckten, aber er wurde gleich wieder ernst. »Das heißt, Gregor muss nicht an einem Spinnenbiss gestorben sein?«

»Nicht unbedingt.«

»Wenn ich dich eben richtig verstanden habe, nennt man die Rotrückenspinne auch Schwarze Witwe. Wieso?«

»Sie gehört zu den Schwarzen Witwen. Den Namen verdankt sie dem Verhalten des Weibchens, das nach der Begattung das Männchen frisst.«

»Das klingt nicht gerade sympathisch.« Enrico betrachtete abermals das Bild auf Andrinas Handy. »Allerdings gehört diese Spinne offensichtlich nicht zu den Standardmitbewohnern eines Schweizer Haushaltes, und es wäre interessant zu wissen, wieso sie in Gregors Wohnung ist. Er hält keine exotischen Tiere.

Er hat überhaupt keine Haustiere. Er ist gegen Hunde- und Katzenhaare allergisch.«

Damit bestätigte er das, was Brogli gesagt hatte. »Vielleicht hat ein anderer Bewohner im Haus eine.«

»Du meinst, sie ist abgehauen und in Gregors Wohnung gekrabbelt?« Enrico neigte den Kopf von rechts nach links. Es arbeitete eindeutig in seinem Kopf. »Okay, es gibt genügend Leute, die eine Spinne halten, aber das sind meistens Taranteln.«

»Das muss nichts heißen.«

»Kann man so eine australische Spinne in einer Tierhandlung kaufen?«, fragte Enrico.

»Woher soll ich das wissen? Falls man keine auf legalem Weg organisieren kann, ist mit krimineller Energie einiges möglich. Oder Gregor hat sie aus Versehen aus den Ferien mitgebracht«, erwiderte Andrina. »Es wäre nicht das erste Mal, dass jemand ein ungewolltes Mitbringsel aus den Ferien im Gepäck hat.«

»Gregor war in den letzten Wochen nicht in den Ferien und erst recht nicht in Australien.« Enrico gab Andrina das Handy zurück und stieß sich von der Anrichte ab.

Andrina folgte ihm ins Wohnzimmer.

»Jemand anderer aus dem Haus oder ein Besucher kann sie bei Gregor eingeschleppt haben. Das ist aber der Job der Polizei, das herauszufinden.«

»Dazu müssten sie die Ermittlungen in diese Richtung aufnehmen, was aber so schnell nicht geschehen wird. Mich wurmt es, weil Brogli mir nicht glauben will.« Andrina setzte sich auf das Sofa, während Enrico den Schwedenofen einfeuerte. »Dieser Typ ist eine Zumutung für die Menschheit und obendrein inkompetent. Max hätte ihn zusammen mit Corina Burkhard in die Wüste schicken sollen.«

»Sie haben schon ein Personaldefizit und können es sich nicht erlauben, auf eine Person mehr in ihrem Team zu verzichten.«

»Lieber keinen, als jemand, der unfähig ist. Jeder andere wäre der Sache nachgegangen.«

»Vielleicht tut er das, wenn er sich deine Aussage durch den Kopf gehen lässt.«

»Nicht Brogli.«

»Etwas anderes. Weiß man, woran Gregor gestorben ist? Es muss einen Grund für das hartnäckige Nachfragen geben. Ich gehe davon aus, einen Spinnenbiss hätte der Rechtsmediziner entdeckt.«

Hätte er das wirklich?, fragte Andrina sich und überlegte, wie groß so ein Biss war, kam aber zu keinem Schluss. Eine Hautreaktion an der entsprechenden Stelle würde erkennbar sein. Allerdings hing die Ausprägung davon ab, wie lange Gregor nach dem Biss noch gelebt hatte.

»Mir hat niemand etwas zur Todesursache gesagt«, erwiderte sie.

»Mir auch nicht. Als ich gehen durfte, habe ich nur gehört, wie ein Beamter einem anderen gesagt hat, die Spurensicherung in der Wohnung sei abgeschlossen, und man solle Gregors Tochter Bescheid geben, sie sei freigegeben.« Er setzte sich zu Andrina auf das Sofa. »Wenn du dir ganz sicher bist, dass es diese australische Schwarze Witwe war, die du gesehen hast, würde ich Max Wagner anrufen. Aber wie gesagt nur, wenn du ganz sicher bist und es keine Täuschung aufgrund des bunten Gemäldes war. Falls sie sich als harmlose Schweizer Otto Normalspinne entpuppt, wird er nicht begeistert über deine Einmischung sein.«

Andrina rief sich das Bild vor Augen. Wie sie die schwarze Spinne bemerkt hatte, die sich über die Fläche bewegte. Hatte sie sich aufgrund der Farbkomposition des Bildes täuschen lassen?

DREI

»Vielen Dank, dass du auf Rebecca aufpasst.«

»Das mache ich gerne. Immerhin beschäftigt sie André.«
Gabi nahm die Tasche mit den Kleinkindutensilien, die Andrina
ihr hinhielt. Rebecca war in der Wohnung verschwunden, und
Andrina hörte ihr und Andrés Lachen.

»Ist es dir wirklich nicht zu viel?«, fragte Andrina. Sie zeigte
auf Kartons, die im Entrée standen. Gabi war vor einem Monat
in diesen Block in der Nähe vom Lindenfeld umgezogen.

Der Vermieter der alten Wohnung hatte beschlossen, diese
zu renovieren. Im Anschluss hatte er den Mietzins um fünf-
hundert Franken erhöht. Gabi war nicht bereit, diesen Wucher
zu akzeptieren, und war schweren Herzens umgezogen. Sie war
noch nicht dazu gekommen, alle Kartons auszupacken.

»Alles gut«, antwortete Gabi. »Wann bist du zurück? In
ungefähr drei Stunden muss ich mit André los.«

»In einer, höchstens zwei Stunden bin ich locker zurück. Ich
bin nachher mit Susanna verabredet.«

Gabis Neugier war greifbar, aber Andrina blieb bei ihrem
Vorhaben, sie vorerst nicht einzuweihen. Sie wollte sicher sein.
Das gesamte Wochenende hatte sie nachgedacht, ob sie sich ge-
täuscht hatte und es eine harmlose Hausspinne gewesen war.
Unsicherheit hatte sich mit der Überzeugung abgewechselt, es
sei eine Rotrückenspinne, die sie gesehen hatte. Sie brauchte
Gewissheit und wollte sich später keine Vorwürfe machen, nicht
gehandelt zu haben.

Inzwischen kannte sie Brogli genügend gut und wusste, er
würde ihrem Hinweis nicht nachgehen und das Team von Leib
und Leben nicht einweihen. Andrina war zum Schluss gekommen, sich nochmals vergewissern zu müssen. Eine bessere Idee
hatte sie nicht.

Obwohl sie es als unwahrscheinlich einstufte, hoffte Andrina, die Spinne in der Nähe des Bildes anzutreffen. Sollte sie

die Spinne nicht finden, würde sie es wohl oder übel auf sich beruhen lassen müssen.

Lucia Widmer hatte einen Schlüssel zu Gregor Hartmanns Wohnung. Andrina hoffte, sie überzeugen zu können, einen Blick in die Wohnung werfen zu dürfen.

Glücklicherweise schien sie nichts dagegen zu haben, als Andrina anrief und fragte, ob sie spontan vorbeikommen dürfe.

Es hatte zu nieseln begonnen, und Andrina eilte mit eingezogenem Kopf zu ihrem Wagen. Sie rutschte auf den Fahrersitz und lehnte den Kopf gegen die Nackenstütze. Was war das auf einmal? Warum drehte sich alles? Schweiß brach aus. Beim besten Willen konnte sie nicht gebrauchen, krank zu werden. Oder lag es an der Aufregung? Andrina verspürte kein Bedürfnis, auf Spinnenjagd zu gehen. Aber es musste sein. Übelkeit gesellte sich zum Schwindel und der Hitzewallung.

Andrina konzentrierte sich auf ihren Atemrhythmus, und der Schwindel sowie die Übelkeit ebbten ab. Sie startete den Motor und erreichte knapp zehn Minuten später den Aarepark.

Die Haustür war nicht abgeschlossen, als Andrina dagegenstieß. Sie lief die Treppe hoch in den ersten Stock.

Wie vor vier Tagen trug Lucia Widmer einen schwarzen Pullover und schwarze Jeans. Ihre Augen waren gerötet, und sie sah blass aus.

»Danke, dass ich spontan vorbeikommen durfte«, sagte Andrina.

»Ich bin über jede Ablenkung froh.« Lucia Widmer bat Andrina in die Wohnung und führte sie ins Wohnzimmer. Es sah wie am Donnerstag aus. Ein beiges Sofa stand vor dem Fenster, und gegenüber waren zwei farblich dazu passende Sessel. Auf dem dunklen Salontisch befand sich ein Topf mit einer Grünpflanze. Auf der anderen Seite des Raumes vor der halbhohen Küchenanrichte stand ein hellbrauner, länglicher Esstisch mit vier ebenfalls beigen Stühlen. An den Wänden hingen verschiedene Schwarz-Weiß-Fotografien, die Andrina das letzte Mal nicht beachtet hatte.

Andrina trat an eine heran. In einem kunstvoll gewobenen

Spinnennetz hingen Wassertropfen, die in der Sonne glänzten. Das Netz war in der Mitte scharf und wurde nach außen unscharf. Im Hintergrund erkannte Andrina verschwommene Wolken am Himmel.

»Die Bilder habe ich gemacht«, sagte Lucia.

»Sind Sie Fotografin?«

»Nicht direkt.« Mit der Hand wies sie zum Sofa. »Es ist ein Hobby, das mir ein kleines Sackgeld einbringt. Sich in diesem Umfeld zu behaupten ist nicht einfach, und ich könnte davon nicht leben. Leider. Ich arbeite zu sechzig Prozent beim Zivilstandsamt in Aarau.«

Andrina nahm das Angebot für einen Kaffee an, setzte sich und schaute aus dem Fenster. Schöne Aussicht. Direkt auf den Fluss und die Altstadt. Der Nebel hatte sich weitestgehend gelichtet. Die Sonne schien durch den Dunst und verbreitete mit dem sich bunt verfärbenden Laub der Bäume ein weiches goldenes Licht.

Aus der Küche hinter sich hörte sie das Zischen einer Kaffeemaschine, die zum Leben erweckt wurde, und das Geklapper von Tassen. Lucia kehrte mit einem Tablett, auf dem zwei Tassen standen, und einer Schale mit Gebäck zurück. Sie stellte alles auf das Tischchen.

»Wie geht es Ihnen?«

»Lass uns Du sagen«, erwiderte Lucia Widmer zu Andrinas Erstaunen.

»Gerne, ich bin Andrina.« Ihr war diese plötzliche Vertrautheit nicht recht, das Duzen war für sie zu schnell gegangen. Sie hatte Lucia letzte Woche zum ersten Mal gesehen, und das in einer ungewöhnlichen und nicht erfreulichen Situation. Aber sie wollte Lucia nicht vor den Kopf stoßen und reichte ihr über den Tisch die Hand.

»Ich fühle mich dumpf«, sagte Lucia. »Weißt du, ich habe mir endlich einen Ruck gegeben, nach dem Tod meines Mannes wieder jemanden an mich heranzulassen.« Sie blinzelte und beugte sich rasch vor. Umständlich nahm sie ein Sablé. »Als ich vor einem Jahr hier einzog, hat Gregor mir bei verschiedenen

Dingen geholfen. Besonders bei den Sachen, die handwerkliches Geschick verlangten. Er war freundlich und zuvorkommend, ohne aufdringlich zu wirken. Ich habe ihm erklärt, nicht offen für eine neue Beziehung zu sein. Er hat es akzeptiert, war dennoch für mich da, wenn ich etwas brauchte. Es war klar, der Schritt musste von mir kommen. Vor einer oder zwei Wochen sind wir zusammengekommen.« Sie biss in den Keks, kaute heftig und fuhr mit dem Zeigefinger über die Augenwinkel.

Andrina wusste nicht, wie sie sich verhalten sollte und wie sie das Gespräch auf die Spinne und auf die Bitte lenken konnte, in die Wohnung gehen zu können.

Lucia richtete sich auf. »Entschuldige. Ich nehme an, du bist aus einem anderen Grund gekommen, als dir mein Klagen anzuhören.«

»Ich wollte schauen, wie es dir geht. Letzten Donnerstag war es ein abrupter Abgang, nachdem die Polizistin gekommen war.«

Lucia senkte abermals den Kopf. »Als ob Gregors Tod nicht schlimm genug ist, müssen sie diese Fragen stellen. Und wozu das Ganze? Es ändert nichts an der Tatsache, dass er einsam gestorben ist. Ich stelle mir das schrecklich vor, wenn man allein ist, keine Hilfe holen kann und merkt, wie es dem Ende zugeht. Ich hoffe, es war nicht so, wie ich mir das Szenario ausmale, und er ist im Schlaf gestorben.«

War er wirklich im Schlaf gestorben, und war der Aufwand übertrieben, den die Polizei betrieb? »Welche Fragen meinst du?«

»Was Gregor für ein Mensch war. Ob mir in den letzten Tagen etwas an ihm aufgefallen sei. Ob er über gesundheitliche Beschwerden geklagt habe. Wieso stellen sie diese Fragen? Er hatte einen Herzinfarkt. Warum sollte er sonst sterben – allein in seiner Wohnung? Ist es normal, dass sich die Polizei so engagiert, wenn jemand gestorben ist?«

»Wenn sie oder der Amtsarzt Hinweise auf Fremdeinwirken finden, ja«, wiederholte Andrina das vorsichtig, was sie Enrico bereits gesagt hatte.

Lucia wurde blass. »Heißt das ... Gregor ... Auf diese Idee wäre ich nie ... Er sollte ... Wer sollte bei ihm gewesen sein? Die Wohnungstür war abgeschlossen.« Sie stand auf, trat zum Fenster und starrte hinaus.

Schweigen stellte sich ein und zog sich in die Länge. Andrina überlegte, wie sie es brechen konnte, während sie Lucias verkrampfte Körperhaltung musterte. Gleichzeitig verfluchte sie sich, nicht behutsamer vorgegangen zu sein.

»Nun ergeben die ganzen Fragen Sinn«, beendete Lucia das Schweigen. »Mir leuchtet nicht ein, wieso sie glauben, jemand habe Gregor etwas angetan.« Sie stand nach wie vor mit durchgestrecktem Rücken vor dem Fenster und stützte sich mit der Hand an der Wand ab. Sekunden verstrichen, und Andrina verwünschte sich abermals für ihr mangelndes Feingefühl.

»Wieso weißt du so genau Bescheid? Bist du Polizistin?«, fragte Lucia fast nicht hörbar.

»Nein, aber ich war eine Zeit lang mit einem Ermittler zusammen.«

»Du kennst die also, die in Gregors Wohnung ein und aus gegangen sind?« Lucia drehte sich langsam um.

Sie war blasser als vorhin. Die schwarze Kleidung verstärkte das gespenstische Aussehen.

»Nicht alle. Ich war mit Marco Feller von der Abteilung Leib und Leben befreundet.«

»Dunkle Haare und blaue Augen?«

»Ja.«

»Das war der, der mich am Freitag befragt hat. Eigentlich war er nett.«

Aber, fügte Andrina im Stillen an und wartete, ob Lucia weitersprach. Das tat sie nicht, sondern schaute zur Küche und sah aus, als spielte sich die Befragung nochmals in ihrem Kopf ab.

»Hast du noch Kontakt zu ihm?«, fragte Lucia unvermittelt.

»Lose.«

Lucia runzelte die Stirn. Ihre Augen fokussierten sich auf Andrina. »Warum bist du wirklich hier?« Das klang schneidend. »Hat er dich geschickt?«

»Nein. Er weiß nichts von meiner Anwesenheit hier. Aber du hast recht, ich habe eine Bitte, die vermutlich seltsam anmutet. Das Gleiche gilt für den Grund dafür.«

Lucia kehrte zum Sessel zurück. Sie beugte sich vor und stützte ihre Unterarme auf den Knien ab.

Unverwandt schaute sie Andrina an, als diese von der Spinne und dem unbefriedigenden Gespräch mit Brogli berichtete. Lucia lehnte sich nach hinten und verschränkte die Arme vor der Brust. Es arbeitete eindeutig in ihrem Kopf, und Andrina war sicher, Lucia werde sie vor die Tür setzen.

»Das klingt in der Tat abenteuerlich«, sagte sie, nachdem Andrina geendet hatte. »Den Schlüssel habe ich tatsächlich. Ich wollte ihn Gregors Tochter geben, als sie heute Morgen da war. Obwohl wir nicht das beste Verhältnis haben, bat sie mich, den Briefkasten zu leeren und die Pflanzen zu gießen, bis sie entschieden habe, was sie mit der Wohnung machen wolle. Sie wohnt in Liechtenstein und kann nicht jeden Tag kommen.«

Lucia ging zum Buffet und holte einen Schlüssel mit einem silbrigen, länglichen Schlüsselanhänger hervor.

»Gregor hat und hatte definitiv nie ein Terrarium«, sagte sie, als sie mit Andrina zu Hartmanns Wohnung ging. »Alles, was kreucht und fleucht, war nichts für ihn. Dazu zählen Spinnen, Schlangen, Käfer und anderes Getier. Die Vorstellung, eine exotische Spinne in der Wohnung zu haben, hätte ihn in den Wahnsinn getrieben.« Lucia stieß die Wohnungstür auf, blieb aber auf der Schwelle stehen. Ihre Anspannung war deutlich. Es war, als rechnete sie damit, jeden Augenblick von einer Spinne angefallen zu werden.

»Wo hast du diese Spinne gesehen?« Mit der Hand machte sie eine Geste und bedeutete Andrina voranzugehen.

Zögernd betrat Andrina das Entrée und ging zu dem Bild neben der Garderobe. »Hier.«

Lucia stellte sich neben sie. »Sie ist nicht da.«

»Das wäre ein Wunder gewesen«, erwiderte Andrina und versuchte, sich den Frust nicht anmerken zu lassen, da sich ihre Hoffnung zerschlagen hatte. Im gedämpften Tageslicht, das durch die offene Wohnzimmertür zu ihnen gelangte, kam es ihr absurd vor, die Spinne gesehen zu haben. Sie musste Einbildung gewesen sein. Als Andrina das Licht eingeschaltet hatte und das Bild abermals musterte, änderte sich nichts an dem Empfinden. Das Bild vermittelte mit den asymmetrischen Farbflecken einen unruhigen Eindruck. Je länger sie es betrachtete, desto mehr verschwammen die Farbtupfer vor ihren Augen, liefen ineinander und schienen sich zu bewegen.

»Keiner der Typen, die die Wohnung auf den Kopf gestellt haben, hat sie gefunden?«, riss Lucia Andrina aus der Betrachtung.

»Wenn ich die Reaktion von Herrn Brogli richtig deute, nein. So groß ist die Spinne nicht. Sie kann sich in einer Ritze versteckt haben.«

»Wie willst du sie finden? Sie kann überall sein.«

Leider, dachte Andrina. Falls es diese Spinne überhaupt gab. Der Frust nahm zu. »Ich hoffe auf Glück.« Einen Rückzieher machen und erklären, sich die Spinne nur eingebildet zu haben, würde sie nicht.

»Wie sieht sie aus?« Lucia stellte sich neben sie.

Andrina holte ihr Handy hervor und zeigte Lucia ein Bild.

»Hübsch«, murmelte Lucia zu Andrinas Erstaunen. »Also los.«

Obwohl Andrina die Suche inzwischen für sinnlos hielt, konnte es nicht schaden, genau nachzuschauen. Kurz überlegte sie, ob es schlau war, sich in der Wohnung aufzuhalten und bei der Suche überall ihre Fingerabdrücke zu verteilen. Andrina schlug ihre Bedenken in den Wind. Die Wohnung war nicht mehr versiegelt, und die Untersuchungen waren abgeschlossen. Die Polizei hatte die Wohnung freigegeben. Lucia hatte zudem den Schlüssel von Gregor Hartmanns Tochter erhalten. Sie hatte somit die Erlaubnis, sich in der Wohnung aufzuhalten. Es war nicht verboten, wenn Andrina mitkam.

Sie folgte Lucia in eine modern eingerichtete offene Küche mit weißen Schränken und einer dunklen Steinarbeitsfläche. Wie in Lucias Wohnung gab es eine halbhohe Abtrennung zum

Wohnzimmerbereich. Dieser Küchenbereich war breiter als in Lucias Wohnung. Lucia stellte die beiden Hocker, die vor einem kleinen runden Tisch standen, zur Seite und bückte sich. Andrina schob die Kaffeemaschine nach links. Nichts. Hier gab es nicht viele Verstecke, in die sich eine Spinne zurückziehen würde.

Lucia schien zum gleichen Schluss zu kommen. »Gehen wir ins Wohnzimmer«, sagte sie und umrundete die Abtrennung. Sie rüttelte an dem Vorhang vor dem kleinen Fenster.

»Warte.« Andrina holte zwei Holzkochlöffel aus einer der Schubladen und reichte einen Lucia über die Abtrennung. »Fass nur Dinge an, deren Oberfläche eindeutig frei einsehbar ist.« Sie stieß mit dem Löffel gegen den Vorhang. »Die Rotrücken-spinne ist nicht angriffslustig, aber sie wehrt sich, wenn sie sich bedrängt fühlt. Obwohl der Biss nicht unbedingt tödlich ist, möchte ich das nicht ausprobieren.«

Andrina ging zu Lucia in den Wohnbereich. Vor dem Fenster stand ein blaues Sofa mit einem eckigen Tischchen und zwei Sesseln. Daneben waren ein Buffet und ein schmales Holz-gestell mit zehn bis zwanzig Büchern. Zwei große tropische Blattpflanzen rundeten das Bild ab. Ein runder Esstisch mit vier Stühlen befand sich auf der anderen Seite des Raumes.

Andrina entdeckte keine Anzeichen, dass die Beamten der Spurensicherung den Raum untersucht hatten.

Lucia fuhr mit dem Löffel über den Vorhang und ging da-nach zum schmalen Bücherregal. Vorsichtig nahm sie die Bü-cher einzeln hervor. Andrina rüttelte an den Töpfen und drehte vorsichtig die großen Blätter um. Mit dem Löffel hob sie den weißen Teppich vor dem Sofa an. Sie rückten das Bücherregal und das Buffet ein Stück von der Wand weg. Keine Spinne. Schweigend suchten sie den Raum ab, und mit jeder Minute empfand Andrina das Vorhaben als sinnloser und kam sich lä-cherlich vor.

»Die Nadel im Heuhaufen zu finden ist einfacher«, sagte Lucia und stellte sich neben Andrina, als sie sich bückte und unter den Esstisch schaute.

Andrina und Lucia verließen das Wohnzimmer. An der Tür zum Schlafzimmer zögerte Andrina.

Entschlossen betrat Lucia es, und Andrina folgte ihr. Hier sah es aus, als sei niemand drin gewesen. Das Bett war gemacht. Auf dem Nachttisch stand ein Wecker, und daneben lag ein Buch, aus dem ein blaues Lesezeichen hervorlugte. Neben dem Kleiderschrank befand sich ein Kleiderständer, an dem auf je einem Bügel eine dunkle Hose, ein Kittel und ein hellblaues Hemd hingen. Eine hellblaue Krawatte lag darüber. Auf der anderen Seite des Schranks stand ein Stuhl, über den eine Jeans und mehrere Pullover geworfen waren. Die Türen des nussbraunen Schrankes waren geschlossen. Vor dem Bett stand ein Paar dunkelgraue Finken auf dem schmalen Teppich. Der Vorhang vor dem Fenster war halb zugezogen.

»Hier gibt es mehr Versteckmöglichkeiten«, sagte Lucia.

Eindeutig, stimmte Andrina ihr in Gedanken zu.

Lucia hob mit spitzen Fingern den Pullover und die Hose an und schüttelte sie. Andrina ging zum Bett. Sie stützte sich am Fußende ab und bückte sich, um unter das Bett zu schauen.

»Achtung!«, schrie Lucia und stieß Andrina zur Seite. Andrina verlor das Gleichgewicht und landete auf dem Boden. Sie rappelte sich auf.

»Was ist?«, fragte sie verdutzt.

»Da.« Lucia wich vom Bett zurück. »Die sieht anders aus als die von dem Bild, das du mir gezeigt hast, und sie ist um einiges furchterregender.«

Andrinas Augen folgten dem ausgestreckten Arm. Nur wenige Zentimeter neben der Stelle, an der Andrina sich abgestützt hatte, saß eine braunschwarze, beinahe handtellergroße Spinne. Andrina rutschte auf den Knien nach hinten. Auf dem in verschiedenen Brauntönen gemusterten Duvetbezug hatte sie die Spinne nicht gesehen. Das Tier hatte sich aufgerichtet, streckte die Vorderbeine in die Höhe und präsentierte klauenähnliche Gebilde. Andrina kam sich wie in einem Horrorfilm vor.

»Was ist das?«, stieß Lucia hervor.

»Ich weiß es nicht.« Andrina rappelte sich auf. »So was habe ich noch nie gesehen.«

»Bloß raus hier!«

✳✳✳

»Schön, dass du da bist«, sagte Susanna und nahm Andrinas Jacke ab. Ihre blonden Haare, die normalerweise wie ein Weizenfeld kurz vor der Ernte leuchteten, waren stumpf. Susanna war aufgedunsen, was an den Wassereinlagerungen liegen musste. Mit der linken Hand stützte sie ihren Bauch, der seit Andrinas letztem Besuch an Volumen zugenommen hatte.

Andrina folgte Susanna mit Rebecca auf dem Arm zum Wohnzimmer. Sie war wie in Trance und fragte sich, wie sie es geschafft hatte, ohne Zwischenfall herzufahren.

Dunkel konnte sie sich erinnern, was geschehen war, nachdem Lucia und sie aus der Wohnung gestürmt waren. Nur knapp hatte sie es bis zu Lucias Badezimmer geschafft und sich nicht im Treppenhaus übergeben. Andrinas Handy hatte geklingelt. Sie war nicht fähig gewesen, es aus ihrer Hosentasche zu holen. Das Handy hatte ein zweites Mal geklingelt. Dieses Mal konnte sie das Gespräch entgegennehmen.

»Wo bleibst du?«, hatte Gabi aufgebracht gefragt. »Du hast gesagt, maximal zwei Stunden. Jetzt sind es fast drei. Ich sollte dringend los, da André gleich den Impftermin hat.«

Andrina war zu Gabi gerast und danach zu Susanna nach Rohr gefahren. Nach wie vor hatte sie das Gefühl, ihre Beine bestünden aus Gummi, und die Übelkeit war seit der Begegnung mit der Spinne auf Gregor Hartmanns Bett nicht abgeebbt.

Susanna legte Bilderbücher vor Rebecca auf dem Boden hin. Das Mädchen begann darin zu blättern.

»Ist alles in Ordnung mit dir?«, fragte Susanna. »Du bist blass.«

»Ja, nein. Ich muss dir was erzählen, und ich hoffe, du hast starke Nerven.«

»Das klingt nach etwas Schlimmem.«

»Ich weiß nicht, ob ich mich in etwas hineinsteigere und der Schreck, den ich bekommen habe, meine Urteilsfähigkeit reduziert hat. Das heißt, ob nicht alles in Wirklichkeit harmlos ist. Ich nehme an, Sämi hat dir von dem Tod von Gregor Hartmann erzählt.«

Susannas Freund Samuel Häusermann arbeitete wie Susanna in der Abteilung Leib und Leben der Kantonspolizei Aargau. Allerdings hatte Andrina ihn am Donnerstag nicht bei Gregors Wohnung gesehen. Und auch bei der Befragung im Polizeikommando war sie ihm nicht begegnet.

»Er hat erwähnt, es habe einen außergewöhnlichen Todesfall gegeben. Sämi gehört nicht zum Ermittlungsteam, soweit ich ihn verstanden habe. Erzähl, was hat dich aus der Bahn geworfen?«

Susanna riss die Augen auf, während Andrina zusammenfasste, wie sie Gregor Hartmann aufgefunden hatten und sie aufgrund von Broglis Desinteresse in die Wohnung zurückgekehrt war.

»Diese Schwarze Witwe habt ihr nicht gefunden, dafür dieses Riesentier?«, fragte Susanna, nachdem Andrina geendet hatte.

»So ist es.«

»Wie sieht sie aus? Ist sie so groß, oder ist das, wie du vermutest, nur der Schreck, der sie dir so groß erscheinen lässt? Oder ist es diese neue Spinne, die aus dem Mittelmeerraum eingewandert ist? Ich weiß nicht, wie sie heißt.«

»Die Nosferatu. Nein, es ist keine solche.« Andrina holte ihr Handy hervor, froh darum, die Geistesgegenwart besessen zu haben, ein Foto zu schießen, bevor sie Lucia aus Hartmanns Wohnung gefolgt war. Sie rief das Foto auf und hielt es Susanna hin. Mit dem Zeigefinger tippte sie auf das Display. »Zum Größenvergleich. Dieses Muster des Duvetbezugs hier ist ungefähr so groß wie meine Handfläche.«

»Puh«, stieß Susanna hervor, die sich neben Andrina auf das Sofa gesetzt hatte. »Ich kann deine Reaktion gut nachvollziehen. Das da ist passend zum heutigen Datum.«

»Sogar für Halloween wäre das ein schlechter Scherz. Leider ist sie lebendig.«

»Sie ist so groß wie das Muster der Decke, und das ist handtellergroß, hast du gesagt.« Susanna drehte ihre Hand um und betrachtete ihre Handinnenfläche. »Das ist riesig.« Sie nahm das Handy und zoomte das Bild mit zwei Fingern heran. »Ist das eine Tarantel?«, fragte sie.

»Ich habe keine Ahnung«, erwiderte Andrina. »Mit Spinnen befasse ich mich normalerweise nicht.«

»Nicht auszudenken, was passiert wäre, wenn du dich auf diesem Viech abgestützt hättest.«

Die Übelkeit, die abgeflacht war, während Andrina berichtet hatte, war mit einem Schlag zurück.

»Sind Taranteln giftig?«, fragte Susanna.

»Keine Ahnung. Es gibt Leute, die eine Tarantel als Haustier halten und sie sich auf die Hand setzen. Ich gehe davon aus, das würde keiner tun, wenn ein Biss giftig, wenn nicht gar tödlich wäre. Es sei denn, diese Person gehört zu der Kategorie ›Nervenkitzel suchen‹.«

Susanna rief auf Andrinas Handy das Internet auf und gab »Tarantel« und »giftig« in die Suchmaske ein.

»Ein Biss der Spinne kann zwar unangenehm sein, ist aber nicht tödlich, steht hier. Es sei denn, man reagiert allergisch.« Sie ließ das Handy sinken. »Es könnte passen und dann wieder nicht.«

»Was?«

»Ich weiß, ich sollte dir das nicht erzählen.« Offenbar wusste Susanna besser über Gregors Tod Bescheid, als sie anfangs zugegeben hatte. »Da aber die Jungs von der Spurensicherung das da«, Susanna rief Andrinas Foto auf, »übersehen haben und du darüber gestolpert bist … Es bleibt jedoch unter uns. Ich will sagen, du hast es nicht von mir.«

Andrina nickte, als Susanna nicht fortfuhr und sie eindringlich musterte.

»Gregor Hartmann wies drei oder vier Bissspuren an Armen und Beinen auf. Der Rechtsmediziner meinte, sie könnten von einer Schlange stammen. Eine Schlange haben die Kollegen bei der Durchsuchung aber nicht gefunden.«

»Haben die Toxikologen das Gift nicht identifizieren können?«

»Dazu müssten sie wissen, nach welchem Gift sie zu suchen haben. Es gibt Standardtests, aber auf alles kannst du nicht testen.«

Das stimmte.

»Nachdem keine Schlange gefunden worden war, stecken die Ermittlungen fest. Das Team hat überlegt, ob Hartmann sich die Bisse außerhalb der Wohnung zugezogen hat. Allerdings läuft bei dem Wetter keiner in T-Shirt oder Shorts herum. Falls die Verletzungen von früher stammen, würde man davon ausgehen, er habe ärztliche Hilfe gesucht oder die Verletzungen zumindest selbst versorgt. Das heißt, sie wären älteren Datums gewesen. Das sah bei der Leiche nicht danach aus. Gemäß Rechtsmediziner waren sie relativ frisch.« Susanna betrachtete das Foto. »Die hier muss sich gut in der Bettwäsche versteckt haben und ist nicht herausgefallen, als die Kollegen die Decke und das Kissen aufgeschüttelt haben, um zu schauen, ob sich dort eine Schlange versteckte.«

»Ich habe Herrn Brogli von der Rotrückenspinne erzählt, die ich gesehen habe. Wenn ich dich so höre, ist keiner diesem Hinweis nachgegangen. Wieso?«

»Von einer Spinne hat Sämi nichts erzählt. Er sagte, Silvan Brogli habe gesagt, du hättest nicht helfen können.«

Wie sie vermutet hatte. »Hat Max Sämi den Fall zugeteilt?«

»Ja. Er gehört zum Ermittlerteam.«

Andrina fühlte sich gekränkt. Warum war Susanna am Anfang ausgewichen und hatte behauptet, er habe nichts mit den Untersuchungen zu tun? Wegen der laufenden Ermittlungen und weil der Fall speziell ist, beantwortete sie sich die Frage selbst. Außerdem hätte sie es sich denken können, da Häusermann Enrico befragt hatte.

Je weniger Leute außerhalb des Ermittlungsteams Details wussten, umso besser war es. Nichts sollte zu den Medien durchsickern. Andrina wusste, was angerichtet werden konnte, wenn eine Spekulation die nächste jagte.

»Herr Brogli hat mich vermutlich für eine Spinnerin gehalten und die Kollegen nicht über unser Gespräch informiert.« Spinnerin – wie passend, dachte Andrina und versuchte, ihre Wut im Zaum zu halten. Es war nicht das erste Mal, dass er Informationen, die sich später als wichtig herausstellten, nicht weitergegeben hatte. Sie wunderte sich erneut, dass Max Wagner keine Konsequenzen gezogen hatte. Sie haben Personalmangel, rief sie sich in Erinnerung.

»Ist die Rotrückenspinne giftig?«, fragte Susanna.

»Ja, aber nicht unbedingt tödlich.«

»Weißt du, wie der Biss einer solchen Spinne oder der einer Tarantel aussieht?«

»Woher sollte ich das?«, rief Andrina. »Mich hat zum Glück bisher keine gebissen.«

Susanna beugte sich abermals über das Bild. »Verglichen mit den Bildern einer Tarantel aus dem Netz sieht diese Spinne hier anders aus. Was nicht heißen muss, dass die Bissspuren von ihr stammen. Am besten schicken wir Sämi das Bild. Er kann einen Experten fragen, was das hier für eine Spinne ist und ob sie für die Verletzungen bei Herrn Hartmann verantwortlich sein kann.«

＊

Andrina schlüpfte in die Jogginghose und in einen Pullover. Sie rubbelte die Haare trocken und band sie zu einem losen Rossschwanz zusammen. Enricos Vorschlag war gut gewesen. Das Bad hatte gutgetan. Es hatte sie entspannt und die Erlebnisse in Gregor Hartmanns Wohnung weniger bedrohlich erscheinen lassen.

Enrico hatte recht, war sie überzeugt. Sie hatte überreagiert, und diese Spinne war harmlos. Spinnen hatten sie zu Andrinas Leidwesen selbst genügend im Haus. Im Keller oder in der Garage war ihr öfter eine dieser großen schwarzen begegnet, die gemäß Internet »Große Winkelspinne« hieß und die sie scherzhaft »Schweizer Haustarantel« nannte. Sie musste sich bei einer Begegnung zusammenreißen, nicht jedes Mal in Panik davonzurennen.

Andrina verließ das Badezimmer und schaute in Rebeccas Zimmer. Im Licht, das aus dem Flur in den Raum drang, sah sie Rebecca auf dem Rücken liegen. Sie hatte die Decke weggestrampelt und Beine und Arme ausgestreckt.

Vorsichtig deckte Andrina sie zu, als es an der Tür klingelte. Rebecca zuckte leicht mit den Armen und Beinen, schlief aber in der gleichen Position weiter.

Von unten drang Enricos Stimme hoch. Ein anderer Mann antwortete.

Andrina verließ das Kinderzimmer und lauschte. Die beiden waren ins Wohnzimmer gegangen, und Andrina konnte nur Gemurmel hören. Lust auf Besuch hatte sie keinen und überlegte, ob sie so tun sollte, im Badezimmer zu sein.

Das fand Andrina nicht anständig und lief nach unten.

Als sie das Wohnzimmer betrat, wünschte sie, sie wäre oben geblieben. Marco Feller saß gegenüber von Enrico auf dem Sofa. Beide schauten in ihre Richtung, als sie Andrina bemerkten. Wie so oft fiel Andrina auf, wie stark sich die Halbbrüder glichen. Beide sahen wie ihr gemeinsamer Vater aus. Einziger Unterschied waren die Augen und der Teint. Enricos Augen waren im Gegensatz zu Marcos leuchtend blauen dunkelbraun, und sein Teint war dunkler – ein Erbe seiner süditalienischen Mutter.

Die Entspannung, die sie gerade verspürt hatte, war wie weggeblasen, als sie Marcos ernstes Gesicht sah.

»Entschuldige, wenn ich um diese Uhrzeit bei euch reinplatze, aber ich habe Sämi versprochen, mit dir zu reden, Andrina. Er wollte das nicht am Telefon machen.«

»Kein Problem«, sagte Andrina bemüht locker und setzte sich zu Enrico.

»Du hast Sämi das Bild dieser Spinne aus Herrn Hartmanns Wohnung geschickt.«

»Ja, also Susanna hat es geschickt. Vermutlich habe ich überreagiert, und das Tier ist harmlos. Es ist eine Spinne, wie jeder sie im Haus hat. Entschuldige, wenn ich Wirbel gemacht und euch unnötig beschäftigt habe.«

Marco sagte nichts.

Gleich gibt es eine Standpauke, warum ich mich in die Polizeiarbeit einmische und alle mit meinen Vermutungen von der Arbeit abhalte.

»Überreagiert hast du nicht. In einem Schweizer Haushalt hat diese Spinne definitiv nichts zu suchen. Es ist gut, dass du und Frau Widmer sofort die Wohnung verlassen habt.«

»Wieso?«

»Wir haben das Foto einem Spinnenexperten gezeigt. Es handelt sich um eine Sydney-Trichternetzspinne.«

»Ja und?«

»Sie ist hochgiftig.«

Erschrocken schaute Andrina Enrico an.

»Ich würde sagen, dein Schutzengel hat ganze Arbeit geleistet, wenn das stimmt, was Susanna Sämi erzählt hat.«

»Wie giftig ist hochgiftig?«, fragte Enrico.

Marco holte aus seiner Jackeninnentasche ein Notizbuch hervor und schlug es auf.

»Sie gehört zu den gefährlichsten Spinnenarten der Welt«, sagte er. »Normalerweise kommt sie nur in Sydney und Umgebung vor. Wenn sie sich bedroht fühlt, ergreift sie nicht die Flucht, sondern setzt sich zur Wehr. Wir würden sagen, sie ist aggressiv, aber der Spinnenexperte mag dieses Wort nicht. Er beschreibt es so: Sie hat eine große Portion Selbstbewusstsein und weiß um ihre Wirkung. Bevor sie angreift, richtet sie sich auf. So wie die auf deinem Foto es tut. Wenn sie beißt, wird man sie nicht los, sondern muss sie regelrecht herunterreißen. Sie kann mehrmals hintereinander zubeißen.« Marco schaute auf, als Andrina einen erstickten Laut von sich gab. »Ihr Beißwerkzeug ist kräftig. Sie kommt damit sogar durch Zehennägel«, fuhr Marco fort. »Bei dem Gift handelt es sich um ein Nervengift.« Er blätterte eine Seite in seinem Notizbuch um. »Typische Symptome nach einem Biss sind unter anderem Übelkeit, Bluthochdruck,

Herzrhythmusstörungen, Schwindel- und Taubheitsgefühle bis hin zu Bewusstseinsstörungen und Atemnot. Später lähmt es die Atem- und Herzmuskulatur und führt so zum Tod durch Ersticken oder zu einem Herzinfarkt. Inzwischen hat man ein Gegengift entwickelt, das gut wirkt – seitdem gab es in Australien keine Todesfälle mehr, aber man muss rasch reagieren. Ich denke, ein Schweizer Hausarzt wird das Gegenmittel kaum vorrätig haben. Daher kommt ein Biss dieser Spinne hier bei uns meiner Meinung nach einem Todesurteil gleich.«

Er klappte das Notizbuch zu. Weder Andrina noch Enrico rührten sich. Das Kältegefühl nahm zu, und Andrina sah sich erneut in der Wohnung vor Gregor Hartmanns Bett – mehr oder weniger mit dieser Spinne auf Augenhöhe.

»Wie kommt diese Spinne in Gregors Wohnung?«, fragte Enrico und brachte Andrinas Aufmerksamkeit zurück in ihr Wohnzimmer.

»Das ist eine gute Frage, der wir nachgehen müssen.« Marco stand auf. »Das wollte ich euch nur gesagt haben.« Er drehte sich zu Andrina. »Bitte überlass uns nun alles Weitere. Mit diesen Tieren ist nicht zu spaßen.«

»Tieren?«, fragte Enrico. »Waren mehrere Spinnen in der Wohnung?«

»Das wissen wir nicht. Noch nicht. Aber es sind mindestens zwei. Diese Trichternetz- und die Rotrückenspinne, die du letzte Woche gesehen hast, Andrina. Und über die Silvan uns nicht informiert hat. Dieser Idiot!« Seine Stimme war eine Nuance tiefer geworden, und Andrina musste nicht fragen, ob Brogli eine Zurechtweisung erhalten hatte. Genugtuung verdrängte kurz die Kälte.

»Was geschieht nun?«, fragte Enrico.

»Der Spezialist ist vor Ort, um sie einzufangen«, erwiderte Marco.

Er verabschiedete sich, und Enrico begleitete ihn zur Tür.

Andrina starrte ihnen nach, aber sie sah nicht die beiden Männer, die das Wohnzimmer verließen, sondern die Spinne auf Gregor Hartmanns Bett. Die Spinne, die nur wenige Zentimeter neben ihrer Hand gewesen war, als Lucia sie zur Seite gestoßen hatte. Es hätte nicht viel gefehlt und …

»Andrina?« Enrico setzte sich neben sie auf das Sofa. »Du bist leichenblass.«

»Mir ist schlecht.« Andrina sprang auf und rannte ins Badezimmer.

Als sie sich auf den Badewannenrand setzte, hörte sie die Türklingel. »Süßes oder Saures«, schallte es zu ihr hoch.

»In dem Fall habe ich keine andere Wahl«, hörte Andrina Enrico mit einem Schmunzeln in der Stimme sagen.

»Cool. Schoggistängel«, riefen die Kinder begeistert.

Obwohl Andrina nichts mit Halloween anfangen konnte, hatte sie Süßigkeiten parat gestellt. Sie hörte das Schließen der Tür und ausgelassenes Lachen. Sie trat ans Fenster. Eine Gruppe von vier oder fünf maskierten Kindern lief über die Einfahrt zurück zur Straße, wo zwei Erwachsene warteten. Im Schein der Straßenlampe konnte Andrina das Gewand eines der Kinder erkennen – schwarz, mit Spinnenweben überzogen. Spinnen … Ihre Beine wurden erneut weich, und sie musste sich setzen. Heute hatte sie ihren persönlichen Halloweenhorror erlebt.

VIER

»Du bist nicht bei der Sache«, sagte Lukas Sandmeier, der sich mit Andrina das Büro beim Cleve-Verlag teilte. Er war für den Vertrieb und die Covergestaltung zuständig.

»Wieso meinst du?«, fragte Andrina.

»Du schaust auf den Bildschirm, hast aber seit mindestens zehn Minuten kein Wort getippt oder durch den Text gescrollt. Und außerdem habe ich dich dreimal gefragt, ob du mir deine Meinung zu diesem Coverentwurf sagen könntest.« Das klang vorwurfsvoll, aber in seinen Augen blitzte es, und er zwinkerte ihr zu.

»Entschuldige, ich war in Gedanken.«

»Die offenbar nicht erfreulich sind. Andrina, was ist los? Seit du heute Morgen gekommen bist, siehst du wie ein Gespenst aus. Zu Mittag hast du fast nichts gegessen. Bist du krank?«

»Krank ist übertrieben. Ich bin einfach nicht fit.« Und hundemüde, dachte Andrina.

In der vergangenen Nacht hatte sie kaum ein Auge zugetan. Die ganze Zeit hatte sie die Spinne gesehen, die sich aufgerichtet hatte.

»Zeig das Cover.« Sie stand auf. Als sie hinter Lukas trat und auf den Bildschirm schaute, prallte sie zurück und schrie auf.

»So schlimm?«, fragte Lukas. »Dabei dachte ich, es wäre passend zum Krimi.«

»Worum geht es in dem Krimi?«

»Er handelt von einem Polizeibeamten, der undercover im Milieu der Organisierten Kriminalität ermittelt. Dabei rutscht er ungewollt auf die Seite der Bösen. Er ist in dem Netz gefangen und kann sich nicht mehr aus dem Sumpf befreien. Der Titel ›Gefangen im Netz‹ ist von Elisabeth abgesegnet, und ich dachte, das Bild mit den spinnennetzbedeckten Büschen mit dem Morgentau in der Sonne wäre ein passendes Motiv. Wenn ich es nun genau betrachte, ist das Bild zu idyllisch für dieses Thema.«

»Zu idyllisch?«

»Ja. Marienseide sieht zu friedlich aus. Ich brauche etwas, das finsterer ist.«

Lukas öffnete den Explorer und klickte durch verschiedene Fotos. Spinnenweben in Variationen.

»Wieso ausgerechnet Spinnennetze?«, fragte Andrina.

»Der Titel lautet ›Gefangen im Netz‹«, erinnerte Lukas sie. Er drehte sich um und schob seine Brille auf die Nasenspitze. Über den Rand schaute er Andrina prüfend an. »Du findest das keine gute Idee? Weil du diese Krabbeltiere nicht magst oder weil es nicht passend zum Buch ist?«

»Es ist nicht das. Mir ist, als verfolgten diese Viecher mich gerade überallhin.«

»Spinnen? Zu dieser Jahreszeit? Heute ist der 1. November.« Andrina schwankte. Lukas verschwamm vor ihren Augen, und ihre Beine knickten ein. Lukas griff nach ihrem Arm. »Hey, kipp mir nicht um.«

Er stand auf und dirigierte Andrina auf seinen Stuhl. Er beugte sich zu ihr hinunter. Die braunen Augen blickten sie besorgt an. »Soll ich dir etwas zu trinken bringen? Wasser? Tee? Kaffee?«

Bloß keinen Kaffee. Beim Gedanken daran wurde Andrina schlecht. »Ein Kräutertee wäre gut.«

»Ich bin gleich zurück.«

Andrina legte den Kopf in den Nacken. Wie peinlich. Wie musste es herüberkommen, wenn sie beim Anblick eines Fotos mit Spinnennetzen zusammenklappte? Völlig hysterisch.

Andrina drehte sich so, dass sie Lukas' Bildschirm nicht mehr sah, und atmete tief ein und aus.

Lukas kehrte mit einem Espresso und einem Tee zurück.

Er hielt Andrina einen Schokoladenriegel hin. »Als Zuckerschub«, sagte er. »Und jetzt erzählst du, warum dieses stimmungsvolle Bild dich so umhaut.«

Die Augen hinter der Brille wurden größer, als Andrina von ihrem gestrigen Erlebnis erzählte.

»Okay, das kann ich nachvollziehen. Um ehrlich zu sein, ich

mag Spinnen auch nicht besonders und sehe sie als notwendiges Übel der Natur an. Dein Erlebnis hätte mir ebenso ziemlich den Rest gegeben.«

»Das bleibt bitte unter uns. Wenn Kilian davon hört, wittert er gleich einen neuen Kriminalfall.«

»Womit er recht hat. Dieser Hartmann ist tot, und das offenbar nicht aufgrund eines, wie soll ich sagen, körperlichen Problems. Wie kommt diese Mordwaffe auf acht Beinen in diese Wohnung?«

»Das ist die Gretchenfrage.« Andrina nippte am Tee. Das heiße Getränk beruhigte ihren Magen. Sie biss ein Stück von dem Schokoladenriegel ab.

»Die Vorstellung allein ist furchtbar«, sagte Lukas. »Jemand schleicht in meine Wohnung und schmuggelt so ein Tier in mein Bett, damit es zubeißt, wenn ich mich zum Schlafen lege, weil es sich bedroht fühlt.«

»Wie kommst du darauf, dass es sich so abgespielt hat?«

»Wie sollte es sonst passiert sein, wenn der Mann nicht in Australien in den Ferien war und keiner in dem Haus ein Terrarium mit Spinnen besitzt?« Lukas trank den Espresso aus. »Oh Mann, da hatten die ahnungslosen Beamten von der Spurensicherung richtiges Glück. Nicht auszudenken, wenn einer bei den Untersuchungen gebissen worden wäre.«

Das Telefon auf Andrinas Pult klingelte.

»Soll ich es nehmen?«, fragte Lukas.

»Danke, es geht.« Andrina erhob sich schwerfällig und nahm das Gespräch entgegen.

»Ich weiß, ich sollte es nicht, aber ich finde, du hast ein Anrecht, dies zu erfahren«, sagte Susanna ohne Begrüßung. »Die Wohnung ist ab sofort spinnenfrei. Sie haben eine Trichternetzspinne im Schlafzimmer und eine Rotrückenspinne im Entrée hinter der Garderobe gefunden.«

»Und es versteckt sich keine weitere?«, fragte Andrina. »Wie können sie da sicher sein?«

»Vertraue dem Spezialisten.«

»Wo sind die Tiere jetzt?«

»An einem Ort, an dem sie keinen Schaden anrichten können.«

»Das heißt, sie wurden getötet?« Auch wenn es sich um Spinnen handelte, waren es Lebewesen, und Andrina wollte nicht, dass ihnen etwas angetan wurde. Immerhin konnten sie nichts für die Absichten der Person, die sie in der Wohnung deponiert hatte.

»Wenn ich Sämi richtig verstanden habe, hat der Spezialist sie mitgenommen. Er hat selbst einige Giftspinnen zu Hause und sagte, er werde diese beiden pflegen.«

»Zu sich nach Hause? Der hat Nerven. Um was für einen Spezialisten handelt es sich?«

»Bei der Polizei gibt es speziell Zuständige für Gifttiere. Es hat also Fachleute, die aufgeboten werden, wenn man Schlangen oder Spinnen findet.«

Ein Polizeibeamter. Immerhin würde dieser die Tiere für keine kriminellen Aktionen missbrauchen und wissen, was er tat, wenn er sie bei sich aufnahm.

»Schlangen oder Spinnen werden öfter gefunden. Allerdings hat es gemäß dem Beamten nie einen solchen Fall mit einer Trichternetzspinne gegeben. Es wird interessant sein, herauszufinden, wie diese Spinne den Weg vom roten Kontinent in unser kleines beschauliches Land gefunden hat.«

Tolle Formulierung.

»Ich glaube nicht, dass es erlaubt ist, diese Spinne aus Australien auszuführen«, fügte Susanna an.

»Mit krimineller Energie ist einiges möglich«, erwiderte Andrina das, was sie bereits Enrico gesagt hatte.

»Wie wahr. Trotzdem wird es nicht einfach sein, eine solche Spinne einzufangen, es braucht Erfahrung. Normalerweise leben die Spinnen versteckt in Löchern oder an geschützten Lagen in ihren trichter- oder röhrenförmigen Netzen. Nur während der Paarungszeit sind die Männchen auf Brautschau unterwegs. Bei Herrn Hartmann in der Wohnung handelt es sich um ein Männchen. Der Biss des Männchens ist um einiges giftiger als der des Weibchens, was logisch ist. Das Männchen lebt gefährlicher und muss sich verteidigen können, da es aus dem schützenden Loch rausmuss, um ein Weibchen zu finden.«

»Welchen Grund sollte man haben, sie einzufangen, außer den, sie aus dem eigenen Haus zu befördern?«

»Sie in einen Tierpark zu bringen. Es wird sogar darum gebeten, diese Spinnen zu bringen, wenn man eine gefunden hat. Sie werden gebraucht, damit man Gegengift herstellen kann. Um nur eine Dosis herzustellen, muss sie bis zu siebzigmal gemolken werden, wenn ich das richtig verstanden habe.«

»So oft? Hat dir das der Experte erzählt?«

»Nicht mir, sondern Sämi.«

»Offenbar hat eine Person diese Spinne nicht dort abgegeben, sondern sie in die Schweiz geschickt.«

Andrina hörte, wie Susanna aufstöhnte. »Das herauszufinden wird nicht leicht werden. Sämi ist mit den entsprechenden Behörden in Kontakt.«

»Muss man melden, wenn man eine Spinne besitzt?«

»Du meinst, ob eine Datenbank existiert?« Susanna lachte auf. »Nein. Das wäre zu aufwendig, da jeder Haushalt registriert sein müsste. Giftspinnen haben wir auch in der Schweiz. Spontan fällt mir die Kreuzspinne ein. Diese ist nicht für den Menschen gefährlich, und ein Biss wird Symptome wie Schmerz und Juckreiz verursachen, ähnlich wie bei einem Bienenstich. Ähnlich ist es mit der Nosferatu-Spinne, die neuerdings bei uns anzutreffen ist.« Andrina hörte, wie Susanna schluckte, und danach das Geräusch einer Tasse, die auf eine Untertasse gestellt wurde. »Zurück zu den beiden australischen Spinnen. Wir gehen davon aus, dass sie nicht legal in die Schweiz gekommen sind. Wenn jemand Mordabsichten hat, wird er nicht sein Haustier dazu benutzen, das zu ihm zurückverfolgt werden kann.«

»Eben sagtest du, man müsse nicht registriert sein.«

»Unbemerkt, dass man eine solche Spinne besitzt, bleibt es nicht unbedingt. Es gibt Freunde und Familienangehörige, die davon wissen.«

Es entstand eine kurze Pause, die Andrina brach. »Das bedeutet, Gregor ist definitiv an den Folgen des Bisses gestorben?«

»Das alles hast du nicht von mir, und du hast es erst recht nie gehört«, fuhr Susanna fort. »Gregor Hartmann ist an dem Gift der Sydney-Trichternetzspinne gestorben. Unser Rechtsmediziner hat die australischen Kollegen kontaktiert. Gemäß Fachleuten passen die Bissspuren, und die rechtsmedizinischen Untersuchungen bestätigen dies.«

***

Enrico sah blass aus, als er in die Küche trat. Rebecca rutschte vom Kinderstuhl und lief zu ihm.

»Ciao, piccola«, sagte er. Sein Lächeln erreichte jedoch seine Augen nicht, in denen Andrina Besorgnis erkannte. Was war geschehen?

»Du bist spät dran«, sagte sie.

»Entschuldige, es ist … lass uns später darüber reden.« Während des Essens berichtete Andrina, was sie von Susanna erfahren hatte.

»Illegalen Handel mit Tieren gibt es leider zur Genüge«, sagte Enrico. »Warum sollten da nicht diese Spinnen dabei sein?«

»Ich könnte mich beherrschen, mit so einem Tier zu reisen. Allein die Vorstellung, sie könnte der Transportbox entwischen, finde ich abschreckend genug.«

»Das mag auf dich zutreffen. Bei anderen sieht es anders aus. Spinner gibt es schließlich genug. Hast du keinen Hunger?«

Spinner – tolle Wortwahl.

»In letzter Zeit habe ich keinen richtigen Appetit. Das ist allerdings kein Wunder bei dem, was gerade alles los ist.« Dein Appetit ist auch nicht der größte, fügte Andrina stumm an und blickte auf Enricos Teller. Sie ließ es jedoch unausgesprochen.

»Ich bringe Rebecca ins Bett«, sagte er und stand auf.

Als Andrina den Tisch abräumte, überlegte sie, was bei Enrico vorgefallen sein könnte. Nach dem Mittag hatten sie nicht wie gewöhnlich miteinander telefoniert. Erst hatte Enrico versucht sie zu erreichen, als Andrina nicht am Platz war. Später hatte sie zurückgerufen. Enrico sei in einer Sitzung, hatte seine Sekretärin Fadrina erklärt.

Beim Nachtessen hatte er sich betont locker verhalten, aber Andrina konnte er nicht täuschen.

Nachdem Andrina den Tisch abgeräumt hatte, lief sie nach oben und gesellte sich zu Enrico und Rebecca ins Kinderzimmer. Nachdem sie »Ich ghöre es Glöggli« gesungen hatten, gingen sie ins Wohnzimmer.

Er setzte sich auf das Sofa und schaute sie schweigend an. Es war, als suche er nach einem Einstieg. Hatte es mit Gregor Hartmanns Tod zu tun? Andrina schaffte es, ihn nicht zu drängen, und schwieg.

»Wir haben eventuell ein Problem«, begann Enrico.

»Wer? Du und ich?«

»Nein. JuraMed. Fentanyl ist verschwunden.«

»Was ist das?«

»Fentanyl ist ein Schmerzmittel. Es wird beispielsweise bei Durchbruchschmerzen bei Krebspatienten verwendet. Wir haben Fentanylpflaster, die bei Patienten mit starken Schmerzen für eine anhaltende, gleichmäßige Schmerzbefreiung eingesetzt werden. Beim Fentanyl handelt es sich um ein synthetisches Opioid, das stärker als Morphin ist. Es unterliegt dem Betäubungsmittelgesetz.«

»Das heißt, es gibt ein Problem mit der Swissmedic?«

Enrico hatte Andrina von den strengen Regeln erzählt, die die Medikamente betrafen, die unter dem Betäubungsmittelgesetz standen. Sie befanden sich in einem separat abgeschlossenen Bereich, zu dem nur der Betäubungsmittelverantwortliche der Firma Zugang hatte. Dieser musste genau dokumentieren, wenn Medikamente ausgeliefert beziehungsweise retourniert wurden. Bisher waren bei JuraMed keine Medikamente abhandengekommen.

»Wie viel fehlt?«, fragte Andrina.

»Sechs Schachteln mit Pflastern. Das ist an sich nicht schlimm, weil es nicht viel ist.«

Andrina war verwirrt. »Eben sagtest du, es gäbe eventuell ein Problem.«

»Ich vereinfache das Ganze mal. Generell werden Betäubungsmittel in unterschiedliche Klassen eingeteilt, also ›normale Arzneimittel‹ und ›verbotene Stoffe‹. Unter die verbotenen Stoffe fallen zum Beispiel Heroin und Kokain. Diese verbotenen Stoffe dürfen von Pharmaunternehmen mit spezieller Lizenz hergestellt werden und dienen als Ersatz in Suchtkliniken oder Drogenabgabestellen.«

»Ihr stellt Heroin her? Das hast du nie erwähnt.«

»Das tun wir nicht. Wir haben diese Lizenz nicht. Wir produzieren nur das Medikament mit dem Fentanyl.«

»Das Handhaben dieser verbotenen Substanzen ist strenger, wenn ich dich richtig verstehe.«

»Genau. Alles wird strenger bewacht, und es muss ausführlich gegenüber der schweizerischen Heilmittelbehörde Swissmedic begründet werden, wenn etwas abhandenkommt.«

»Das ist beim Fentanyl nicht so?«

»Fentanyl ist ein Arzneimittel mit einem ›Standard-Betäubungsmittelwirkstoff‹. Es befindet sich im Verzeichnis A der Betäubungsmittel. Es gibt gewisse Restriktionen. Man benötigt ein spezielles Rezept für diese Medikamente. Es darf nur einmal pro Monat bezogen werden, und die verschriebene Menge darf nicht über den Bedarf eines Monats hinausgehen.«

»Was bedeutet das für die verschwundenen Packungen?«

»Wir können die Packungen als normalen Verlust melden.«

»Aber?«

»Julian meint, es sei jemand am Schrank gewesen.«

Andrina erinnerte sich, dass Julian Schäfer vor einem knappen Jahr bei JuraMed angefangen hatte. Sein Vorgänger war in Pension gegangen. Wie sie bisher von Enrico gehört hatte, hatte Julian Schäfer sich als guter Ersatz entpuppt. Sie hatte ihn ein- oder zweimal gesehen und seine offene Art sympathisch gefunden. Julian Schäfer brachte die idealen Voraussetzungen mit, die für die Qualitätssicherung notwendig waren, hatte Enrico ihr gesagt. Zwar fanden ihn einige Mitarbeiter bei JuraMed übertrieben pingelig, aber Enrico war froh, wie genau er es nahm und darauf achtete, dass die von Swissmedic geforderte Qualität und Sorgfalt bei der Herstellung, der Verpackung und dem Transport der Medikamente eingehalten wurden. Bei dem letzten Audit von zwei Lieferanten hatte er Mängel in der Sauberkeit und in der Arbeitshygiene festgestellt, welche Auswirkungen auf die Qualität der Tabletten gehabt hatten.

Aufgrund seiner Zuverlässigkeit hatte Enrico Julian Schäfer die Verantwortung für die Betäubungsmittel übertragen.

»Wieso glaubt Julian, es sei jemand am Schrank gewesen?«, fragte Andrina.

»Beim Abschließen des Schranks muss er fest gegen die Tür drücken. Wenn er zugesperrt hat, bleibt ein Spalt offen.«

»Er ist also nicht richtig zu, und das war vorher nicht so?«

»Genau.«

»Bedeutet das, jemand hat den Schrank aufgebrochen?«

»Die Tür ist nicht kaputt. Sie ist nur verzogen. Ich würde sagen, es hat jemand versucht, sie aufzubrechen.«

»Versuchen ist nicht gleich Erfolg haben. Habt ihr euch sicher nicht bei der Anzahl Schachteln verzählt?«

»Es scheint kein Zweifel zu bestehen. Wir wollen es morgen nochmals nachprüfen.«

Andrina hoffte, das Fehlen der sechs Schachteln bestätigte sich nicht und das Ganze ließe sich mit einem Fehler auf der Liste erklären. Sie wollte nicht wissen, ob es Konsequenzen für Julian, Enrico und das Unternehmen nach sich ziehen würde, falls die Diskrepanz bestehen blieb.

FÜNF

»Es ist schön, dass ihr gekommen seid«, sagte Lucia Widmer und trat zur Seite.

Kurz vor dem Mittagessen hatte sie Andrina angerufen, ob sie nicht Lust habe, am Nachmittag zu einem Kaffee vorbeizukommen. Sie brauche eine Ablenkung und habe nichts dagegen, wenn Rebecca mitkäme.

Andrina betrat die Wohnung, und ein angenehmer Geruch nach Gebackenem schlug ihr entgegen.

»Ich habe uns einen Kuchen gemacht«, sagte Lucia und nahm Andrina die Tasche ab. Andrina stellte Rebecca auf den Boden, und das Mädchen klammerte sich an ihr Bein. Mit großen Augen schaute sie zu Lucia hoch.

Lucia ging vor ihr in die Hocke. »So ein herziges Mädchen.« Sie streckte die Hand aus. Rebecca wich zurück und verschwand ganz hinter Andrina. »Aber schüchtern.«

»Gib ihr einige Minuten«, sagte Andrina und wunderte sich über Rebeccas Verhalten. Normalerweise war sie offen und neugierig. Offenbar jagte ihr die hagere schwarz gekleidete Gestalt Angst ein.

Lucia machte eine Geste zum Wohnzimmer, und Andrina folgte ihr. In der Tür blieb sie verblüfft stehen und ließ die Veränderung auf sich wirken. Das Licht war gedimmt. Der schummrige Lichtkegel erhellte dürftig den Esstisch und erreichte den Rest nicht.

Da heute ein nebelverhangener Tag war, an dem es nicht richtig hell wurde, war das Zimmer düster und nicht einladend wie vorgestern, als sie hier gewesen war, um nach der Spinne zu suchen. Auf dem Buffet und dem Salontisch waren mehrere Kerzen aufgestellt. Auf dem Buffet erblickte sie zusätzlich ein Foto von Gregor, das mit einer schwarzen Schleife verziert war. Eine Vase mit rosa Rosen stand daneben. Es sah fast wie ein Altar aus. Diese düstere und unheimliche Atmosphäre ließ Andrina frösteln.

Ein Kontrast dazu war der gedeckte Esstisch auf der anderen Seite. Auf ihm standen drei Teller, eine Apfelwähe und eine Schüssel mit Schokoladengebäck. Trotz des schwachen Lichts vermittelte der Tisch eine gewisse Gemütlichkeit. Zwischen Esstisch und Wohnzimmertischchen lagen Bilderbücher und eine Kiste mit Legosteinen auf dem Boden.

Rebecca reckte den Hals, aber sie blieb zu Andrinas erneutem Erstaunen bei ihr und hielt sich weiter am Bein fest.

»Ich bin froh, dass ihr da seid und mich ablenkt«, sagte Lucia. »Ich weiß das zu schätzen. Da ich nur vormittags arbeite, sind die Nachmittage für mich besonders schlimm.«

»Das machen wir gerne.« Andrina hob Rebecca auf den Arm, als sie ihr mit Nachdruck die Arme entgegenstreckte.

»Was möchtest du?«, fragte Lucia Rebecca und klang bemüht munter. »Von der Wähe oder einen Schokoladenmuffin?«

Rebecca antwortete nicht und presste ihren Kopf gegen Andrinas Hals. Hoffentlich blieb das nicht so.

»Einen Muffin«, sagte Andrina.

Von Neuem erstaunte es sie, weil Rebecca das Gebäckstück nicht sofort ergriff. Was war los? Nach wie vor starrte das Mädchen Lucia mit aufgerissenen Augen an. Das hatte nicht nur mit der schwarzen Kleidung zu tun. Wovor hatte sie Angst? Oder spürte sie, dass es Andrina nicht wohl war?

»Hast du Lust zu spielen?«, fragte Andrina.

Heftig schüttelte Rebecca den Kopf.

»Ich war mir nicht sicher, welche Spielsachen sie in ihrem Alter bevorzugt«, sagte Lucia. »Ich selbst habe keine Kinder und war vorhin in der Ludothek.«

»Das ist bestens«, erwiderte Andrina und beschloss, Rebeccas Verhalten zu ignorieren. »Die Wähe ist fein.«

Eine Weile aßen sie schweigend, bis Lucia das Wort ergriff. »Leider hatte ich nie Kinder. Das war der Hauptgrund, weshalb sich mein Mann damals von mir getrennt hat.«

Getrennt hat? Hatte sie beim letzten Mal nicht erzählt, er sei gestorben?

»Weißt du, es war damals nicht einfach. Er gab mir die Schuld an den drei Fehlgeburten und behauptete, ich würde es absichtlich machen. Als ob man dies beeinflussen könnte.« Sie trank einen Schluck Kaffee. »Nun ja, man kann abtreiben. Aber das habe ich nicht. Ich wollte immer Kinder haben. Die Ärzte haben den Grund, weshalb es nicht klappte, nicht herausgefunden. Mein Mann wollte unbedingt einen Stammhalter.« Sie lachte, was freudlos klang. »Ich weiß nicht, seit wann er mich betrog. An dem Morgen, als ich es herausfand, erklärte er mir, er werde ausziehen. Das war das Letzte, was er mir gesagt hatte. Auf dem Weg zur Arbeit ist er tödlich verunfallt.« Sie nestelte an der Serviette herum. »An der Beerdigung bin ich seiner Geliebten begegnet. Sie beschuldigte mich, ihn getötet zu haben, damit sie ihn nicht haben könne.« Mit der Serviette tupfte sie sich die Augenwinkel ab. »Entschuldige, wenn ich dich damit belästige.«

»Schon gut«, erwiderte Andrina, obwohl diese Geschichte ihr Unwohlsein verstärkte. Hatte Lucia sie eingeladen, um ihr davon zu erzählen? Das ging Andrina nichts an.

»Bis ich mit Gregor zusammenkam, bin ich meinem Vorsatz treu geblieben, die Finger von Männern zu lassen.«

Das war vor ein oder zwei Wochen gewesen. Der Tod ihres Mannes musste länger zurückliegen, wenn Andrina Lucia richtig verstanden und richtig nachgerechnet hatte. Wieso kleidete sie sich weiterhin schwarz? Wegen Gregor? Das konnte nicht der alleinige Grund sein. Schließlich hatte Lucia ebenfalls Schwarz getragen, als Andrina sie das erste Mal getroffen hatte.

»Zuerst wollte ich mich auf keine Beziehung einlassen, aber er …« Lucia brach ab. Tränen glänzten in ihren Augen. »Weiß man, wie diese Spinnen in die Wohnung kamen und ob sie schuld an seinem Tod sind oder ob er an etwas anderem gestorben ist? Mich informiert nämlich niemand, da ich keine Angehörige bin.«

Das bin ich noch weniger, dachte Andrina. »Für Enrico und mich gilt das Gleiche. Man sagt uns nichts.« Von ihr würde Lucia keine Informationen erhalten.

»Du hast Freunde bei denen, die für die Ermittlungen zuständig sind – diese beiden Beamten, die mich befragt haben …«

Woher wusste sie das? Gleich darauf kam es ihr in den Sinn. Sie hatte erwähnt, mit Marco befreundet gewesen zu sein, und verfluchte sich dafür. Nun war klar, warum Lucia sie um den Besuch gebeten hatte. Fieberhaft überlegte Andrina, was sie sagen konnte, ohne Susannas Vertrauen zu missbrauchen und sie in Schwierigkeiten zu bringen.

»Mir hat auch keiner etwas gesagt«, erwiderte Andrina mit Nachdruck. »Aus ermittlungstechnischen Gründen dürfen sie das nicht.«

»Das kann ich nicht glauben. Entschuldige bitte. Weißt du, sie behandeln mich sogar wie eine Verbrecherin.«

»Inwiefern?«

»Sie haben heute Morgen meine Fingerabdrücke genommen.«

»Das ist das normale Vorgehen. Ich musste meine ebenfalls abgeben.«

Am Vormittag hatte Samuel Häusermann angerufen und sie darum gebeten. Bevor Andrina zu Lucia gefahren war, hatte sie einen Abstecher zum Polizeikommando gemacht.

»Wieso du?«

»Wir beide waren in der Wohnung. Sie brauchen unsere Vergleichsabdrücke, damit sie diese von denen, die in der Wohnung gefunden werden, identifizieren und aussortieren können. Nach Beendigung der Ermittlungen werden sie gelöscht.«

»Wir sind nicht verdächtig und bleiben nicht in ihrer Datei?«

»Nein. Da kannst du beruhigt sein.« Hoffentlich stimmte das, und Marco und Häusermann hatten Lucia nicht als Tatverdächtige ins Auge gefasst. Nein, dachte sie gleich darauf. Dies wäre absurd.

Andrina hob grüßend die Hand, bevor sie sich mit Rebecca auf dem Arm der Treppe zuwandte. Hinter sich hörte sie das Klicken der Wohnungstür und atmete auf. Sie war froh, der stets beklemmender werdenden Atmosphäre entkommen zu sein.

Als sie am Montag bei Lucia gewesen war und von der Spinne berichtet hatte, war die Stimmung eine andere gewesen. Normaler und nicht so spirituell. Spirituell war das falsche Wort. Hing das seltsame Verhalten heute mit der Trauer zusammen? Aus eigener Erfahrung beim Tod ihrer Eltern wusste Andrina, dass es mehrere Stadien von Trauer gab und jede Person individuell damit umging. Aber so? Ein Schauer durchlief Andrinas Körper. Etwas an der Szenerie war nicht stimmig, doch es erschloss sich Andrina nicht, was es war.

Inzwischen verstand sie Rebeccas Zurückhaltung. Trauer hin oder her. Etwas stimmte mit der Frau nicht.

Zwischenzeitlich hatte eine richtige Grabesstimmung geherrscht. Bei dem Gedanken zuckte Andrina zusammen. Sei nicht ungerecht, dachte sie. Lucias Trauer war verständlich. Immerhin hatte sie ihren neuen Freund verloren. Andrina konnte sich gut in Lucia hineinversetzen. Trotzdem fragte sie sich, ob die Trauer, die wie eine Aura um Lucia gewabert war, der einzige Grund für die Beklemmung gewesen war. Etwas haftete der Frau an, das unheimlich war. Und das lag nicht nur an den schwarzen Kleidern.

Andrina erreichte den Hauseingang und stieß die Tür auf. Sie stellte Rebecca auf den Boden und nahm ihre Hand. Nebeneinander liefen sie den Weg zu dem Velounterstand entlang, als jemand ihren Namen rief.

Verwundert drehte Andrina sich um. War Lucia ihnen gefolgt?

Sie sah weder Lucia noch eine andere Person. Sie setzte ihren Weg fort, als sie beim Velounterstand eine Frau bemerkte, die die Hand gehoben hatte.

Andrina blieb abermals stehen und blickte der Frau entgegen, die in ihre Richtung kam. Sie war in Andrinas Alter. Einige Meter vor Andrina blieb sie stehen. Andrina überlegte, wo sie die Frau mit den krausen Haaren, den schwarzen Augen und dem dunklen Teint früher einmal gesehen hatte. Sie schien Andrinas Verunsicherung zu spüren und machte eine entschuldigende Geste.

»Entschuldigung, ich glaube, ich habe Sie verwechselt.«

Die Stimme klang, als würde ein Vogel zwitschern, und mit

einem Mal setzte sich das Bild zusammen, woher sie die Frau kannte.

»Jamila?«

»Du bist es also doch, Andrina?«

»Ja. Es ist ewig her, seitdem wir uns das letzte Mal gesehen haben.«

»Bei der Maturafeier, um genau zu sein.«

Jamila war mit Andrina in der gleichen Klasse gewesen. Nach dem tragischen Autounfall von Andrinas Eltern war sie eine der wenigen gewesen, die Andrina zur Seite gestanden waren, als Andrina verhaltensauffällig geworden war und beinahe von der Alten Kantonsschule geflogen wäre. Jamila hatte sie auch unterstützt, als Andrina sich zusammengerissen und den Schulstoff aufgearbeitet hatte, damit sie die Matura bestand.

Später hatten sie sich aus den Augen verloren, was Andrina bedauert hatte. Sie wusste nur, dass Jamila zum Roten Kreuz gewollt hatte. Ihre Mutter stammte aus Marokko, und die Großmutter kam aus einem Land in Zentralafrika. Jamilas Wunsch war es gewesen, dort humanitäre Hilfe zu leisten. Ob das geklappt hatte, wusste Andrina nicht.

Jamila kam näher. Sie hatte sich nicht verändert, war nur älter geworden. Um den leicht gebräunten Teint hatten sie alle in der Klasse beneidet. Ihre schwarzen, gelockten Haare trug Jamila wie damals schulterlang.

»Ist das deine Tochter?«, fragte Jamila und ging vor Rebecca in die Hocke.

Rebecca machte einen Schritt auf Jamila zu. »Hoi«, sagte sie und strahlte Jamila an. Das gegenteilige Verhalten, das Rebecca in Lucias Wohnung gezeigt hatte. Sie war wieder die Rebecca, die Andrina kannte.

»Sie ist dir wie aus dem Gesicht geschnitten.« Jamila fuhr mit dem Zeigefinger über Rebeccas Wange, und das Mädchen kicherte. »Du bist so hübsch wie deine Mami.« Jamila richtete sich auf. »Was machst du hier?«

»Ich habe jemanden besucht. Und du?«

»Ich wohne hier. Wen hast du besucht?«

»Lucia Widmer.«

Ein Ruck ging durch Jamilas Körper, und ein Ausdruck flackerte in ihren schwarzen Augen auf, der Andrina einen kalten Schauer über den Rücken jagte. Der Ausdruck war sogleich wieder verschwunden.

»Lucia Widmer?«, hakte Jamila nach und klang dabei so, als handle es sich um eine ansteckende Krankheit. »Wieso ausgerechnet sie?«

»Das ist eine lange Geschichte.«

Jamila schaute auf ihre Uhr. »Ich muss gleich wieder los. Aber wir können uns gerne einmal treffen, wenn du magst.«

»Auf jeden Fall.«

Jamila berührte Andrinas Arm, nachdem sie ihre Handynummern ausgetauscht hatten. »Halte dich lieber von ihr fern. Sie ist nicht die, die sie zu sein scheint.«

***

»Ciao, ihr zwei«, sagte Enrico und betrat Rebeccas Zimmer. Rebecca stand auf und lief ihm entgegen. Sie hielt ihm ein Holz-Steck-Puzzleteil, das die Form eines Pferdes hatte, entgegen. »Papà, du machen.«

Enrico gesellte sich zu Andrina auf den Boden und gab ihr einen Kuss.

»Papà hier.« Rebecca schob ihm das Brett für die Puzzleteile hin und tippte energisch darauf.

»Das ist schwierig«, sagte Enrico und betrachtete das Pferd. Er legte es auf das Loch, das die Form einer Kuh hatte. »Passt nicht. Vielleicht hier?« Er probierte es woanders aus.

»No, Papà.« Rebecca nahm ihm das Puzzleteil aus der Hand und steckte es in die passende Form. »Das passt.«

»Brava.«

Rebecca steckte die anderen Teile in die entsprechenden Formen. Sie drehte das Brett danach um, und alles fiel heraus. Mit einer Hingabe, die nur Kindern zu eigen ist, fing Rebecca von vorne an.

»Wie war dein Tag?«, fragte Andrina.

»Frag lieber nicht.«

»Ist das Fentanyl wieder aufgetaucht?«

»Im Unternehmen? Nein.«

»Was passiert als Nächstes? Meldet ihr es als normalen Verlust?«

»Wenn es so einfach wäre. Es gibt ein neues Problem. Es sind Packungen aufgetaucht, aber nicht bei uns. Die Polizei hat in Gregors Wohnung zwei Schachteln Fentanyl gefunden.«

»Bei Gregor? In der Wohnung?« Andrina war froh zu sitzen. »Wann haben sie die Medikamente dort gefunden? Heute? Ich dachte, die Untersuchungen seien abgeschlossen.«

»Was weiß ich. Ich habe keine Ahnung, wann sie auf die Packungen gestoßen sind und wieso sie einen Grund hatten, in die Wohnung zurückzukehren. Oder ob die Tochter die Medikamente gesehen und der Polizei ausgehändigt hat.«

»Du willst damit sagen, es sind zwei von den aus dem Schrank verschwundenen Schachteln?«

»Genau.«

»Und die anderen vier?«

»Sie sind und bleiben verschwunden.«

»Wie kommt Gregor an das Medikament? Und was hat er mit den übrigen gemacht? Oder hatte er die nicht, und die sind woanders?«

»Das sind die Fragen, die wir uns alle stellen. Leider können wir ihn das nicht mehr fragen.«

»Hatte er einen Schlüssel zu dem Schrank?«

»Nein. Julian und sein Vertreter Luis Imhof haben einen. Ein dritter Schlüssel liegt bei mir im Büro.«

»Was sagt Julian?«

»Er kann es sich nicht erklären und sagt, er habe den Schlüssel nicht aus der Hand gegeben.«

»Und der Stellvertreter?«

»Luis hat diese Woche Ferien.«

»Was ist mit deinem Schlüssel?«

»Er ist dort, wo er hingehört. In der verschlossenen Kassette in meinem Schreibtisch. Der Schlüssel dazu ist an meinem Schlüsselbund, den ich die ganze Zeit bei mir hatte. Bevor du fragst, die Kassette in meinem Schubladenfach ist intakt und wurde nicht aufgebrochen.« Enrico lehnte sich gegen die Wand und schloss die Augen. »Ein Alptraum«, stieß er hervor. »Mal abgesehen davon, dass wir nicht erklären können, wie die Medikamente zu Gregor in die Wohnung kamen, ist es zudem delikat, weil jemand ihn auf eine ... auf eine kreative Weise ins Jenseits befördert hat.«

Kreative Formulierung. »Ich fasse zusammen. Gregor stirbt an einem Spinnenbiss, und es verschwinden sechs Packungen. Jemand hat versucht, den Schrank aufzubrechen, was nicht gelungen ist. Das heißt, es muss jemand, oder Gregor selbst, einen Schlüssel benutzt haben. Das heißt außerdem, das ist vor seinem Tod passiert.«

Enrico starrte sie an.

»Fragt sich, wie lange vor seinem Tod«, fuhr Andrina fort, da er nichts erwiderte.

»Julian sagt, Anfang letzter Woche sei alles da gewesen.«

»Das würde bedeuten, Gregor hat sich kurz vor seinem Tod Zugang verschafft. Besteht ein Zusammenhang zwischen dem Entwenden der Medikamente und Gregors Tod, oder ist es Zufall?«

»Das ist die Aufgabe der Polizei, das herauszufinden.«

»Von Luis oder von dir hat er den Schlüssel nicht. Bleibt Julian.«

»Julian behauptet, wie gesagt, Nein.«

»Du sagst das so, als hättest du einen Grund, dies anzuzweifeln.«

»Ich stelle seine Aussage nicht in Frage.« Enrico klang, als müsse er sich rechtfertigen.

Bevor Andrina etwas erwidern konnte, klingelte es an der Haustür. Enrico stand auf und eilte nach unten. Stimmen drangen zu Andrina hoch, aber sie konnte nicht erkennen, um wen es sich handelte.

Rebecca zupfte an ihrem Ärmel. »Becca hat Hunger.«

»Du hast recht. Wir sollten uns um das Nachtessen kümmern.«

Als sie nach unten gingen, hörte Andrina, wie Enrico sich von jemandem verabschiedete und die Tür schloss.

»Wer war es?«, fragte sie.

»Ruth von nebenan. Der Pöstler hat heute einen Brief für uns bei ihr im Briefkasten deponiert. Sie ist gerade mit Fara zu einem Spaziergang aufgebrochen und dachte, sie bringe ihn vorbei.« Er hielt ein Couvert hoch. »Das sieht nach der Telefonrechnung aus.«

Andrina beschloss, das Thema mit dem Betäubungsmittel nicht von Neuem zur Sprache zu bringen. »Kennst du Lucia von früher?«, fragte sie stattdessen, als sie gemeinsam den Tisch deckten.

»Ich? Nein, warum?«

»Hat Gregor sie nie erwähnt?«

»Warum sollte er das? Sie waren nur Nachbarn.«

»Offenbar waren sie mehr als das.« Andrina berichtete von ihrem Besuch und dem Wiedersehen mit Jamila.

»Stimmt, das hast du letzten Donnerstag schon angedeutet. Sich näherzukommen ist nicht verboten.«

»Das will ich damit nicht sagen. Es war eine seltsame Atmosphäre, als ich bei ihr war, und hinzu kommt Jamilas Aussage.«

»Dem würde ich nicht so viel beimessen. Wenn es so ist, wie du vermutest, ist es für mich logisch, dass Lucia trauert. Nicht jeder geht mit einer solchen Situation gleich um. Und was Jamila betrifft, könnten gegenseitige Antipathien der Grund sein.«

SECHS

Andrina klemmte die Couverts unter den Arm und wich einem Mann aus, als sie die Postfiliale an der Bahnhofstraße betreten wollte. Eigentlich war dies Tatjanas Aufgabe, aber sie hatte am heutigen Donnerstagnachmittag einen Termin und Andrina gebeten, es zu übernehmen. Die vier Verlagsverträge sollten unbedingt heute verschickt werden.

Andrina löste eine Nummer und stellte sich an die Seite. Vier Personen waren vor ihr.

Ein blonder Mann stellte sich neben sie, steckte das Handy in die Gesäßtasche und schaute in ihre Richtung.

»Julian?«, fragte Andrina.

Es dauerte einen Augenblick, bis er sie erkannte.

»Heute ist echt nicht mein Tag«, sagte er anstelle einer Begrüßung.

»Warum?«

»Erst werde ich vom Chef zusammengestaucht, und dann treffe ich am gleichen Nachmittag seine Frau ... Entschuldigung. Es war ein Scheißtag.«

Zusammengestaucht? Von Enrico? Hieß das, das Verschwinden der Medikamente war geklärt, und Julian traf die Schuld daran?

Aber zusammengestaucht? Das klang nicht nach Enrico. Er machte zwar seinen Unwillen deutlich, wenn jemand Mist gebaut hatte, aber er tat es auf eine anständige Art.

»In dem Fall hat sich das Problem mit dem Medikament gelöst.« Andrina versuchte, locker zu klingen.

»Er hat dir davon erzählt? Na ja, das ist ja eigentlich logisch. Du bist dran.« Er deutete auf den Zettel in Andrinas Hand.

Nachdem Andrina die Briefe aufgegeben hatte, wartete sie auf Julian. Es war ihm eindeutig nicht recht, aber sie wollte seine Sichtweise hören.

Hintereinander verließen sie die Filiale. Andrina blickte auf die andere Straßenseite. Unter der »Wolke« vor dem Bahnhofsgebäude standen vier Busse. Ein fünfter bog auf den Platz ein.

»In welche Richtung musst du?«, fragte Julian.

»Ich habe in der Stadt abgemacht.«

»Stimmt. Enrico hat erwähnt, er müsse heute Abend pünktlich gehen, weil er Kinderdienst habe.« Er lief die Bahnhofstraße entlang, und sie beeilte sich, ihm zu folgen.

Andrina erinnerte sich an den lebhaften Mann, den sie auf dem Sommerfest von JuraMed zusammen mit seiner Frau kennengelernt hatte. Die beiden waren ihr auf Anhieb sympathisch gewesen. Sie hatten sich über den Alltag mit kleinen Kindern ausgetauscht. Im Sommer hatte sie Julians Frau Alessia mit ihrer dreijährigen Tochter zufällig in der Badi getroffen. Alessia hatte gesagt, es wäre schön, einmal gemeinsam etwas zu unternehmen. Leider war das bisher nicht geschehen und hatte sich nur auf zwei Telefonate beschränkt, bei denen sie sich gegenseitig versichert hatten, das Vorhaben endlich in die Tat umzusetzen.

»Das Problem hat sich sogar verschlimmert«, sagte Julian. Er sackte ein Stück mehr in sich zusammen und schlurfte mit nach vorne gebeugten Schultern neben ihr her. Nichts war mehr von seinem federnden Gang übrig.

Andrina begriff erst nach einigen Sekunden, was er meinte. »Die Betäubungsmittel sind nicht wieder aufgetaucht.«

»Nein. Weißt du, ursprünglich war geplant, sie heute zu entsorgen. Daher habe ich nachgeschaut, um die entsprechenden Vorbereitungen zu treffen. Ich nehme an, du kennst den Aufwand.«

Enrico hatte ihr einmal erklärt, wie es ablief, die Betäubungsmedikamente zu vernichten, die von Praxen oder Apotheken zurückgegeben wurden.

»Wenn wir Betäubungsmittel entsorgen, müssen wir diese dem Kantonsapotheker per Einschreiben senden«, hatte er erzählt. »Jeder Schritt muss genaustens dokumentiert werden. Es muss gewährleistet werden, dass zu keinem Zeitpunkt jemand etwas abzweigt. Der Schwarzmarkt blüht, und ich muss dir nicht erklären, was es bedeutet, wenn Betäubungsmittel in falsche Hände geraten. Bei Missbrauch und regelmäßiger Einnahme fentanylhaltiger Schmerzmittel besteht das Risiko der Abhängigkeit. Diese ist ähnlich der Abhängigkeit von Heroin. Sie tritt schnell ein. Es reichen also nur einige Male, und sie weist einen enormen Schweregrad auf.«

»Dabei habe ich letzte Woche alles überprüft«, sagte Julian.

»Zu diesem Zeitpunkt war alles da?«

»Ja, die Medikamentenschachteln stimmten mit den Angaben der Datenbank überein.«

»Kann zwischendurch jemand etwas herausgenommen haben?«, fragte Andrina, obwohl sie wusste, dass dem nicht so war.

»Wer sollte es getan haben? Nur ich und Luis haben einen Schlüssel. Und dein Mann.«

Schwang da eine unterschwellige Beschuldigung gegen Enrico mit? Das würde er nicht wagen.

Enrico hing mit drin, wurde Andrina sich gleichzeitig bewusst. Sowohl als Firmeneigentümer als auch als Inhaber eines Schlüssels dieses Schrankes. Andrina war sich sicher, dass er sich nicht der Betäubungsmittel bedienen würde, aber andere Personen sahen dies vielleicht anders.

Da er keine Anzeige erstattet hatte und ein Teil der Medikamente bei Gregor aufgetaucht war, der zur Geschäftsleitung gehörte, musste es seltsam anmuten. Besonders, weil Gregor tot war.

Julian blieb stehen und fuhr sich über den Kopf. Die Bewegung wirkte fahrig. »Luis ist in den Ferien«, fuhr er fort. »Enrico hatte keinen Grund, im Schrank etwas zu suchen. Das hat er bisher nie getan. Es ist eure Aufgabe, nicht meine, hat er gesagt.« Da war er wieder, dieser Unterton. Oder war sie überempfindlich und hörte etwas heraus, das nicht existierte?

Jetzt rächte es sich in ihren Augen, dass die Medikamente in einem normalen Schrank mit einem einfachen Schloss aufgehoben wurden. Andrina hatte Bedenken geäußert, als Enrico ihr davon erzählt hatte.

»Keiner weiß, was sich in dem völlig normal erscheinenden

Möbel befindet«, hatte er abgewunken. »Es wird nicht herumerzählt. Es reicht, wenn die beiden Verantwortlichen und ich es wissen.«

»Ich finde es nachlässig«, hatte sie zu bedenken gegeben. »Ich würde diese heiklen Medikamente in einem Tresor aufbewahren.«

»Von der Swissmedic ist es abgesegnet«, hatte Enrico daraufhin erklärt. Das werde seit Langem so gehandhabt, und nie sei etwas fortgekommen.

»Hat sich vor dem Verschwinden jemand am Schrank zu schaffen gemacht?«, fragte Andrina Julian. »Ich meine, ist dir bei der Bestandsaufnahme nichts in diese Richtung aufgefallen?«

»Nein.« Julian starrte seine Füße an.

»Bist du dir sicher?«

»Ja. So verzogen war die Schranktür vorher nicht. Es muss erst vor Kurzem passiert sein. Da bin ich mir hundertprozentig sicher.« Er schob beide Hände in die Jackentaschen. Mit der Fußspitze malte er einen Halbkreis auf den Boden und wiederholte es mit dem anderen.

Nein, das bist du dir nicht, dachte Andrina.

»Die Einbruchsspuren sind nicht zu übersehen.« Das klang nach einer lahmen Rechtfertigung.

Sie gingen weiter und erreichten die Kreuzung an der Casinostraße und blieben erneut stehen.

»Was passiert nun?«, fragte Andrina, als die Fußgängerampel auf Grün schaltete.

Schulterzucken war Julians Antwort. »Ich habe mein Velo auf dem Behmenplatz abgestellt«, sagte er, als Andrina rechts abbog. Er hob die Hand zum Gruß und entfernte sich rasch, bevor Andrina etwas sagen konnte.

Andrina blickte ihm nach, wie er in gebeugter Haltung wegschlurfte. In Julians Haut wollte sie beim besten Willen nicht stecken. Und nicht in Enricos … Dabei war sie sich sicher, keiner der beiden hatte sich etwas zuschulden kommen lassen.

Als Eigentümer würde Enrico zur Verantwortung gezogen werden. Und die Person, bei der Fentanyl gefunden wurde, war tot. Andrina dachte an die Trichternetz- und die Rotrückenspinne. Wie passten sie zu den gestohlenen Betäubungsmitteln?

Andrina bog in die Kronengasse ein und betrat das Gasthaus Krone.

Jamila saß am Fenster auf der mit rotem Plastik bezogenen Bank. Sie schaute vom Handy auf, als Andrina sich dem Tisch näherte. Andrina rutschte zu ihr auf die Bank, nachdem sie einander begrüßt hatten. Die Kellnerin brachte sogleich die Karte.

Beide bestellten einen Superfood-Chicken-Burger und Wasser und nahmen zusammen eine Portion Pommes frites aus Süßkartoffeln.

Jamila lehnte sich zurück und verschränkte die Arme im Nacken.»Schön, dass es spontan geklappt hat.«

»Ja, es ist schön.«

»Bitte richte deinem Mann ein großes Dankeschön aus.«

»Mach ich. Das kannst du auch.«

»Ich bin nicht verheiratet. Es gibt keinen Mann und wird es so schnell nicht geben.«

Ups, Fettnäpfchen.»Entschuldige.«

»Kein Problem. Das konntest du nicht wissen.« In ihren Augen erkannte Andrina Traurigkeit.»Wir sind eben nicht auf dem neusten Stand. Du bist also verheiratet und hast eine Tochter. Ist ein zweites Kind unterwegs?«

1:1. Fettnäpfchen Nummer zwei innerhalb von nicht einmal einer Minute. Direkter ging es nicht. Aber das war Jamila. Sie hatte sich offenbar nicht verändert.

»Leider nicht.« Zu gerne hätte sie ein Geschwisterchen für Rebecca gehabt, aber bisher hatte es nicht geklappt. Andrina hatte sich eine Frist bis Ende Jahr gesetzt. Wenn sie bis dahin nicht schwanger wurde, würde Rebecca ein Einzelkind bleiben.

»Du solltest dich nicht unter Druck setzen«, hatte Enrico gesagt.

»Ich bin Ende dreißig«, hatte Andrina erwidert.»Je älter ich werde, desto größer wird das Risiko für Komplikationen.«

»Du arbeitest in diesem Verlag«, fuhr Jamila fort, und Andrina war froh, weil sie das Thema Kinder nicht vertiefte.

Andrina berichtete von ihrem Job. Wie sie zweimal in der Woche, in der Regel dienstags und donnerstags, im Büro war und die übrige Zeit im Homeoffice arbeitete.

»Nun habe ich genug über mich erzählt«, sagte sie, als die Kellnerin die Burger und die Pommes frites brachte. »Wie ist es mit dir?«

»Kurzfassung? Ledig, kein Mann und somit keine Kinder in Sicht.« Jamila starrte auf den Burger in ihrer Hand. »Vollpensum als Medizinische Praxisassistentin in einer Gemeinschafts-Hausarztpraxis. Ich bin also eine recht langweilige Frau.« Sie biss in den Burger und kaute heftig. Das war mehr als kurz angebunden. Ein harter Zug hatte sich um Jamilas Mund gelegt und verstärkte den verbitterten Ausdruck. So war sie früher nicht gewesen. Selbst wenn etwas nicht so lief, wie Jamila es sich vorstellte, hatte es immer den Anschein gemacht, sie würde lächeln.

»Der ist richtig fein«, sagte Jamila, und die angespannte Stimmung war verflogen.

Andrina nahm einen Bissen und musste Jamila zustimmen. Die Kürbis-Pistazien-Chiasamen-Kruste war würzig, und das Mango-Chutney rundete den Geschmack perfekt ab.

»Warum warst du gestern bei Lucia Widmer?«, fragte Jamila unvermittelt.

Andrina berichtete, wie sie Gregor Hartmann gefunden hatte.

»Du warst dabei? Das ist heftig«, sagte Jamila. »Die Polizei hat mich wie alle Mitbewohner befragt. Soweit ich weiß, konnte keiner Auskunft geben.«

»Du hast nichts gehört?«

»Nein. Ich wohne unter Gregor. Falls er geschrien oder um Hilfe gerufen hätte, hätte ich das mitbekommen. Die Wohnungen sind zwar nicht schlecht isoliert, aber laute Musik zum Beispiel hört man gut.« Sie nahm eine Süßkartoffelpommes und tunkte sie in den Ketchup. »Mit Spinnen habe ich normalerweise kein Problem, wie du weißt. Aber diese sind ein anderes Kaliber.«

Das war richtig, kam Andrina in den Sinn. Früher war es Jamila gewesen, die Spinnen, egal, wie groß sie waren, aus Andrinas Zimmer befördert hatte. Mit bloßen Händen. Sie hatte sogar keine Hemmungen gehabt, Taranteln auf die Hand zu nehmen, wie Andrina wusste. Andrina erinnerte sich an den Schulvortrag, den Jamila einmal gehalten hatte. Für Andrina Gruseln pur, aber die Begeisterung, mit der Jamila über das Thema referiert hatte, hatte sogar sie in den Bann gezogen und nicht wegschauen lassen, als Jamila Folien mit Fotos auf einem Hellraumprojektor an die Leinwand projiziert hatte.

»Obwohl mich Giftspinnen faszinieren, muss ich zugeben, die ganze Sache beunruhigend zu finden«, fuhr Jamila fort. »Ich hoffe, die Polizei hat alle Spinnen gefunden, damit niemand mehr gebissen wird.«

»Soweit ich das gehört habe, ja«, sagte Andrina.

»Wer garantiert das?«

»Keiner. Uns bleibt nichts anderes übrig, als dem Spinnen- spezialisten zu vertrauen. Er wird Erfahrung haben.«

»Damit versuche ich mich zu beruhigen. Trotzdem ist es schwierig, entspannt zu sein. Das geht allen im Haus so. Es ist schrecklich, so sterben zu müssen. Es wird ein schlimmer Todeskampf gewesen sein.«

»Wieso weißt du das so detailliert?«, fragte Andrina.

Jamila antwortete nicht, sondern schaute sie nur an. Dumme Frage. Jamila hatte sich nicht nur mit heimischen Spinnen be- fasst.

»Lucia hat mich kurz nach ihrem Einzug einige Male gefragt, welche Spinnen sie auf ihren Fotos hat.«

»Auf welchen Fotos?«, fragte Andrina verwirrt.

»Sie fotografiert gerne, und das nicht mal schlecht. Ich weiß nicht mehr, wie wir auf das Thema Spinnen gekommen sind oder woher sie von meinen Kenntnissen wusste. Sie bat mich, ihr die Spinnen auf den Bildern zu bestimmen. Unser Gespräch kam auf exotische Spinnen wie die Rotrückenspinne, die sie besonders interessant fand.« Andrina erinnerte sich an das Schwarz-Weiß-Bild mit dem Spinnennetz und den Tautropfen darin. Bilder von Spinnen hatte sie keine im Wohnzimmer gesehen, was nichts heißen musste.

»Gregor stieß auf uns, als wir uns im Treppenhaus unterhielten«, fuhr Jamila fort. »Er teilte diese Faszination nicht und war froh, als wir das Thema wechselten.«

Ihre Augen huschten zur Seite, und sie schob hastig Pommes frites in den Mund.

»Kanntest du Gregor gut?«, fragte Andrina.

»Warum?« Kurz schaute Jamila Andrina an, bevor sie den Blickkontakt erneut mied.

»So wie du über ihn sprichst, wart ihr per Du.«

»Das sind wir alle im Haus. Gut kennen stimmt nicht. Wir haben uns hin und wieder im Treppenhaus getroffen und miteinander über dies und das geredet. An den Hausfesten war er immer dabei.«

»Welche Hausfeste?«

»Im Juni um die Sonnenwende wird gemeinsam grilliert. Jeder steuert Salat und ein Dessert bei und bringt sein eigenes Fleisch mit. Ich habe Gregor gemocht. Er war witzig und charmant.« Jamila schenkte sich schwungvoll Wasser nach, und es schwappte auf den Tisch.

»Huch«, sagte sie und wischte den Tisch mit ihrer Serviette sauber.

»Wie ist es mit den anderen? Gab es Spannungen?«

Jamila runzelte die Stirn. »Ich dachte, du arbeitest bei einem Verlag und nicht bei der Polizei.«

»Es ist so etwas wie persönliches Interesse. Gregor hat, wie gesagt, bei der Firma meines Mannes gearbeitet, und ich mochte ihn auch.« Andrina beschloss, das Fentanyl nicht zu erwähnen. Dieser Fund war nicht offiziell mitgeteilt worden, und sie wollte nicht die undichte Stelle sein.

»In der Firma von deinem Mann und nicht in der Firma, in der er arbeitet«, entfuhr es Jamila. »Ist Enrico der Eigentümer von JuraMed?«

Andrina nickte.

»Wow!« Sie trank einen Schluck. »Ich habe mich gefragt, woher du Gregor kennst.« Langsam stellte Jamila das Glas zurück. Es war Andrina, als wolle Jamila Zeit gewinnen und überlegen, was sie als Nächstes sagen sollte. »Spannungen gab es keine, soweit ich weiß. Wir leben alle friedlich miteinander. Ich weiß, das ist nicht selbstverständlich. Häufig gibt es in Mehrfamilienhäusern einen, der querschießt.« Sie starrte auf ihre Hände und schwieg.

Andrina nutzte die Gelegenheit, um ihre Gedanken zu sortieren. So wie Jamila das Gespräch mit Lucia schilderte, klang es nach einem entspannten Verhältnis zwischen den beiden. Wie passte das dazu, dass sie Andrina gesagt hatte, Lucia sei nicht die, die sie zu sein schien?

»Warum besuchst du Lucia?«, kam es von Jamila. »Was hat dein Besuch bei ihr mit Gregors Tod zu tun?«

Andrina berichtete von Lucias Anruf und ihrer Bitte, auf einen kurzen Besuch vorbeizukommen. Mit jedem Wort verfinsterte sich Jamilas Miene, und Andrina fragte sich, was zwischen den beiden Frauen geschehen war. Das entsprach nicht der Aussage, alle im Haus kämen gut miteinander aus. Oder war erst kürzlich etwas zwischen ihnen vorgefallen?

Als Andrina erwähnte, dass Lucia und Gregor offenbar ein Paar gewesen waren, schlug Jamila mit der flachen Hand auf den Tisch. Sogleich schaute sie nach links. Die Frau und der Mann, die am Tisch neben ihnen saßen, warfen ihnen einen missbilligenden Blick zu.

»Die Frau ist eine falsche Schlange«, zischte Jamila. »Ich bin sicher, sie hat ihn auf dem Gewissen.«

»Wieso sollte sie ihren Freund töten?«, fragte Andrina.

»Es wäre nicht das erste Mal, dass ein Partner den anderen umbringt.«

»Wieso glaubst du, Lucia habe die Spinnen in der Wohnung deponiert? Das kann ich mir nicht vorstellen.«

»Nicht sie selbst. Sie wird es in Auftrag gegeben haben.«

»Das halte ich für ähnlich absurd.«

»Du kennst die Vorgeschichte nicht. Gregor ist nicht der erste Mann, dessen sie sich entledigt hat.«

»Ihr Mann hatte einen Unfall.«

»Bei dem sie nachgeholfen haben soll. Und der zweite starb an einer Pilzvergiftung.«

»Der zweite?«, unterbrach Andrina sie. Wie stimmte das damit überein, dass Lucia ihr erzählt hatte, sie habe nach dem Tod ihres Mannes die Finger von Männern gelassen?

»Sie waren nicht verheiratet, aber er hatte sie großzügig im Testament bedacht. Daher konnte sie sich diese Eigentumswohnung leisten.«

»Woher weißt du das?«

»Ich lese Zeitung. Es ist vor zwei Jahren passiert. Sie wurde die Schwarze Witwe genannt.«

Dunkel konnte Andrina sich an eine derartige Überschrift in der Boulevardpresse erinnern. Details zu dem Artikel und ob sie ihn gelesen hatte, wusste sie nicht mehr.

»Angeblich hatte sie einen dritten Freund, der habe aber seinen Angaben zufolge rechtzeitig Schluss gemacht. Beweisen konnte er nichts.«

»Unterstellungen sind schnell ausgesprochen«, sagte Andrina. »Besonders, wenn man sich unschön getrennt hat.«

»Du hast recht. Trotzdem finde ich es auffällig.«

»Die in dem Artikel soll Lucia Widmer gewesen sein?«

»Ja. Als ich einzog, kam sie mir bekannt vor. Nach Gregors Tod ist mir dieser Bericht eingefallen. Damals war ihr Foto in den Zeitungen. Sie hat sich Mühe gegeben, ihr Äußeres zu verändern. Sie ist schlanker, und diese schwarze Kleidung, die sie die ganze Zeit trägt, verleiht ihr einen unnahbar vornehmen Eindruck.«

Letztem musste Andrina zustimmen. Auf sie hatte Lucia elegant, fast würdevoll gewirkt.

»Wurde sie nicht verurteilt?«

»Auch beim zweiten Mann konnte man ihr nichts nachweisen. Sie hätten gemeinsam die Pilze gesammelt und sie der Pilzkontrolle vorgelegt.«

»In dem Fall hat der Kontrolleur einen Fehler gemacht.«

»Was er abstritt. Er hatte zwei Pilze aussortiert, die nicht genießbar, aber nicht tödlich waren. Sie sagte, er habe einen, der tödlich war, nicht gesehen, sonst hätte er ihn ebenfalls aus dem Korb entfernt. Aussage gegen Aussage. Er wurde freigesprochen. Wenn du mich fragst, hat Lucia den Giftpilz nach der Kontrolle in das Essen ihres Mannes geschmuggelt. Angeblich hatte sie Magenkrämpfe, war aber nicht beim Arzt.«

»Vielleicht hat der Kontrolleur ihn tatsächlich übersehen«, beharrte Andrina. »Er wird nicht zugeben, einen Fehler gemacht zu haben.«

»Das spielt keine Rolle. Wenn Lucias Partner wie sie Krämpfe gehabt hat, wie in dem Zeitungsbericht stand, und sich sein Zustand stetig verschlimmerte, wäre ich an ihrer Stelle sofort in den Notfall gefahren. Doch sie hat erst am nächsten Morgen den Notruf gewählt. Zu diesem Zeitpunkt war er mindestens vier Stunden tot. Keine Hilfe in dieser Situation zu holen ist für mich in diesem Fall gleichbedeutend mit Mord.«

Andrina musste Jamila zustimmen.

»Und Gregors Tochter hat etwas in diese Richtung angedeutet«, fuhr Jamila fort. »Sie war alles andere als begeistert, als ihr Vater sich für Lucia zu interessieren begann. Lucia konnte Viola ebenso nicht ausstehen. Die beiden waren sich spinnefeind.«

Spinnefeind – Andrinas Gedanken drifteten zu der Rotrückenspinne. Vor Kurzem hatten sie im Verlag über diesen Ausdruck diskutiert, als Tatjana, die aus Russland stammte, nichts damit anfangen konnte.

»Was haben Spinnen damit zu tun?«, hatte sie nachgefragt.

»Die Redewendung kommt vermutlich daher, dass einige Spinnen Kannibalismus betreiben und nach der Begattung den Partner auffressen«, hatte Gabi erklärt.

So wie die Rotrückenspinne. Jamila hatte erwähnt, Lucia habe diese faszinierend gefunden. Hatte sie sich die Spinne zum Vorbild genommen und entledigte sich der Männer, nachdem sie von ihnen profitiert hatte? Stimmte das also, was Jamila behauptete? Wie hatte Lucia von Gregor profitiert? Hatte er ihr wie der zweite Mann Geld vermacht?

»Andrina?«

»Was? Entschuldige. Was hast du gesagt?«

»Lucia hat Gregor klassisch um den Finger gewickelt – mit Erfolg, wenn ich die Geräusche richtig deute, die seit ungefähr zwei Wochen regelmäßig aus ihrer Wohnung zu hören waren.«

»Welche Geräusche?«, fragte Andrina.

Jamila schaute sie mit einem Blick an, der heißen sollte: Bist du wirklich so begriffsstutzig?

»Du meinst …«

»Genau. Regelmäßig. Und sie hat keinen Hehl daraus gemacht. Mir kam es so vor, als wollte sie jeden im Haus wissen lassen, wen sie sich gekrallt hat.«

Andrina versuchte, Lucia mit diesem Bild in Einklang zu bringen, das vor ihrem inneren Auge erschien.

»Warum sollte sie Gregor töten?«

»Na, aus dem gleichen Grund, warum sie die anderen getötet hat. Gregor ist mehr als eine gute Partie. Er ist zwar geschieden, aber seine Frau hat wieder geheiratet. Seine Tochter ist zudem erwachsen und hat ihre Ausbildung fertig. Also braucht er keinen Unterhalt mehr zu zahlen und kann das ganze Geld selbst ausgeben.«

»Ich kenne mich in diesen Dingen nicht aus, aber soweit ich weiß, gibt es eine Erbfolge.«

»Seine Ex-Frau erbt nichts.«

»Aber die Tochter«, hielt Andrina dagegen.

»Testamente kann man anpassen, so weit, bis sie außer dem Pflichtanteil nichts bekommt.«

»So schnell?«

Jamila füllte Wasser in ihr Glas. »Wenn man es will, schafft man es.«

Andrina wunderte sich, woher Jamila das alles wusste. Die Informationen über Lucias Vergangenheit stammten nicht nur aus diesem Zeitungsbericht, war sie sich sicher.

SIEBEN

Andrina schickte die E-Mail ab und lehnte sich zufrieden nach hinten. Das Ziel war erreicht, das Korrektorat vor dem Wochenende zu beenden.

Sie lauschte. Rebecca schlief anscheinend noch. Zum Glück. Heute war sie mühsam. Spielen wollte sie nicht, nach draußen gehen auch nicht, und das Mittagessen war ein Kampf gewesen. Und das, obwohl es Spaghetti, Rebeccas Lieblingsessen, gegeben hatte.

Da Andrina ihr heutiges Arbeitspensum erledigt hatte, blieb Zeit für Recherche. Jamilas Unterstellungen gegenüber Lucia ließen Andrina keine Ruhe.

Sie nahm ihr Handy, das neben dem Laptop lag. Während sie gearbeitet hatte, hatte Jamila ihr zwei Links zu Onlineartikeln geschickt.

Andrina öffnete den ersten. Er stand nur Abonnenten zur Verfügung. Die wenigen Sätze, die für Andrina ersichtlich waren, lieferten keine Informationen. Auf dem Foto war ein Einfamilienhaus abgebildet, das überall sein konnte.

Den zweiten Bericht, der wenige Tage nach dem ersten erschienen war, konnte Andrina lesen.

Er brachte keine neuen Details zu dem, was Jamila ihr gestern erzählt hatte. Die Ermittlungen gegen Lucia waren eingestellt worden. Wobei Lucia nicht mit Namen, sondern nur mit den Initialen genannt wurde. Der Tod des Mannes sei auf eine Verkettung unglücklicher Umstände zurückzuführen, und der Verdacht, Lucia habe ihn mit Pilzen vergiftet, habe sich nicht erhärtet.

Die Gesichter des Mannes und der Frau, die auf dem Foto abgebildet waren, waren verpixelt. Andrina konnte nur erkennen, dass die Frau ein buntes Sommerkleid trug.

Andrina las die Nachricht, die Jamila dazu verfasst hatte: *In der Printausgabe damals war ihr Gesicht abgedruckt und nur das des Mannes unkenntlich gemacht. Leider habe ich die Zeitung nicht mehr.*

Kein Wunder. Das Ganze lag fast zwei Jahre zurück. Sie rief Google auf und gab Lucias Namen ein. Nichts.

Im Online-Telefonbuch gab es Personen mit diesem Namen nur in anderen Kantonen. Offenbar hatte Lucia einen Eintrag nicht veranlasst. Das hätte Andrina aufgrund dieser Geschichte an ihrer Stelle auch nicht.

Andrina dachte an das, was Lucia ihr erzählt hatte. Wieso hatte sie gelogen? Als Lügen würde man das nicht unbedingt bezeichnen, musste Andrina sich korrigieren. Lucia hatte einfach gewisse Dinge ausgelassen, was wiederum logisch war.

Nicht alles sagen war nicht verboten und schon gar kein Verbrechen.

Die Fotos. Wenn Lucia mit diesem Hobby Geld verdiente, musste sie zu finden sein. Eine Website war in Andrinas Augen das Minimum. Lucia könnte die Bilder jedoch unter einem Künstlernamen verkaufen.

Andrina sah die schwarz gekleidete, hagere Gestalt vor sich und spürte die Beklemmung, die sie beim letzten Besuch empfunden hatte. Schwarze Witwe … Je länger sie darüber nachdachte, umso mehr vergrößerte sich das Unbehagen. Sie konnte nicht sagen, ob das daran lag, dass sie sich von Jamila beeinflussen ließ, oder ob Lucia tatsächlich dunkle Geheimnisse hatte.

***

»Sie ist im Bett«, sagte Andrina und ließ sich neben Enrico auf das Sofa fallen. »Was für ein Tag. Rebecca war heute alles andere als einfach.«

»Heute Abend war sie gut gelaunt«, erwiderte Enrico. Er legte den Arm um Andrinas Schultern und zog sie zu sich.

»Heute Abend war es okay, aber du weißt nicht, wie mühsam sie heute den Tag über war.«

»Du bist nicht fit, und das merkt sie.«

»Ich wüsste gerne, was mit mir los ist. Ich bin hundemüde,

habe Kopfschmerzen, und mir ist dauernd schwindelig. Zusätzlich ist da diese unterschwellige Übelkeit. Seit Montag geht das nun so.«

»Ist es nicht besser?«

Als Andrina am Vorabend, nach dem Essen mit Jamila, nach Hause gekommen war, hatte sie sich sofort hinlegen müssen, da ihr unvermittelt schlecht geworden war und der Kopf sich anfühlte, als würde er explodieren.

»Du solltest zum Arzt gehen.«

»So schlimm ist es nicht. Es wird nur der Streifschuss einer Grippe sein. Im Moment sind alle nicht ganz auf der Höhe. Es läuft außerdem gerade einiges.«

»Heute Abend hast du fast nichts gegessen. Schiebe es nicht auf den Stress, sondern gehe zum Arzt.«

»Ich bin nicht krank!«

Enrico neigte anstelle einer Antwort den Kopf.

»Was soll ich haben? Mich stresst nur die Sache mit Gregor. Das ist alles.«

»Und das spürt Rebecca. Wenn es der Mutter nicht gut geht, geht es dem Kind ebenfalls nicht gut.«

Das brauchst du mir nicht zu erklären, dachte Andrina gereizt, aber sie äußerte sich nicht dazu. Missstimmung zwischen ihnen wollte sie nicht auslösen. Das war das Letzte, das sie gebrauchen konnte. »Dir geht es auch nicht gut, aber bei dir ist sie friedlich, was ich frustrierend finde«, sagte sie stattdessen.

»Ich habe einen Bonus. Mich sieht sie seltener.«

»Papà um den Finger wickeln heißt die Taktik.«

»Genau.« Enrico grinste, und Andrina konnte nicht anders, als zu lachen.

»Was gibt es bei dir Neues?«, fragte Andrina.

»Nichts. Das Hauptthema ist Gregor und das Fentanyl, das bei ihm aufgetaucht ist.«

»Weiß man inzwischen, wie es in seine Wohnung gelangen konnte?«

»Nein. Julian bleibt dabei, er habe damit nichts zu tun und er habe seinen Schlüssel nie vermisst. Luis kommt erst am Montagabend aus den Ferien zurück. Daher kann ich erst am Dienstag mit ihm sprechen.«

»Du hast ihn nicht zum Fentanyl befragt?«

»Ich wollte nicht anrufen, ich möchte seine Reaktion sehen.«

»Willst du damit sagen, du willst ihn nicht vorwarnen?«

»So in etwa.«

»Glaubst du nicht, Julian hat bereits mit ihm gesprochen?«

»Ich habe die Mitarbeiter darum gebeten, ihn nicht zu informieren.«

Ob sich die Leute daran hielten, war dahingestellt. »Die Polizei wird ihn befragt haben.«

»Du hast recht. Daran habe ich nicht gedacht. Trotzdem möchte ich von Angesicht zu Angesicht mit ihm sprechen.«

»Glaubst du, er hat damit zu tun?«

»Ich weiß nicht, was ich denken soll.«

Andrina dachte an den schlaksigen, hoch aufgeschossenen Mann, dem sie bei einem Anlass bei JuraMed begegnet war. Er hatte jünger als siebenundzwanzig ausgesehen, und ihre erste Reaktion war Unverständnis gewesen, wie Enrico ihm diese verantwortungsvolle Position als stellvertretender Betäubungsmittelverantwortlicher zuteilen konnte.

»Er ist perfekt dafür«, hatte Enrico geantwortet. »Neben dem großen Fachwissen macht er seinen Job gewissenhaft und hat mein vollstes Vertrauen. Zu Recht, muss ich betonen, wenn ich an den guten Job denke, den er zusammen mit Julian beim letzten Swissmedic-Audit gemacht hat.«

»Wozu brauchte Gregor Fentanyl?«, stellte Andrina die Frage, die sie den ganzen Tag beschäftigt hatte. »War er krank? Hatte er ein Arztrezept dafür?«

»Das wäre eine naheliegende Erklärung. Ich weiß allerdings nichts davon und gehe davon aus, wir wären informiert worden. Fentanyl verschreibt man nicht einfach so zum Beispiel bei einer Grippe. Für dieses starke Schmerzmittel müsste er sehr krank gewesen sein.«

»Er hat es verschwiegen.«

»Mit schwer krank meine ich Krebs in einem späten Stadium, wenn nichts anderes mehr hilft. Eine Krebsbehandlung hätten wir mitbekommen.«

»Es ist heiß und stickig hier drin.« Andrina stand auf. Sie öffnete die Terrassentür und sog die kühle Luft ein.

»Brr, mach die Tür zu«, rief Enrico.

»Nur einen Moment.«

»Bist du sicher, nicht krank zu sein?«

»Nur weil ich frische Luft benötige?« Die Gereiztheit war zurück.

»Zurück zu Gregor«, sagte Enrico. »Es gibt zwei Möglichkeiten, und ich muss sagen, keine gefällt mir. Erstens, er brauchte das Fentanyl zum Eigenbedarf …«

»Eben hast du gesagt, er sei nicht krank gewesen.«

»Nicht aufgrund von Krankheit.«

»Willst du sagen, er war süchtig?«

»Ja.«

»Und die zweite Möglichkeit?«

»Er hat es verkauft.«

Andrina konnte Enrico nur anstarren, bevor sie Worte fand.

»Warum sollte er dealen?«

»Man erzielt einen guten Preis.«

»Hatte er das nötig? Ich nehme an, als Finanzchef und Mitglied der Geschäftsleitung verdiente er nicht schlecht. Außerdem musste er seiner geschiedenen Frau keinen Unterhalt zahlen. Das Gleiche gilt für seine Tochter. Die ist erwachsen und verdient selbst Geld.«

»Woher weißt du das?«

»Das hat mir Jamila erzählt.« Jamila … Abermals fragte Andrina sich, ob das, was Jamila gesagt hatte, vertrauenswürdig war. Andrina dachte an Jamilas Andeutungen von gestern und die beiden Zeitungsartikel, die sie geschickt hatte. Bisher hatte sie nicht mit Enrico darüber gesprochen.

»Ich weiß von keinen finanziellen Schwierigkeiten, in denen Gregor gesteckt haben könnte«, sagte Enrico. »Das muss allerdings nichts heißen.«

»Würde es nicht auffallen, wenn jemand von Fentanyl abhängig ist?«

»Wenn man weiß, worauf man achten muss, ja. Fentanyl macht innert kurzer Zeit psychisch und physisch abhängig. Es ist ein hochwirksames synthetisches Opioid. Einstichstellen sind ein Indiz, sofern die Person es sich intravenös verabreicht.«

»Intravenös? Und wie soll das mit den Pflastern gehen, die ihr im Sortiment habt?«

»Die Drogenszene ist kreativ. Pflaster können ausgekocht werden.«

Auf diese Idee wäre Andrina nie gekommen.

»Bei Gregor hat der Rechtsmediziner keine Einstichstellen einer Spritze gefunden«, fuhr Enrico fort. »Bevor du fragst, woher ich das weiß: nicht von Sämi. Er darf mir das nicht sagen. Ich habe heute mit Gregors Tochter Viola gesprochen.«

»Das heißt, er hat die Pflaster ausgekocht?«

»Er hatte keine Einstichstellen«, erinnerte Enrico sie. »Zurück zu den Symptomen einer Abhängigkeit. Weitere Indizien sind die Pupillen, die verengt sein können. Genauso ein Indiz könnte ständig gute Laune oder extreme Müdigkeit sein. Sollte eine neue Dosis nötig sein, sind Entzugserscheinungen wie Krämpfe, Kopfschmerzen, Zittern, depressive Verstimmungen, Schweißausbrüche und sogar Halluzinationen oder Angst- und Panikattacken entsprechende Symptome.«

»Um das zu vermeiden, müsste Gregor regelmäßig ein Pflaster aufgeklebt gehabt haben.«

»Richtig.«

»Das hat aber keiner beobachtet?«

»Soweit ich weiß, nicht. Ich habe kein Pflaster bei ihm gesehen. Wobei er das an einer Körperstelle angebracht haben konnte, die von Kleidung bedeckt war.«

»Die Obduktion würde diese Frage beantworten. Hat man das nicht angeschaut?«

»Viola hat nichts von Pflastern erzählt, die der Rechtsmediziner bei der Obduktion entdeckt hat. Da die Pflaster angeschrieben sind, hätte er sofort gewusst, womit er es zu tun hat. Es kann ein Zufall sein, dass Gregor zum Zeitpunkt des Todes kein Pflaster aufgeklebt hatte. Gemäß Viola haben sie außerdem im Abfall keine gebrauchten Pflaster gefunden, was ebenfalls nichts zu bedeuten hat.« Enrico machte eine Pause und schien seine Gedanken zu ordnen. »Soweit ich weiß, werden nach dem Fund der Schachteln entsprechende toxikologische Untersuchungen von Blut oder Urin unternommen, aber die Ergebnisse stehen noch aus. Mach die Tür bitte zu.«

Andrina registrierte die geöffnete Terrassentür. Kalte Luft strömte ins Zimmer. Die Hitze, die sie eben empfunden hatte, war wie weggeblasen. Sie fror. Rasch schloss sie die Tür und kehrte zum Sofa zurück. Sie nahm die zusammengefaltete Decke von einem der Sessel und legte sie um ihre Schultern.

»Du zitterst.« Enrico legte seine Hand auf ihre Stirn, und in den dunklen, fast schwarzen Augen erkannte Andrina Besorgnis. »Fieber hast du jedenfalls keins.«

»Ich bin nicht krank!«

»Des Weiteren ermitteln sie, ob Gregor das Fentanyl nicht für sich gebraucht, sondern damit gedealt hat. Das war der Grund, weshalb Viola bei mir anrief. Sie war sauer, weil sie glaubte, ich hätte ihren Vater verleumdet und entsprechende Andeutungen gemacht und die Polizei auf diese Möglichkeit angesetzt.«

»Hast du?«

»Nein, natürlich nicht. Ich habe mich zwar gefragt, was die Medikamente in Gregors Wohnung zu suchen hatten. So weit habe ich aber nicht gedacht.« Enrico starrte auf die andere Seite des Raumes und schien einen Punkt an der Wand zu fixieren. »Das Ganze wird mit jedem Tag mysteriöser. Statt Fragen zu klären, kommen neue hinzu. Keinem ist klar, wie es dazu kommen konnte. Ich werde es herausfinden.«

»Du?«

»Es geht um JuraMed, dich und mich und um die Mitarbeitenden.«

ACHT

Es war einer dieser typischen Novembertage. Nebelgrau und Nieselregen. Nachdem es im Oktober mit Temperaturen um zwanzig Grad zu mild gewesen war, waren die Temperaturen mit Novemberbeginn rasch gesunken und lagen nun im normalen Bereich, wie Meteo verlauten lassen hatte. Die Bise hatte gegenüber heute Morgen aufgefrischt, als Andrina die Post aus dem Briefkasten genommen hatte.

Endlich ging es ihr besser, wobei es noch nicht ganz gut war. Das gesamte Wochenende hatte Andrina mehrheitlich auf dem Sofa verbracht. Enrico hatte ihr eine Frist bis heute gesetzt. Sollte es ihr nicht besser gehen, war in seinen Augen ein Arzttermin fällig. Um den würde sie glücklicherweise herumkommen. Andrina ging nach wie vor davon aus, es handle sich um einen hartnäckigen grippalen Infekt.

Sie stellte das Velo zu zwei anderen in den Unterstand und hob Rebecca aus dem Kindersitz. Endlich konnte sie Jamila den Schal zurückbringen.

Als sie sich am Donnerstagabend verabschiedet hatten, war Andrina auf das WC gegangen, bevor sie nach Hause gefahren war. Die Kellnerin hatte ihr beim Verlassen des Restaurants den Schal gegeben, den Jamila liegen gelassen hatte.

»Ich bin bei der Arbeit, aber du kannst ihn gerne im Milchkasten deponieren«, hatte Jamila in einer WhatsApp-Nachricht geschrieben.

Andrina hatte beschlossen, direkt am Vormittag hinzufahren. Erledigt war erledigt. Mit Rebecca an der Hand ging sie zum Haus. Als sie den Schal in Jamilas Milchkasten legte, ertönte ein Schrei.

Andrina fuhr herum und blickte in die Richtung, aus der er gekommen war. Den Parkplatz konnte sie von ihrem Standort nicht ganz einsehen.

»Hilfe!«

Andrina schlug die Tür des Milchkastens zu und rannte mit Rebecca auf dem Arm zum Parkplatz. Eine schlanke Frau Ende zwanzig torkelte auf sie zu.

»Was ist?«, fragte Andrina.

»Mein Auto.« Die Frau schwankte, und Andrina stützte sie, nachdem sie Rebecca auf den Boden gestellt hatte. Ihr Atem ging stoßweise. »Vandalen.«

»Was ist passiert?«

Andrina folgte der Frau zu einer der gelb markierten Parkflächen. Vor einem dunkelgrünen Wagen blieb sie stehen.

»Hau ab«, war mit roter Farbe quer über die Motorhaube gesprüht.

Der Atem der Frau beschleunigte sich, und sie war kurz davor, zu hyperventilieren. Sie schwankte.

»Ich rufe einen Arzt«, sagte Andrina, als sie gegen das Auto sackte.

»Keinen Arzt. Die Polizei!«

»Entschuldigen Sie bitte. Normalerweise bin ich nicht so hysterisch.«

Nachdem die Frau sich beruhigt und Andrina die Polizei verständigt hatte, hatten sie sich unter das Vordach des Velounterstandes begeben, da es angefangen hatte zu nieseln.

Rebecca hatte sich vor Andrinas Velo gesetzt und spielte mit Steinchen, die sie gefunden hatte. Eigentlich fand Andrina es zu kalt, um auf dem Boden zu sitzen, aber sie war froh, dass Rebecca sich selbst beschäftigte, und ließ sie gewähren.

»Ich bin Viola Hartmann«, sagte die Frau und reichte Andrina die Hand. Da sie nun den Namen nannte, fiel Andrina die Ähnlichkeit zu Gregor in den Gesichtszügen auf.

»Bianchi?«, hakte Viola nach, nachdem Andrina sich vorgestellt hatte. »Sind Sie die Frau von Enrico Bianchi?«

»Ja.«

»Mir war nicht bewusst, dass Sie hier wohnen.«

»Das tue ich nicht. Ich habe einer Freundin etwas vorbeigebracht. Waren Sie in der Wohnung Ihres Vaters?«

»Unter anderem. In erster Linie wollte ich die Person, die meinem Vater dieses angetan hat, zur Rede stellen. Aber Lucia ist zu feige und macht nicht auf.« Sie beobachtete Andrina genau, als wollte sie ihre Reaktion analysieren. Andrina gelang es, einen neutralen Gesichtsausdruck beizubehalten.

»Sie wohnt gegenüber von Gregor«, fuhr Viola fort, da Andrina nichts erwiderte.

Andrina sagte weiterhin nichts.

»Zuerst verdreht sie meinem Vater den Kopf, und anschließend bringt sie ihn um. Leider hört niemand auf mich. Man dürfe keine voreiligen Schlüsse ziehen, hat mir der Polizeibeamte gesagt.« Sie schlug die Hand vor den Mund. »Ich sollte das nicht sagen, und ich sollte Sie nicht damit behelligen. Die ganze Angelegenheit ist für Ihren Mann schlimm genug.«

»Kein Problem. Wieso meinen Sie, die Nachbarin Ihres Vaters habe ihn getötet?«

»Seitdem sich mein Vater auf sie eingelassen hat, war er nicht mehr er selbst. Würden wir nicht in einem modernen Zeitalter leben, würde ich sagen, sie hat ihn verhext. Ich weiß nicht, wieso mein Vater es nicht gemerkt hat. Es war ihr anzusehen, was sie wollte.«

»Was meinen Sie damit?«

»Lucia wollte sein Geld. Er hat ihr eine neue Fotoausrüstung gekauft.«

»Ein neue Fotoausrüstung?«

»Angeblich ist er über ihre gefahren, als sie die Tasche hinter seinem Wagen auf den Boden gestellt hatte. Für solche Ungeschicklichkeiten hat er eine Versicherung. Wenn sie zusammen unterwegs waren, hat er alles bezahlt. Von den Geschenken mal abgesehen. Das müssen Sie sich mal vorstellen. Die Armbanduhr hat zwei- oder dreitausend Franken gekostet.« Viola redete sich in Rage. »Ausgenommen hat sie ihn. Als ich ihn um einen kleinen Zustupf für meine Praxis bat, hat er es verweigert. Ich müsse selbst schauen.«

»Für welche Praxis?«

»Ich möchte mich als Naturärztin selbstständig machen. Als

ich meinem Vater früher davon erzählt hatte, hatte er versprochen, mich zu unterstützen.«

»Das tat er dann nicht?«

»Genau. Stattdessen verschleuderte er sein Vermögen an diese Person. Und ...« Sie brach ab, als ein Polizeibeamter in ihrem Blickfeld erschien. Er bemerkte sie und kam auf sie zu.

∗∗

Samuel Häusermann erwartete sie, als Andrina das Polizeikommando betrat. »Kannst du bitte vorbeikommen«, hatte er gefragt, als er nach dem Mittagessen angerufen hatte. »Wenn es geht, heute.«

Er führte Andrina den Korridor entlang. Sein Hinken trat heute deutlicher hervor als beim letzten Mal, als sie ihn gesehen hatte. Vor einigen Jahren hatte er einen Skiunfall gehabt, der einen komplizierten Bruch seines linken Beins zur Folge gehabt hatte. Ganz in Ordnung war das Bein nie mehr gekommen. Es war von seiner Tagesform oder vom Wetter abhängig, wie stark er das Bein nachzog.

Als sie einen Vernehmungsraum betraten, erhob sich Brogli, der an dem länglichen anthrazitfarbenen Tisch saß.

Bitte nicht. Andrina setzte ein Lächeln auf.

Sie ließ sich auf den Stuhl nieder, auf den Brogli mit der Hand gedeutet hatte, und hob Rebecca auf ihren Schoss. Sie legte einen Block und Stifte vor sich auf den Tisch. Als sie aufschaute, bemerkte sie, wie Brogli sie beobachtete. Ihm missfiel eindeutig Rebeccas Anwesenheit.

Zum Glück zeigte Rebecca sich zum zweiten Mal heute von ihrer besten Seite und malte Striche und Kreise auf das Blatt.

Die beiden Beamten nahmen ihnen gegenüber Platz. Häusermanns Miene verfinsterte sich, als er sie anschaute, und Andrina fragte sich, was passiert war. Er schob Brogli eine Mappe hin und tippte mit dem Zeigefinger darauf. Andrina reckte so unauffällig wie möglich den Hals, konnte aber nichts erkennen.

»Sie halten sich erstaunlich oft in dem Haus und in der Umgebung auf, in dem und der Herr Hartmann gewohnt hat. Gibt es einen Grund hierfür?«

Mit diesem Einstieg konnte Andrina nichts anfangen. »Was meinen Sie mit oft?«

»Sagen Sie es uns.«

»Sie wollen wissen, wie häufig ich dort war? In welchem Zeitraum?«

»Seit Herrn Hartmanns Ableben.«

Ableben ... Wie geschwollen das klang.

»Gerne mit Begründung.«

Was sollte das? Andrina schaute zu Häusermann. Von ihm würde sie keine Hilfe erwarten können.

»Heute wollten Sie nur den Schal Ihrer Freundin zurückbringen?«, fragte Brogli, nachdem Andrina geendet hatte.

»Was passierte anschließend?«

Meinte er etwa den Vorfall mit Viola Hartmanns Wagen? Dazu war Andrina bereits von den Polizeibeamten vor Ort befragt worden. Außerdem gehörte der Vandalismus nicht in Broglis und Häusermanns Ressort.

Die Mienen der beiden Männer waren unnachgiebig. Andrina gab sich geschlagen und versuchte den Vorfall so wiederzugeben, wie sie es dem Beamten vor Ort geschildert hatte.

»Ist Ihnen etwas aufgefallen, als Sie gekommen sind und auf das Haus zugingen?«

»Nein.«

»Es ist Ihnen niemand entgegengekommen?«, hakte Brogli nach. »Oder eilig weggegangen?«

»Nein«, wiederholte Andrina. »Das muss nicht heißen, dass keiner da war. Auf die Umgebung habe ich nicht geachtet.«

»Hatten Sie außer dem Schal etwas dabei?«

»Rebecca. Mein Velo. Meine Handtasche.« Brogli sagte nichts, und Andrina fühlte sich genötigt, diese Angabe zu präzisieren. »Handtasche mit Portemonnaie, Handy, Taschentüchern und Hausschlüssel.« Wozu sollte das wichtig sein?

»Das ist alles?«

»Ja.«

»Da war nicht zufällig das drin?« Er schob Andrina ein Bild über den Tisch zu, auf dem eine Spraydose auf dem Zahlautomaten stand. Am Bildrand erkannte Andrina einen Teil der weißen Markierung eines Parkfeldes.

»Nein, wieso?«

»Wie erklären Sie sich Ihre Fingerabdrücke darauf?«, fragte Brogli, ohne auf Andrinas Frage einzugehen.

Andrina schaute sich das Bild genauer an. Der Parkbillettautomat. Natürlich.

Sie lehnte sich nach hinten und verschränkte die Arme vor der Brust. »So eine Dose stand mitten auf einem Parkfeld, als ich kam. Ich habe sie auf die Seite gestellt, damit keiner aus Versehen darüberfährt.« Auf einmal begriff Andrina. »Ist das die Farbe, mit der Viola Hartmanns Wagen besprüht worden ist?«

»Ist Ihnen nichts aufgefallen, als Sie auf das Eintreffen der Kollegen gewartet haben?«, überging Brogli Andrinas Frage ein weiteres Mal, doch das reichte Andrina als Antwort. Eine Gänsehaut bildete sich. Als sie nach der Befragung durch den Beamten vor Ort zu ihrem Velo gegangen war, hatte sie aufgeschnappt, wie einer der Männer gesagt hatte, dass die Farbe frisch und feucht sei. Das bedeutete, der Anschlag musste kurz vor ihrer Ankunft passiert sein.

»Mir ist niemand aufgefallen«, sagte sie. »Ich habe den Schal in den Milchkasten gelegt und mich später darauf konzentriert, Frau Hartmann zu beruhigen.«

NEUN

»Herr Brogli hat dir abgenommen, die Spraydose auf die Seite gestellt zu haben?«, fragte Gabi und lehnte sich gegen Andrinas Pult.

»Es sieht so aus.« Andrina zog ihre Jacke aus und hängte sie über ihren Stuhl.

»Das finde ich erstaunlich. Besonders bei Brogli. Ich kann mir nicht vorstellen, dass er dich einfach vom Haken lässt.«

»Das kann ich mir auch nicht. Ich bin mir sicher, er wird mich im Auge behalten.«

»Ich frage mich, welches Problem er mit dir hat.«

»Er hat mich von unserer ersten Begegnung an nicht ausstehen können.«

Gabi holte zwei Sandwiches aus der Tasche, legte sie auf Andrinas Pult und stellte ihre Handtasche daneben. Sie schob einige Blätter zur Seite und setzte sich.

»Welches möchtest du? Tomate-Mozzarella oder das mit Auberginen und Käse?«

»Gerne Zweites, wenn es für dich okay ist.«

Gabi reichte ihr das Gewünschte und packte das andere aus.

»Vielen Dank, dass du mir eins mitgebracht hast.« Andrina war so vertieft in das Lektorat gewesen und hätte beinahe die Mittagspause verpasst, wenn nicht ihr Magen geknurrt hätte. Als sie das Gebäude, in dem der Cleve-Verlag seine Räumlichkeiten hatte, verlassen hatte, um eine Kleinigkeit zum Essen in der Stadt zu holen, war ihr Gabi entgegengekommen. »Ich habe dir eins mitgebracht.«

Dankbar war Andrina umgekehrt und mit Gabi ins Büro zurückgegangen.

»Das ist kein Problem. Ich musste eh in die Stadt, um etwas zu holen.« Sie biss in das Brot. Tomatensaft lief über ihr Kinn und tropfte auf den Tisch. »Entschuldige«, sagte Gabi und wischte den Fleck weg. »Elisabeth soll keinen Grund haben, sich aufzuregen.«

Elisabeth hatte es nicht gerne, wenn im Büro gegessen wurde, duldete es allerdings.

»Das ist eine heftige Geschichte, die da bei deinem Mann in der Firma passiert ist.«

Andrina brauchte einige Sekunden, bis sie mit dem Themenwechsel klarkam und verstand, dass Gabi sich auf das verschwundene Fentanyl bezog.

»Ich kann Enrico verstehen, dass er der Sache auf den Grund gehen möchte. Es soll nicht an seinem Unternehmen hängen bleiben und den guten Ruf zunichtemachen.«

Das Telefon auf Andrinas Pult klingelte.

»Als ob er geahnt hat, dass wir über ihn sprechen«, sagte sie.

»Nimm nur.«

»Bleib ruhig«, sagte Andrina, als Gabi Anstalten machte, vom Pult herunterzurutschen.

»Keine Neuigkeiten«, sagte Enrico, nachdem Andrina sich gemeldet hatte. »Es ist ruhig. Fast zu ruhig, und ich habe ein ungutes Gefühl dabei.«

»Warum?«

»Es ist wie die Ruhe vor dem nächsten Sturm.«

»Wieso?«

»Das kann ich nicht erklären.« Ein Seufzen drang an Andrinas Ohr.

»Hast du Luis gefragt?«

»Er war entsetzt, als er hörte, was passiert ist. Eine Erklärung für das Verschwinden der Medikamente hat er nicht. Genauso kann er nicht sagen, wieso einige der Schachteln davon bei Gregor aufgetaucht sind. Ihm ist wie den übrigen Mitarbeitern in den letzten Wochen nichts an Gregor aufgefallen, was all das erklären würde.«

»Was ist mit seinem Schlüssel?«

»Den vermisst er nicht. Er war die ganze Zeit an seinem Schlüsselbund, an dem er auch andere Schlüssel, wie seinen Wohnungsschlüssel, hat.«

»Das heißt, der Schlüssel war während seiner Ferien nicht im Büro.«

»Genau. Und wie ist es bei dir im Verlag?«

»Ein hundskommuner Arbeitstag. Ich komme gut mit dem Lektorat voran.«

»Ich hole Rebecca heute Abend bei Seraina ab, damit du bei dem Mistwetter nicht nach Erlinsbach musst. Da ich einiges zu tun habe, wird es etwas später werden«, sagte Enrico, bevor sie sich verabschiedeten.

»Es ist alles mysteriös«, begann Gabi von Neuem.

»Wem sagst du das. Ich frage mich die ganze Zeit, wie die Spinne und das Fentanyl zusammenhängen.«

»Vielleicht handelt es sich hierbei um zwei verschiedene Fälle.«

»Du meinst, das eine hat mit dem anderen nichts zu tun?«

»Dieser Hartmann hat jemanden sauer gemacht, woraufhin die Person diese Mordwaffe auf acht Beinen bei ihm deponiert hat. Das Fentanyl ist ein Zufallsfund. Also es ist ein Zufall, dass die Polizei dabei auf seine Drogensucht stößt.«

»Es muss sich um eine, wie soll ich sagen, neue Drogensucht handeln, da bisher kein Fentanyl bei JuraMed abhandengekommen ist.« Mit der Serviette tupfte Andrina den Mundwinkel ab.

»Nicht unbedingt. Er könnte dieses Schmerzmittel bis anhin woanders bezogen haben.«

»Diese Quelle war versiegt, und seine Abhängigkeit war groß genug, damit Entzugserscheinungen ihm zusetzten und er auf den Vorrat von JuraMed zurückgreifen musste?«

»Das ist eine Variante. Wobei ich mich frage, ob die Sucht nicht hätte auffallen müssen.«

Andrina dachte an das, was Enrico ihr über die Symptome erklärt hatte. Sie musste Gabi zustimmen, es hätte auffallen müssen, wenn Gregor auf Entzug gewesen wäre. Zumal bei JuraMed genügend Fachleute aus der Pharmabranche arbeiteten. Das hieß aber nicht automatisch, dass sie realisierten, wenn jemand auf Entzug war oder unter Betäubungsmitteleinfluss stand. Schließlich rechnete keiner damit, dass jemand im Umfeld abhängig war, und eine Sucht blieb oft lange unbemerkt. Traf das auch auf Fentanyl zu?

»Ich sollte mich an die Arbeit begeben«, sagte Gabi. Sie knüllte den Papiersack zusammen und warf ihn zum Abfallkübel.

»Treffer. Nicht schlecht.«

»Zufall.« Gabi rutschte vom Pult und stieß gegen ihre Handtasche. Sie kippte nach vorne und landete auf dem Boden. Der Inhalt purzelte heraus.

Gabi fluchte und machte sich daran, alles einzusammeln. Andrina bückte sich, um ihr dabei zu helfen.

»Ein Schwangerschaftstest?«, fragte sie verwundert und hielt die Packung hoch.

»Gib her«, fauchte Gabi und riss Andrina die Schachtel aus der Hand.

»Ist der für dich?«

»Das geht dich nichts an!«

»Du hast nicht erzählt, einen Freund zu haben.«

»Ich habe keinen Freund.« Gabi stopfte die Schachtel in die Tasche. Als sie den Kopf hob, erkannte Andrina Tränen in ihren Augen.

»Gabi, was ist passiert?«

»Nichts.«

»So einen Test hat man nicht einfach so bei sich.«

»Ich schon.« Gabi wollte sich an Andrina vorbeidrängeln, aber sie hielt sie am Arm fest. Tränen rannen über Gabis Wangen, und Andrinas Bestürzung nahm zu. Wenn Gabi keinen Freund hatte, sie aber Veranlassung sah, einen Schwangerschaftstest zu machen, musste es einen anderen Grund geben. Einen Grund, den Andrina sich nicht auszumalen wagte. »Hat dich jemand …«

»Ich wurde nicht vergewaltigt, wenn du das meinst. Nenn es einen One-Night-Stand. Ich habe einen riesigen Fehler gemacht.« Der schnippische Ton stand im Kontrast zu der Verzweiflung in ihren Augen.

»Warum hast du nichts gesagt? Dazu sind Freundinnen da.«

»Ich wollte dich damit nicht belasten.«

»Noch einmal: Freundinnen sind dazu da, zu helfen, wenn man in Not gerät oder ein Problem hat.«

»In diesem Fall wäre es ungerecht.«

»Wieso?«

»Du versuchst, schwanger zu werden, und für mich wäre das die größte Katastrophe«, flüsterte Gabi, und Andrina verspürte einen Stich im Inneren. Sie drängte den Schmerz in den Hintergrund.

»Kenne ich ihn?«

»Ja.« Gabi knabberte am Daumennagel.

»Jemand aus dem Verlag?«, fragte Andrina.

Gabi schwieg.

Andrina ging ihre Kollegen durch. Kilian? Lukas?

»Nein«, sagte Gabi. »Marco«, fügte sie leise an, und Andrina meinte zuerst, sie habe nichts gesagt.

»Marco?«, wiederholte sie erstaunt. Andrina dachte an Gabis und Marcos unschöne Trennung und an Gabis unrühmliches Verhalten, wie sie versucht hatte, ihm André vorzuenthalten. Erst nach den Ereignissen im vergangenen Januar hatten die beiden einen Weg gefunden, anständig miteinander umzugehen. Zwischenzeitlich hatte es so ausgesehen, als würden sie wieder zueinanderfinden. Gabi hatte es jedoch kategorisch ausgeschlossen, als Andrina sie darauf angesprochen hatte.

»Du bist wieder mit Marco zusammen?«, fragte Andrina weiter, da Gabi nicht antwortete.

»Eben nicht.« Gabi schlug die Hände vor das Gesicht. »Das ist eine lange und komplizierte Geschichte. Als dieser Sturm vor fünf Wochen war, wollte ich André bei ihm abholen. Da alles ums Haus flog, meinte Marco, es wäre sicherer, abzuwarten. Er wollte uns nicht durch den Sturm mit dem Velo nach Hause fahren lassen, und sein Auto war im Service.«

»Du bliebst dort, um den Sturm abzuwarten?«, folgerte Andrina, da Gabi nicht weitersprach.

»Mehr oder weniger. Er richtete das Gästezimmer her, und

wir brachten André ins Bett, da es schlimmer wurde. Im Wohnzimmer haben wir es uns gemütlich gemacht, und es war fast wie früher, als wir zusammenkamen ...« Sie brach ab und schaute Andrina an.

»Es ist für mich kein Problem. Ich habe lange mit diesem Thema abgeschlossen.«

»Wir haben zusammen eine Flasche Wein geleert«, begann Gabi zögernd. »Danach haben wir eine zweite aufgemacht, obwohl wir angeheitert waren. Na ja, irgendwie hat eins das andere ergeben. Der Wein. Das Feuer im Schwedenofen. Der Wind, der ums Haus pfiff.« Gabi wischte mit den Handrücken über ihre Wangen. »Wir haben herumgealbert und ... ich habe es richtig genossen, endlich wieder einmal mit einem Mann zu schlafen. Tut mir leid, ausgerechnet mit Marco.«

»Bei mir musst du dich nicht entschuldigen. Alles, was zwischen Marco und mir gewesen ist, habe ich abgehakt«, wiederholte Andrina. »Inzwischen haben wir ein freundschaftliches Verhältnis. Okay, das ist übertrieben. Wir sind gute Bekannte. Weiß er von der möglichen Schwangerschaft?«

Heftig schüttelte Gabi den Kopf. »Besser nicht. Am Morgen danach habe ich ihm erklärt, es sei ein Ausrutscher gewesen.«

»Wie hat Marco reagiert?«

»Es täte ihm leid, was geschehen sei und dass er sich nicht unter Kontrolle gehabt habe. Seitdem tun wir so, als sei es nicht passiert.«

»Ich würde es ihm sagen.«

»Nein. Erst, wenn ich den Beweis habe.« Sie deutete auf den Schwangerschaftstest in ihrer Tasche.

»Er wird dich nicht hängen lassen«, sagte Andrina.

»Ich weiß«, sagte Gabi und versetzte Andrina damit ein weiteres Mal in Erstaunen. Das hatte früher anders geklungen. Wenn sie dachte, was Gabi Marco alles unterstellt hatte.

»Mach den Test«, sagte Andrina.

»Jetzt? Hier im Verlag?«

»Ja. Dann weißt du es, und du bist nicht allein.«

»Das ist genau das, das ich sein möchte.« Gabi ging zur Tür.

»Wenn du jemanden brauchst, zum Reden oder für was auch immer, melde dich bitte.«

»Danke. Ich rufe dich an.« Gabi schlich zur Tür, und es war, als trug sie die Last der halben Welt auf ihren Schultern.

***

Es war dunkel und nieselte, als Andrina gegen halb sechs am Abend den Verlag verließ. Sie zog die Kappe in die Stirn und saß auf das Velo.

»Kein Problem«, hatte Seraina am Telefon gesagt, als Andrina angerufen und sie hatte wissen lassen, dass Enrico später kommen werde. »Wir essen zusammen Znacht. Du brauchst sie nachher nur ins Bett zu bringen.«

Wie so oft hatte Andrina sich gefragt, was sie ohne Seraina machen würde. Würde ihre Schwester ihr bei einem zweiten Kind ebenfalls so hilfsbereit zur Seite stehen? Sie verspürte gegenüber Seraina ein schlechtes Gewissen und kam sich vor, als würde sie ihre Schwester ausnutzen. In der Regel war es Seraina, die Andrina unterstützte, und nicht umgekehrt.

»Ich habe Mikes Eltern, wenn Not am Mann ist«, hatte sie Andrina geantwortet, als sie ihr angeboten hatte, auch einmal auf ihre Tochter Regina aufzupassen. »Aber ich komme gerne auf dein Angebot zurück, wenn sie nicht einspringen können.«

Das war höchstens zwei- oder dreimal seit Rebeccas Geburt der Fall gewesen. Nie hatte Seraina sich beklagt und hatte Rebecca immer zu sich genommen, wenn Andrina kurzfristig jemanden für sie brauchte.

»Ich mache es gerne«, hatte sie Andrina erklärt. »Dazu ist Familie da.«

Andrina bog in die Bachstraße ein. Der Nieselregen war in Regen übergegangen, und Andrina trat stärker in die Pedale. Einige Velos überholten sie. Elektrovelos. Bisher hatte sie darauf verzichtet, aber heute wünschte sie sich eins. Damit wäre sie schneller zu Hause. Ein Auto kam ihr entgegen, und die Scheinwerfer blendeten sie kurz. Sie bremste an der nächsten

Kreuzung ab, da ein Auto von rechts kam. Häufig verzichteten die Autos auf den Rechtsvortritt und ließen die Velos passieren. Da Andrina sich darauf nicht verlassen wollte, bremste sie grundsätzlich ab.

Dieser Fahrer bestand auf seinen Rechtsvortritt und überquerte die Kreuzung. Andrina saß wieder auf.

Ein anderer Wagen näherte sich von hinten. Der Motor heulte auf, als er an Andrina vorbeifuhr. Er hatte sie nicht ganz überholt, als er nach rechts ausscherte. Andrina spürte einen Schlag gegen das Vorderrad. Der Lenker wurde herumgerissen, und Andrina flog durch die Luft. Dumpf schlug sie auf und blieb benommen liegen, bevor sie auf die Seite rollte und mit dem Kopf gegen einen Stein stieß. Mit einem Platschen landete sie im Stadtbach. Das Velo fiel auf sie und streifte sie am Kopf. Benommen sackte sie zusammen und tauchte mit dem Kopf unter das Wasser. Orientierungslos verharrte sie, wo sie war. Erst nach einigen Sekunden realisierte sie die Kälte des Wassers und die Dunkelheit, die sie umgab. Du musst auftauchen, dachte sie, konnte aber ihre Bewegungen nicht koordinieren. Wo war oben und wo unten? Der Stadtbach war nicht tief. Luft … Es waren bereits Leute in flacheren Gewässern ertrunken. Panik keimte auf, und sie strampelte. Sie öffnete wider besseres Wissen den Mund. Jemand packte sie am Arm und zog sie aus dem Bach. Andrina holte Luft und hustete. Sie wurde auf den Boden gelegt.

Die Person klopfte auf ihren Rücken, während Andrina weiter hustete und würgte. Sie sagte etwas, das Andrina nicht verstand. Erst als der Husten- und Würgereiz abebbte, drangen einzelne Worte zu ihr vor. »Mistkerl … alles in Ordnung, Andrina?«

Wieso wusste der Mann ihren Namen?

»Ja«, wollte Andrina sagen, aber ein neuer Hustenanfall schüttelte sie.

»Tief durchatmen.«

»Marco?«, krächzte Andrina. Sie wollte sich aufrappeln, aber Marco drückte sie zurück.

»Langsam«, sagte er. »Du blutest.« Er berührte ihre Stirn.

Wieso konnte er das bei der Dunkelheit erkennen? Das Licht der Straßenlaterne reichte nicht bis zu ihr. »Du solltest zum Arzt.«

»Nein. Mir geht es gut.« Andrina fror und wollte nur eins – nach Hause.

»Es wäre besser.« Marco half ihr auf und stützte sie. Langsam ließ der Schwindel nach. Nur ein dumpfes Pochen blieb. Dort am Kopf, wo das Velo sie getroffen hatte.

»Wegen dieser paar Kratzer?« Sie bückte sich und hob das Velo auf. Zu ihrem Erstaunen schien es intakt zu sein.

»Wo ist der Typ?«

»Weg. Fahrerflucht. Ich nehme an, du hast dir das Kennzeichen nicht merken können, und um welche Automarke es sich gehandelt hat, kannst du nicht sagen.«

»Wie denn? Ich war damit beschäftigt, ein unfreiwilliges erfrischendes Bad zu nehmen. Und du? Wo kommst du her?«

»Ich war auf dem Weg nach Hause. Leider war ich zu weit weg, als ich dich durch die Luft fliegen sah.«

»Da kann man nichts machen.« Andrina hob die Tasche auf, die bei dem Unfall neben dem Bach gelandet war, und machte Anstalten, auf das Velo zu steigen.

»Stopp.« Marco hielt sie am Arm fest. »Ich lass dich in diesem Zustand nicht allein.«

»Mir ist kalt, und ich möchte nach Hause.« Ihre Beine wurden weich, und ein Zittern durchlief Andrinas Körper. Dieses Mal lag es nicht nur an der Kälte.

»Und ich möchte zuerst wissen, ob du ernsthaft verletzt bist.« Marco nahm das Velo und schob es zu seinem Wagen, den Andrina erst jetzt bemerkte. Er klappte den Kofferraum auf und hob das Velo hoch. Ganz passte es nicht hinein, und das Vorderrad hing heraus. Marco schloss den Deckel und fixierte ihn mit einem Spanngummi.

»Steig ein«, sagte er und wies zur Beifahrerseite. Es war Andrina alles andere als recht, aber sie kam der Aufforderung nach. Als sie sich angurtete, wurde ihr bewusst, was geschehen war und wie viel Glück sie gehabt hatte. Wäre Marco nicht in der

Nähe gewesen, hätte sie es in dem benommenen Zustand nicht geschafft, aus dem Bach zu kriechen, und wäre womöglich in dem flachen Wasser ertrunken. Sie zitterte heftiger.

»Du stehst unter Schock«, sagte Marco und berührte ihren Arm. »Möchtest du nicht lieber zu einem Arzt? Ich bringe dich zur Notaufnahme vom Kantonsspital.«

»Nein. Alles, bloß das nicht.«

»Ist Enrico zu Hause?«

»Vermutlich nicht. Er holt Rebecca bei Seraina und kommt später.«

Marco fuhr an. Keine zwei Minuten später hielten sie vor seinem Haus. Ohne Widerspruch folgte Andrina ihm in die Küche. Sie setzte sich auf einen Stuhl. Marco beugte sich zu ihr und musterte sie. »Eine kleine Platzwunde am Kopf. Sie hat aufgehört zu bluten, und ich nehme an, sie muss nicht genäht werden.« Er strich ein paar Haarsträhnen zur Seite. »Du hast Glück gehabt. Nur einige Kratzer. Morgen wirst du zusätzlich blaue Flecken haben.«

Er verließ die Küche und kehrte mit einem Jogginganzug, einem Handtuch und Verbandsmaterial zurück.

»Hier, das ist von Gabi. Wenn du dir trockene Kleider angezogen hast, kümmere ich mich um deine Kopfwunde.«

Er verließ abermals die Küche.

Andrina starrte den Jogginganzug an. Gabis Kleider. Bei Marco? Hatte sie nicht alles mitgenommen? Sie dachte an das, was Gabi ihr am Mittag gesagt hatte. Das hatte geklungen, als sei es nicht geplant gewesen, bei ihm zu übernachten. Hatte Gabi ihr nicht alles erzählt?

Andrina zog die nasse Jacke, den Pullover und die Jeans aus. Sie legte alles über einen Stuhl und schlüpfte in den Jogginganzug, dessen Hose ihr zu weit war. Als sie das Handtuch um den Kopf wickelte, kehrte Marco zurück.

Es brannte, und Tränen schossen in ihre Augen, als er die Wunde desinfizierte. Sie zuckte zurück.

»Stillhalten.« Mit einer Hand hielt er Andrinas Kopf, damit sie ihn nicht wegdrehen konnte.

»Du hast gut reden. Autsch.«

Marco klebte ein Pflaster auf die Stirn. Er trat einen Schritt zurück. Offenbar war er mit dem Ergebnis zufrieden und reichte ihr die Tasche. »Ruf Enrico an, damit er sich nicht wundert, wo du bist. Am besten holt er dich ab.«

Andrina nippte am Tee. Ihr war nach wie vor kalt, aber sie zitterte nicht mehr. Der Schreck saß ihr weiterhin in den Knochen, und sie war Marco dankbar, weil er sie nicht sich selbst überlassen hatte.

Marco schloss die Tür des Schwedenofens. Das Feuer loderte und verbreitete eine angenehme Wärme, die sogar langsam in Andrinas Inneres vordrang.

Schwedenofen … Ihre Gedanken drifteten zu Gabi, was sie über jenen verhängnisvollen Abend angedeutet hatte. Ob sie inzwischen den Schwangerschaftstest gemacht hatte? Zu gerne hätte Andrina gewusst, was Marco über diese Nacht dachte. Sie wagte nicht, ihn darauf anzusprechen. Es wäre unvermeidlich gewesen, zuzugeben, die Information von Gabi zu haben, und Andrina war sich nicht sicher, ob sie es schaffen würde, sich nicht zu verplappern.

Es klingelte an der Tür.

»Das wird Enrico sein«, sagte Marco und verließ das Wohnzimmer. Kurz darauf kehrte er mit Rebecca und Enrico zurück.

Rebecca zappelte auf Enricos Arm, und er stellte sie auf den Boden.

»Mami!« Sie rannte auf Andrina zu, umarmte sie und drückte ihr einen Kuss auf die Wange.

»Sei vorsichtig mit deiner Mami«, sagte Marco.

Enrico verharrte in der Tür, bevor er zu Andrina kam. Mit dem Zeigefinger strich er eine feuchte Haarsträhne nach hinten und küsste sie. »Was machst du für Sachen?«

»Ich kann nichts für diesen Verkehrsrowdy.«

»Wollt ihr hier Znacht essen?«, fragte Marco. »Ich habe Brot, Käse und Konfitüre.«

Enrico schien abzuwägen. »Das wäre keine schlechte Idee«, sagte er zu Andrinas Erstaunen.

Zwar hatte sich das Verhältnis der Brüder in diesem Jahr normalisiert, aber beste Freunde waren sie nicht geworden. Andrina traute diesem Frieden nicht ganz und war froh, dass Marco und Enrico einander nicht häufig begegneten. Obwohl die Männer inzwischen respektvoll miteinander umgingen, war dieser Zustand fragil.

Sie musste sich eingestehen, dass Marcos Angebot ihr alles andere als recht war. Ein zu enger Kontakt wie ein gemeinsames Nachtessen barg zu großen Zündstoff. Nach wie vor befürchtete sie, es könnte die alte Feindschaft aufflammen, obwohl Marco behauptet hatte, er sei darüber hinweg, dass Enrico ihm Andrina ausgespannt hatte, und Enrico gemäß seiner Aussage nicht mehr befürchtete, Marco wolle Andrina zurückhaben. Trotzdem war bei jeder Begegnung Enricos unterdrückte Eifersucht spürbar.

Die Anspannung war deutlich, als sie um den Esstisch saßen. Es war aber keine Anspannung aufgrund von Feindseligkeit, sondern eine aus Angst, etwas falsch zu machen.

»Andrina kann eine Anzeige gegen unbekannt machen«, sagte Marco, nachdem Enrico gefragt hatte, was man gegen den Fahrer unternehmen könne.

»Das wird mir nichts bringen«, sagte Andrina. »Ich lande höchstwahrscheinlich in einer Statistik, und der Typ wird nie gefunden.«

»Damit könntest du recht haben«, erwiderte Marco. »Ich war die einzige Person, die gerade in der Nähe war. Leider kann ich nicht weiterhelfen.«

»Ich hoffe, es hat nicht mit Gregor und seinem Tod zu tun«, sagte Enrico.

»Wieso meinst du das?« Für Andrina war es, als sinke im Raum die Temperatur massiv.

»Das finde ich weit hergeholt.« Marco schien ähnlich erstaunt wie Andrina über diese Annahme zu sein. Er reichte Rebecca, die neben ihm saß, den Käse. Zu Andrinas Erstaunen steckte sie ihn mit einem Stück Brot in den Mund. Hatte sie nicht bei Seraina Znacht gehabt, wie ihre Schwester angedeutet hatte?

»Du glaubst, es handelt sich um einen Zufall?«, fragte Enrico.

»Eher um eine Person, die nicht aufgepasst hat, was sie tat.« Enrico sah nicht beruhigt aus. »Wenn Gregor mit Drogen zu tun hatte, weiß ich nicht, was das für sein Umfeld bedeutet.«

»Für den Eigenbedarf scheint das Fentanyl nicht bestimmt gewesen zu sein«, erwiderte Marco.

»Woher weißt du das? Darfst du an dem Fall mitarbeiten?«

»Das nicht, da du mein Halbbruder bist und ich befangen bin. Aber ich bekomme mit, worüber in meinem Umfeld diskutiert wird.« Er hob die Hand. »Okay, alles höre ich selbstverständlich nicht. Als ich heute bei Max' Büro vorbeikam, sagte Sämi ihm gerade, die Rechtsmedizin habe keinen Nachweis von Fentanyl in den Proben gefunden. Er wolle aber zusätzlich eine Haarprobe analysieren lassen.«

Hatte er gelauscht? Marco erstaunte Andrina von Neuem. Früher wäre dieses ein in seinen Augen unverzeihliches Vergehen gewesen.

»Leider hat Max die Tür zugemacht«, fuhr er fort und grinste Andrina an. »Er hat mich bemerkt, als ich vor dem Büro stand und so tat, als würde ich auf meinem Handy herumtippen.«

Marco hatte sich definitiv verändert.

»Bedeutet das, er hat damit gedealt?«, fragte Enrico.

»Das kann ich leider nicht beantworten. Wenn du meine Meinung wissen möchtest, es kann sein, da nur zwei der sechs Packungen in Herrn Hartmanns Wohnung waren. In der Kommode im Entrée hat die Spurensicherung ein unbeschriftetes Couvert mit tausend Franken gefunden. Soweit ich das mitbekommen habe, ist nicht geklärt, woher das Geld stammt oder für welchen Zweck es bestimmt war. Weder seine Tochter noch die Nachbarin, mit der er offenbar liiert war, konnten darauf eine Antwort liefern.«

»Leider kann ich dir dazu ebenfalls keine schlaue Antwort geben«, sagte Enrico.

»Das ist mir klar. Was ich damit andeuten möchte, es wäre denkbar, dass er das Schmerzmittel verkauft hat.«

»Wie viel ist Fentanyl auf dem Schwarzmarkt wert?«, fragte Andrina.

»Das entzieht sich meiner Kenntnis. Ich habe hierzu keine Recherchen betrieben und überlasse das Silvan und Sämi, die die Verantwortung für den Fall von Max zugeteilt bekommen haben. Einer ihrer Ermittlungsansätze ist jedenfalls, im Drogenmilieu zu ermitteln.«

ZEHN

Die Straßenlaternen verbreiteten kaum Licht. Wiederholt schaute Andrina sich um. Obwohl sie in die Pedale trat, war es, als würde sie auf der Stelle treten. Regen setzte ein und spritzte in ihre Augen. Auf einmal war alles in gleißendes Licht getaucht. Ein Motor heulte auf. Andrina spürte den Sog, den ein dunkles Fahrzeug verursachte, das an ihr vorbeiraste. Das Auto schwenkte zurück auf ihre Seite. Andrina bremste. Ein schmerzhafter Stoß. Sie flog durch die Luft und schrie. Schmerz schoss durch ihren Körper, als sie hart aufschlug.

»Andrina!«

Andrina riss die Augen auf. Dunkelheit hüllte sie ein. Die Unterlage war nicht mehr Asphalt, sondern weich.

»Andrina, wach auf«, kam es erneut. Enrico.

Sie lag nicht auf einer Straße, sondern war zu Hause im Bett. Die Decke hatte sie vom Körper gestrampelt. Andrina war nass geschwitzt und fröstelte, als ein kalter Luftzug über ihren Körper strich.

»Du hast geträumt.« Enrico strich über ihre Wange.

Zum Glück, dachte Andrina. Ein schwacher blauer Lichtschimmer von dem Nachtlicht, das sie wegen Rebecca im Gang in einer Steckdose hatten, drang durch den Spalt der angelehnten Tür. Andrina erkannte die Konturen des Schranks, der am Fußende des Bettes stand.

Sie richtete sich auf und sah Enricos Schemen neben sich. Sie spürte, wie er sie anschaute.

Am Abend hatte sie sich lange hin und her gewälzt und war nach einer gefühlten Ewigkeit in einen Zustand zwischen Wachsein und Schlaf gefallen. Sie zitterte. Andrina tastete nach der Decke und fand sie schließlich neben sich auf dem Boden. Sie legte sich wieder hin und zog die Decke bis ans Kinn. Die Szene des Traums erschien vor ihrem inneren Auge. Sie sah das Heck des Wagens vor sich.

»Es war ein Volvo«, sagte sie stockend.

»Wovon sprichst du?«

»Von dem Auto.«

»In deinem Traum?«

»Ja. Nein. Von dem, der mich gerammt hat.«

»Du meinst den Wagen von gestern Abend?«

»Ja, ich habe vom Unfall geträumt. Am Anfang war es anders, aber als der Wagen mich rammte, war es wie gestern.« Deutlich erkannte sie den Schriftzug der Automarke auf dem Heck des dunklen Fahrzeugs vor sich. Auf der Heckscheibe hatte es einen weißen Elchaufkleber gehabt.

»Erinnerst du dich an das Autokennzeichen?«

»Leider nicht. Nur, dass der Wagen aus dem Aargau kommt.«

»Das reicht leider nicht«, sagte Enrico.

»Ich weiß.« Andrina rappelte sich erneut auf. »Ich mache mir einen Tee.«

»Ich komme mit.«

»Das musst du nicht.«

Das ließ Enrico nicht gelten. Er folgte Andrina in die Küche. Sie ließen das Licht ausgeschaltet. Die Helligkeit, die von draußen in den Raum drang, reichte, um sich zu orientieren. Andrina nahm zwei Tassen aus dem Schrank. »Welche Sorte möchtest du?«

»Ich nehme die gleiche wie du.«

Andrina nahm den Teekocher und schaute auf, als sie von draußen das Geräusch eines startenden Motors hörte. Vor ihrem Grundstück setzte sich ein dunkler Wagen in Bewegung. Er fuhr rückwärts in ihre Einfahrt. Das Licht der Straßenlaterne reflektierte am Heck. Buchstaben. Andrina beugte sich vor und kniff die Augen zusammen. Der Wagen wendete. Die Automarke konnte sie nicht erkennen, aber dafür den Aufkleber auf der Heckscheibe. Mit einem Aufschrei ließ Andrina den Teekocher fallen.

* * *

»Das klingt wie in einem Horrorfilm«, sagte Gabi. Ihre Augen hatten sich geweitet, als Andrina ihr von ihrem unfreiwilligen Bad im Stadtbach und von dem Auto erzählt hatte, das sie in der Nacht vor ihrem Haus gesehen hatte. »Was sagt Enrico dazu?« Sie stellte zwei Cappuccino und Biskuits auf das Wohnzimmertischchen. Aus dem Nebenzimmer hörte Andrina das Geklapper von Holzklötzchen und Andrés und Rebeccas Stimmen. Was die beiden sich erzählten, konnte sie nicht verstehen.

»Er hat versucht mich zu beruhigen, dass es nichts zu bedeuten habe. Er selbst hat das Auto nicht gesehen.«

»Du weißt nicht, wie lange der Wagen dort stand?«

»Nein. Ich habe ihn nur zufällig bemerkt, als ich aus dem Fenster geschaut habe.«

»Hast du die Marke erkennen können?«

»Nein. Dazu war er zu weit weg, und das Licht der Straßenlaterne hat nicht ausgereicht. Das Kennzeichen habe ich nicht sehen können.« Andrina unterdrückte ein Gähnen. Es war ihr, als habe sie nach der Sache mit dem Auto vor ihrem Haus nicht mehr geschlafen. Sobald sie eingenickt war, war sie wieder hochgeschreckt.

»Und dieser Aufkleber?«

»Ich weiß nicht. Genau erkannt habe ich ihn nicht. Ich konnte nur sehen, dass an der gleichen Stelle am Heckfenster einer war. Ich meine, am Heckfenster des Autos im Traum.«

»Der Wagen, der dich gestern geschnitten hat, hatte auch einen an dieser Stelle?«, hakte Gabi nach.

»Ich weiß nicht.« Andrina presste die Fingerspitzen gegen ihre Stirn. Inzwischen wusste sie nicht mehr, was Wirklichkeit und was Traum gewesen war. Wurde sie verrückt, wenn die Grenzen zu verschwimmen schienen?

»Enrico wird recht haben«, sagte Gabi. »Es hat nichts zu bedeuten, obwohl ich es seltsam finde, wenn um zwei Uhr in der Nacht ein Auto vor eurem Haus gestanden ist. Richtig unheimlich. Ich hoffe, der Wagen, der dich gestern in den Stadtbach befördert hat, war, wie Marco vermutet, nur ein rücksichtsloser

Idiot, der nicht aufgepasst hat, und hat nichts mit JuraMed und Drogendealern zu tun.«

»Mir macht es Angst, dass Gregor mit Drogen zu tun gehabt haben kann. Ich hoffe, Enrico und das Unternehmen sind nicht in den Fokus dieser Leute geraten.«

»Das kann ich nachvollziehen. Da ist mein Problem richtig nebensächlich.« Gabi legte den Schwangerschaftstest neben die Tassen auf das Tischchen.

Gegen Mittag hatte sie Andrina angerufen und gefragt, ob sie kommen könne. »Ich habe Angst vor dem Ergebnis und möchte doch lieber nicht allein sein«, hatte sie gesagt.

Gabi nahm ein Biskuit und biss hinein. Während sie kaute, konnte Andrina erkennen, wie es in ihrem Kopf arbeitete.

»Genug von mir geredet. Ich bin aus einem anderen Grund da.« Andrina reichte Gabi die Schachtel. »Hinauszögern gilt nicht.«

»Du hast recht.«

Gabi verließ das Wohnzimmer. Andrina trank einen Schluck Cappuccino. Er hinterließ einen bitteren Nachgeschmack. Andrina stellte die Tasse zurück und nahm ein Biskuit, das sie zu süß empfand. Sie legte es auf den Teller und verschränkte die Hände im Nacken.

Gabi kehrte zurück. »In fünf Minuten weiß ich mehr.« Ihre Gesichtsfarbe hatte einen ungesunden Grauton angenommen. Sie stellte auf ihrem Handy die Stoppuhr ein und legte es auf das Wohnzimmertischchen. »Was mache ich, wenn ich schwanger bin?«

»Du erzählst es am besten gleich Marco. Sonst wäre es unfair.«

»Ich weiß. Ich habe Angst vor seiner Reaktion. Davor, dass er mir vorwirft, es darauf angelegt zu haben. Gerade jetzt, wo wir einigermaßen miteinander auskommen.«

Andrina wusste nicht, was sie darauf erwidern sollte. Auf eine Diskussion über Marco wollte sie sich nicht einlassen. Wie sie aus Erfahrung wusste, barg das zu viel Konfliktpotenzial.

Schweigen stellte sich ein. Andrina suchte nach einem

Thema, womit sie Gabi ablenken konnte, hatte aber keinen schlauen Einfall. Die Sekunden krochen vorbei. Kurz bevor vier Minuten um waren, stand Gabi auf. Andrina wagte nicht, zu atmen. Sie lauschte. Nur das Geplapper von André und Rebecca aus dem Nebenzimmer war zu hören. Sie stand auf und trat ans Fenster. Die Aussicht von Gabis neuer Wohnung war nicht die schönste. Die Fassade des Blocks gegenüber war grau und wirkte in dem tristen Wetter schmutziger als bei Sonnenschein. Gabis alte Wohnung war deutlich schöner gewesen. Die Lage am Waldrand hatte ihr besser gefallen. Sie war größer als diese hier, die nur aus drei kleinen Zimmern und einer schmalen Küche bestand. Obwohl die Erhöhung der Miete von der alten Wohnung Wucher war, hätte Andrina an Gabis Stelle nicht die erstbeste Wohnung genommen, die sie bekommen konnte.

»Andrina!«

Andrina fuhr herum, als Gabi ins Wohnzimmer stürzte.

»Nicht schwanger.«

Gabi umarmte sie fest, und Andrina meinte, keine Luft mehr zu bekommen. Gabi ließ sich auf das Sofa fallen und legte den Kopf in den Nacken.

»Nicht schwanger«, wiederholte sie um einiges leiser. »Gott sei Dank.«

Andrina trat aus dem City-Märt in Aarau auf die Bahnhofstraße und wäre beinahe mit einer Frau zusammengestoßen, die mit gesenktem Kopf auf sie zuschlurfte.

»Jamila«, rief Andrina erstaunt.

»Oh, entschuldige. Ich war in Gedanken.«

Das habe ich gemerkt. Andrina konnte eine entsprechende Äußerung gerade noch zurückhalten, als sie Jamilas Gesicht sah. Der Teint war grau.

»Was ist mit dir los?«, fragte Andrina und dirigierte Jamila an den Rand des Trottoirs vor ein Schaufenster.

»Nichts. Alles ist gut.« Das Lächeln wirkte aufgesetzt.

»Komm, ich lade dich auf einen Kaffee ein.«

Jamila zögerte. »Okay«, sagte sie, als Andrina schon dachte, sie werde ablehnen.

»Wo ist deine Tochter?«, fragte Jamila, als sie Andrina in den City-Märt folgte.

»Bei einer Freundin.«

Als Andrina in die Stadt aufbrechen wollte, um einen neuen Teekocher zu kaufen, hatte Rebecca gemurrt, sie wolle bei André bleiben.

»Lass sie hier«, hatte Gabi gesagt. »So ist André beschäftigt.«

Nachdem Jamila und Andrina je einen Tee und ein Vermicelles genommen hatten, fanden sie einen Tisch in der Ecke am Fenster. Andrina stellte den Papiersack mit dem neuen Teekocher auf die grüne Bank neben sich.

»Möchtest du die Jacke nicht ausziehen?«, fragte Andrina erstaunt. »Es ist warm hier drin.«

»Wie? Ja, natürlich.«

Jamila drehte ihr den Rücken zu, als sie die Jacke auszog und über die Stuhllehne hängte. Ihr Verhalten kam Andrina seltsam vor. Jamila drehte sich um, rutschte schnell auf den Stuhl und rückte ihn dicht an den Tisch heran. Der Sekundenbruchteil, in dem Andrina sie von vorne gesehen hatte, reichte aus, den leicht vorgewölbten Bauch in dem engen Pullover zu erkennen.

Andrina überlegte, ob das so gewesen war, als sie zusammen essen gewesen waren. Damals hatte Jamila einen weiten Pullover angehabt. Dieser Bauchansatz war nicht auf eine normale Gewichtszunahme zurückzuführen.

»Du hast richtig gesehen«, sagte Jamila leise. In ihren dunklen Augen erkannte Andrina Furcht. Furcht vor wem? Vor ihr? Wenn sie wüsste, wie sie reagieren sollte. Gratulieren war jedenfalls nicht angebracht, wenn sie das Verhalten richtig deutete.

War die Schwangerschaft ungewollt? Soweit Andrina wusste, hatte Jamila Kinder haben wollen. Allerdings hatte sie ihr erzählt, seit Längerem keinen Freund zu haben.

»Das ist eine lange und komplizierte Geschichte«, sagte Jamila. »Und ich weiß nicht, was ich machen soll.« Sie sprach leiser als eben, und Andrina hatte Mühe, sie bei dem Lärm-

pegel, der in dem fast vollen Migros-Restaurant herrschte, zu
verstehen.

In Jamilas Augen schimmerten Tränen. Sie setzte mehrmals
an, fand aber offensichtlich keinen Einstieg.

»Weiß der Vater Bescheid?«, fragte Andrina.

»Ja. Aber das nützt mir nichts.«

»Wieso?«

»Weil er tot ist.«

Wunderbar, Fettnäpfchen. »Das tut mir leid.«

»Wir waren nicht zusammen. Der Vater ist … Gregor.«

Andrina brauchte einige Sekunden, bis sie das Gesagte verstanden hatte. »Gregor Hartmann?«, fragte sie ungläubig.

»Er war so charmant. Und ich dumme Kuh habe mich um
den Finger wickeln lassen. Wir hatten eine kurze, heftige Affäre.
Nein, keine Affäre. Das klingt billig. Aber ›wir waren zusammen‹ passt auch nicht.«

Andrina kam nicht mehr mit. War Gregor nicht mit Lucia
zusammen gewesen? Oder hatte er mit zwei Frauen gleichzeitig
etwas?

»Das Ganze lief knapp einen Monat, bevor er sich getrennt
hat«, fuhr Jamila fort. »Seine Begründung war, ich könnte fast
seine Tochter sein, was übertrieben ist. So gravierend ist der
Unterschied nicht. Es sind nur dreizehn Jahre.« Sie wischte mit
dem Handrücken über die Augenwinkel. »Zu dem Zeitpunkt
wusste ich nichts von der Schwangerschaft und habe ihn zum
Teufel gewünscht, da ich herausfand, dass er mit Lucia ange-
bandelt hatte. Wie lange das ging, weiß ich nicht. Aber ich habe
den Verdacht, er hatte mit uns beiden parallel etwas. Ich kam
mir ausgenutzt vor.«

»Du sagtest, er wusste von der Schwangerschaft?«

»Ich habe es ihm gesagt. So einfach wollte ich ihn nicht da-
vonkommen lassen.«

»Wie hat er reagiert?«

»Gar nicht. Er hat nur genickt.«

»Er hat es nicht angezweifelt?«, fragte Andrina erstaunt.

»Nein. Er sagte nur, er sei kein Unmensch und werde mich

unterstützen. Er hat nicht versucht, mich zu überzeugen, das Kind abtreiben zu lassen, was ich ihm hoch anrechne. Das hat dieser Hexe gar nicht gepasst. Ich habe eine Diskussion der beiden mitbekommen. Lucia sagte, ich wolle ihm das Geld aus der Tasche ziehen. Er solle darauf bestehen, das Kind abzutreiben.«

»Was für dich nicht in Frage kommt.«

»Überhaupt nicht. Das Kind kann am wenigsten dafür und muss nicht für unsere Fehler geradestehen. Außerdem habe ich mir Kinder gewünscht und hatte schweren Herzens bereits aufgegeben, daran zu glauben. Wobei ich zugeben muss, ich hatte mir alles anders vorgestellt. Eine alleinerziehende Mutter wollte ich nie sein.« Jamila stocherte mit dem Löffel im Vermicelles herum.

»In welcher Woche bist du?«

»In der sechzehnten. Bisher ist es eine Bilderbuchschwangerschaft, wie mein Arzt sagt. Anfangs hatte ich mit Übelkeit zu kämpfen, die sich jedoch in Grenzen hielt. Seit einem Monat ist das nicht mehr so, und es geht mir körperlich gut.«

Aber nicht seelisch.

»Das Schlimmste ist, nicht meinen Frieden zu finden. Diese Hexe von nebenan hat mir mehr als eine Drohung an den Kopf geworfen. Angeblich habe Gregor um ihre Hand angehalten. Nun beschuldigt sie mich, ich hätte Gregor auf dem Gewissen, weil ich es ihr nicht gegönnt hätte und Angst hätte, weniger Geld für das Kind zu bekommen. Sie weiß, dass ich Spinnen faszinierend finde, und glaubt, ich hätte sie in seiner Wohnung deponiert. Das Gleiche sagt die Tochter, die mich als Erbschleicherin bezeichnet.«

Andrina sah Viola vor sich. Sie hatte nur über Lucia geschimpft und kein Wort über Jamila verloren. Oder hatte sie es nicht richtig verstanden, und Viola hatte beide gemeint?

»Soweit ich weiß, wirst du nichts erben, da ihr nicht verheiratet wart«, sagte Andrina.

»Ich nicht, aber das Kleine.« Jamila legte die Hand auf den Bauch. »Die Fragen von der Polizei finde ich besonders belastend. Ich konnte zwar sagen, wo ich gewesen war, als die Spinne in der Wohnung deponiert worden sein muss und als Gregor starb. Leider gibt es keine Zeugen.«

»Wie hättest du in die Wohnung kommen sollen?«

»Ich habe einen Schlüssel.«

»Einen Schlüssel?«, wiederholte Andrina erstaunt.

»Ich habe vergessen, ihn nach der Trennung zurückzugeben«, sagte Jamila fast nicht hörbar.

✳✳✳

»So abwegig finde ich das nicht«, sagte Gabi und setzte das Gespräch fort, das sie begonnen hatten, als Andrina vor einer halben Stunde gekommen war, um Rebecca abzuholen. Sie reichte Andrina Rebeccas Jacke. »Jamila ist verletzt.«

»Deshalb bringt sie Gregor um?«, fragte Andrina und mühte sich ab, Rebeccas Arm in den Jackenärmel zu befördern. »Rebecca, hilf mit!«

Rebecca plumpste auf den Boden und verschränkte die Arme vor der Brust. »Will nicht«, kreischte sie, gab den Schuhen einen Tritt, und sie flogen durch das Entrée.

Andrina stöhnte auf. Das hatte ihr gerade noch gefehlt.

»Es tut gut, wenn es anderen ähnlich geht«, sagte Gabi.

»Sehr witzig. Wäre ich mit dem Auto da, würde ich sie einfach so reinsetzen.«

»Warte einen Moment.«

»Das soll helfen?«

»Bei André klappt es. Manchmal.«

»Manchmal hilft mir nicht.« Andrina richtete sich auf.

»Es wäre nicht das erste Mal, dass eine Beziehung oder eine einseitig beendete Beziehung ausartet.«

Andrina brauchte einige Sekunden, bis sie begriff, dass Gabi zu ihrem ursprünglichen Thema zurückgekehrt war.

»Etwas stimmt an dem Ganzen nicht.«

»Wieso?« Andrina wickelte sich den Schal um den Hals.

»Du hast erzählt, nach drei Monaten hat Gregor Hartmann

sich von Jamila getrennt. Das war also vor zwei Monaten. Seit ungefähr zwei Wochen ist er gemäß Lucia mit ihr liiert. Wie soll er da gleichzeitig mit beiden etwas gehabt haben?«

Das war eine gute Frage. Falsche Annahme von Jamila oder log eine der beiden Frauen?

»Wie es aussieht, hat Lucia Jamila Gregor Hartmann ausgespannt. Sie hat allen Grund, sauer zu sein.«

»Das heißt nicht automatisch, dass sie Gregor getötet hat. Ich kenne Jamila von früher. Sie konnte keiner Fliege etwas zuleide tun. Sogar lästige Wespen, die in Süßgetränke geplumpst waren, hat sie gerettet.«

»Das muss nichts heißen. Du hast sie mehrere Jahre nicht gesehen. Du weißt nicht, was in dieser Zeit geschehen ist. Gregor Hartmann hat sie seelisch verletzt.«

»Das mag sein. Ich kann mir trotzdem nicht vorstellen, dass sie Gregor umgebracht hat. Das passt nicht zu ihr.«

»Auf die Jamila von früher kann das zutreffen, aber Menschen verändern sich. Giftmorde werden in der Regel von Frauen begangen.«

»Das ist ein Mythos und statistisch nicht bewiesen. Wieso sollte Jamila ausgerechnet eine Giftspinne nehmen?«

»Du sagtest, sie sei fasziniert von Spinnen und wisse gut über sie Bescheid.«

»Früher habe ich gedacht, sie werde Biologie studieren und sich auf Spinnen spezialisieren. Aber egal, ob Experte oder nicht, wo soll sie diese speziellen Spinnen herbekommen? Die kann man nicht einfach in der nächsten Zoohandlung kaufen.«

»Entweder hat sie Kontakte, oder die Spinne ist ein Mitbringsel aus den Ferien. Wenn man sich für Spinnen interessiert, wird man wissen, wie man eine solche Giftspinne am besten transportiert, damit sie nicht abhaut. Und ein allzu großes Gefäß braucht sie dafür nicht.«

»Es besteht die Gefahr, am Zoll damit aufzufliegen.«

»Sie hatte eben Glück.«

»Jamila war nicht in Australien.«

»Woher weißt du das? Von ihr?«

»Nein.« Darüber, wo und wann sie ihre letzten Ferien verbracht hatten, hatten sie nicht gesprochen. Andrina war davon ausgegangen, dass Jamila nicht gereist war, nachdem sie bemerkt hatte, schwanger zu sein. Besonders nicht so weit.

»Warst du in ihrer Wohnung?«, fragte Gabi.

»Nein, warum?«

»Um zu sehen, ob dort ein Terrarium steht.«

»Jamila steht auf der Liste mit den Tatverdächtigen, und Sämi oder jemand anderer von Max Wagners Team wird Jamila einen Besuch abgestattet haben.«

»Damit wird sie gerechnet haben, und sie hat die Beweise rechtzeitig verschwinden lassen.«

Andrina ließ sich das Gesagte durch den Kopf gehen. »Nein«, sagte sie mit Nachdruck. »Lucia würde für mich eher passen. Diese Frau ist mehr als seltsam. Immerhin hat sie einen Mann mit Pilzen vergiftet.«

»Sagt Jamila. Hast du diesen Zeitungsartikel gelesen?«

»Nein. Nur den, in dem sie entlastet wurde.«

»Siehst du. Es muss also nicht stimmen.«

Auch wieder wahr.

»Wobei ich zugeben muss, sie hätte einen Grund«, fuhr Gabi fort. »Gregor kann sich umentschieden haben und wollte zu Jamila zurückkehren.«

»Zu Jamila zurückkehren? Das hat Jamila nicht erzählt.«

»Sie könnte davon nichts gewusst haben.«

»Wieso sollte er zu ihr zurück?«

»Wegen des Kindes.«

»Mami, das anziehen.« Rebecca war aufgestanden und zupfte an Andrinas Hose. Mit der anderen Hand reichte sie Andrina die Jacke.

»Siehst du«, sagte Gabi. »Manchmal funktioniert es.«

***

Andrina schielte auf die Uhr am Ofen. Erst die Hälfte der Zeit war vergangen. Fünf Minuten konnten so lang sein. Sie streute gemahlene Haselnüsse auf die Wähe und verteilte sie gleichmäßig über den Teigboden. Ein neuer Blick zur Uhr. Weitere dreißig Sekunden waren vergangen. Konzentriert schnitt sie die Äpfel in kleine Stücke.

»Becca das essen.« Rebecca, die neben ihr auf einem Stuhl stand, streckte den Arm aus. Andrina reichte ihr einen Apfelschnitz. Immer noch eineinhalb Minuten.

Nach dem Schwangerschaftstest von Gabi und dem Gespräch, das sie mit Jamila geführt hatte, war es wie ein Geistesblitz gewesen, was der Grund für ihr Unwohlsein sein könnte. Ihre Mens war überfällig, was nichts heißen musste, da das nach Rebeccas Geburt normal war. Auch war die Schwangerschaft damals anders gewesen, und es hatte deutlichere körperliche Anzeichen dafür gegeben. Trotzdem war ein Hoffnungsschimmer aufgekeimt. Diese Hoffnung verebbte aber, nachdem sie den Test im Badezimmer auf den Wannenrand deponiert hatte.

Andrina platzierte die Äpfel auf dem Teigboden und nahm die Milch und die Eier aus dem Kühlschrank. Die Zeit war um.

Auf einmal zog es sie nicht mehr ins Badezimmer. Eine Enttäuschung war unausweichlich. Dummes Huhn, schalt sie sich im Stillen. Wieso sollte es ausgerechnet heute so weit sein, wenn es seit fast zwei Jahren nicht klappte. Nachschauen war unvermeidbar, nachdem sie diesen nutzlosen Test gemacht hatte.

Andrina stellte Rebecca auf den Boden und ging zum Badezimmer. Ihre Schritte wurden kürzer, je mehr sie sich ihm näherte. Zögernd betrat sie den Raum und blieb vor der Badewanne stehen, ohne nach unten zu schauen.

Eins, zwei und drei, zählte sie stumm und blickte runter. Mehr als das Sichtfenster anstarren konnte sie nicht. Langsam sank sie daneben auf den Wannenrand und lehnte den Kopf gegen die Wand. Sie sah an die Decke. In ihrem Inneren herrschte ein einziges Gefühlschaos.

»Mami?« Rebecca marschierte auf sie zu. »Was ist das?«

»Nichts für dich«, sagte Andrina und nahm Rebecca die Schachtel weg. Sie reichte ihr eins von den Booten aus der Badewanne. Rebecca drehte es in den Händen. »Becca baden?«

»Heute nicht.«

Was war mit ihr los? Warum tanzte sie nicht jubelnd durch das Haus, da ihr lang gehegter Wunsch endlich in Erfüllung ging? Warum verspürte sie diese Unsicherheit?

Sie lehnte abermals den Kopf gegen die Wand. Wärme breitete sich im Körper aus, und sie legte die Hand auf den Bauch. Ungeduld gesellte sich zu der langsam aufkeimenden Freude. Wenn doch Enrico schon zu Hause wäre. Anrufen wollte sie ihn nicht. Das musste sie ihm direkt persönlich sagen. Sie würde sich gedulden müssen, bis sie es ihm erzählen konnte.

Andrina sprang auf, hob Rebecca hoch und wirbelte sie durch die Luft. Das Mädchen quietschte.

Es klingelte an der Tür.

Schwungvoll öffnete Andrina die Tür und stutzte, als sie Samuel Häusermann und Max Wagner draußen vorfand.

»Enrico ist nicht da«, sagte sie, in der Annahme, es ginge um die Vorfälle bei JuraMed. »Er ist in der Firma.«

»Wir möchten gerne mit dir sprechen«, sagte Wagner.

Andrinas Verwunderung nahm zu, als sie sich der ernsten Mienen bewusst wurde. Wagner trat von einem Bein auf das andere. Unbehagen löste die Verwunderung ab.

»Kommt rein.« Sie machte eine Geste ins Innere. »Ich werde euch nicht helfen können, da ich alles, was sich bei JuraMed abspielt, nur aus zweiter Hand von Enrico erfahren habe.«

»Es geht nicht um JuraMed«, sagte Häusermann. »Zumindest nicht direkt.«

»Enrico hatte einen Unfall«, sagte Wagner. »Es sieht nicht gut aus.«

Zu mehr, als ihn anzustarren, war Andrina nicht fähig. Wagner verschwamm vor ihren Augen, und ihre Beine sackten weg.

***

Bis auf die Geräusche der Geräte war nichts zu hören. Die Kabel, die über Enricos Körper verteilt waren, und die Geräte machten Andrina Angst, obwohl sie wusste, dass sie ihn am

Leben hielten. Das Piepsen zerrte an ihren Nerven. Gleichzeitig war sie froh darüber. Das bedeutete, Enrico lebte. Noch.

Nein. Er wird weiterleben. Er wird weiter da sein. Bei mir. In einer Stunde. Morgen. In einer Woche. Nächstes Jahr.

Nächstes Jahr … Was würde dann sein? Sie legte die rechte Hand auf ihren Bauch, zog sich einen Stuhl heran.

Enrico war blass. Sein Gesicht war ähnlich hellgrau wie die Bettdecke. Sein Kopf war einbandagiert, und die Hände lagen auf dem Bauch auf der Decke. Im rechten Handrücken steckte eine Kanüle. Der Beutel am Infusionsständer war halb voll. Am Mittelfinger der linken Hand war eine Klammer befestigt. Zum Messen des Sauerstoffgehaltes im Blut.

Andrina schaute auf den Monitor. Das musste die Zahl mit achtundneunzig Prozent sein. Der Wert war gut. Sonst hätte es Alarm gegeben. Daneben flimmerten die Linien, die Informationen zur Herzfrequenz gaben. Andrina schaute sie beschwörend an. Nicht aufhören. Weiterschlagen.

Sie schaute zu Enrico zurück und forschte in seinem Gesicht. Es war wie eine Maske. Kein einziges Zucken oder Flattern der Augenlider war erkennbar.

Was genau geschehen war, wusste sie nicht. Wagner hatte etwas zu ihr gesagt, aber seine Worte waren nur wie ein dumpfes Rauschen gewesen. Nur »Auto« und »Unfall« waren ihr in Erinnerung geblieben.

Vage konnte sie sich erinnern, wie Häusermann mit Seraina telefoniert hatte und in Rebeccas Zimmer verschwunden war. Einige Minuten später war er mit einer Tasche zurückgekehrt und mit Rebecca abgefahren.

Wagner hatte einen Arzt rufen wollen, aber Andrina hatte abgelehnt. Sie wollte zu Enrico. Wagner hatte sie zum Kantonsspital gebracht. Eine Ärztin hatte sie in Empfang genommen. Wie sie hieß, wusste Andrina nicht, obwohl sie sicher war, die Frau hatte ihren Namen genannt. Sie hatte Andrina zu Enrico geführt.

»Nur einen Augenblick«, hatte sie gesagt.

Wie lang für sie »ein Augenblick« war, wusste Andrina nicht, aber sie rechnete damit, die Ärztin werde bald zurückkehren.

Andrina nahm Enricos linke Hand. Wohl darauf bedacht, nicht die Klammer zu berühren, damit diese nicht verrutschte.

»Enrico«, flüsterte sie und zuckte zusammen. Wie laut ihre Stimme klang ... Trotz der Geräuschkulisse der Geräte.

Was machst du für Sachen? Tränen traten in ihre Augen.

Reiß dich zusammen. Es ist ihm nicht geholfen, wenn du losheulst.

Warum dieser Unfall? War er unkonzentriert gewesen und hatte nicht aufgepasst, oder war jemand anderer für den Unfall verantwortlich?

Sie stutzte. Warum waren Wagner und Häusermann zu ihr gekommen, um sie zu benachrichtigen? Das war nicht deren Aufgabe. Es wäre die des Spitals gewesen oder des Verkehrspolizisten vor Ort. Oder waren sie zufällig anwesend, als es passiert war?

Das Klicken der Tür hinter ihr. Schritte, die sich näherten. »Ein Augenblick« war vorbei.

Nein, schrie Andrina im Inneren.

»Frau Bianchi?« Eine Hand legte sich auf ihre Schulter.

Ich möchte bei ihm bleiben.

»Bitte kommen Sie. Im Moment können Sie nicht viel für ihn tun.«

Das stimmt nicht. Er spürt meine Anwesenheit. Tat er das? Bekam Enrico mit, was um ihn herum lief? Nach wie vor war keine Regung im Gesicht zu erkennen.

Andrina wandte sich der Frau zu. Es war die Ärztin von vorhin. Sie nickte Andrina zu.

Schwerfällig erhob Andrina sich. Sie beugte sich zu Enrico hinunter und gab ihm einen Kuss auf die Wange. Die Haut war kalt und fühlte sich unbeweglich an. Wie ... Nein! Er lebt, und er wird es weiterhin.

Andrina schlurfte hinter der Ärztin zur Tür. Dort drehte sie sich um. Neue Tränen traten in ihre Augen. Reiß dich zusammen, dachte sie erneut und folgte der Ärztin.

Schweigend liefen sie nebeneinander durch den Korridor. Zwei Pfleger bogen aus einem Seitengang und schoben ein Bett vor sich her. Die Ärztin trat auf die Seite. Im Bett erkannte Andrina einen Mann. Er hatte die Augen geschlossen, und die Hände lagen auf der Bettdecke. Wie Enrico. Im Gegensatz zu ihm hatte dieser Mann eine gesündere Gesichtsfarbe.

Die Pfleger hielten an. Einer von ihnen öffnete eine Tür, und sie schoben das Bett hinein.

Sie gingen weiter. Mehrere Pflegerinnen kamen ihnen entgegen. Sie nickten ihnen grüßend zu.

Die Ärztin hielt vor einer Tür an und öffnete diese. Auf dem Türrahmen erkannte Andrina eine Tafel. »Dr. R. Marti«, las sie.

»Bitte setzen Sie sich«, sagte Dr. Marti und zeigte auf zwei Stühle, die vor einem Pult standen. Marti ließ sich auf den Bürostuhl nieder. Sie saß aufrecht und legte die Hände nebeneinander auf den Tisch. Ihr Gesicht war kantig, der Mund schmal, und die Augen waren starr. Energisch war das zutreffende Wort. Sie würde keinen Widerspruch dulden.

Hätte Andrina eine Wahl gehabt, hätte sie sich einen anderen Arzt gewünscht, der für Enrico zuständig war.

Hör auf. Dies ist nicht der Zeitpunkt für Antipathien. Sei nicht ungerecht. Sie sorgt dafür, dass Enrico weiterlebt und gesund wird.

Fragen brannten ihr auf der Zunge, aber Andrina war unfähig, daraus Sätze zu formulieren.

Dr. Marti starrte sie an und schwieg. Was sollte diese Musterung? Andrina betrachtete das Pult. Es war penibel aufgeräumt. Am rechten Rand lag eine Mappe. Neben dem Bildschirm stand ein Stiftehalter mit Kugelschreibern und Bleistiften. Davor lagen ausgerichtet zwei Leuchtmarker. Die Maus befand sich, ebenfalls ausgerichtet, auf der linken Seite der Tastatur.

Sie ist Linkshänderin. Wie ich.

Auf dem Bücherregal standen Fachbücher für Innere Medizin aufgereiht. Auf dem Korpus daneben erkannte Andrina zwischen zwei Grünpflanzen eine Fotografie. Sie zeigte die Ärztin und einen Mann mit zwei jungen Frauen, die Anfang zwanzig sein mussten.

»Hier ist es ruhiger, um miteinander zu sprechen«, sagte

Dr. Marti unvermittelt und lächelte. Das sollte wohl beruhigend sein, aber es verfehlte die Wirkung. Zu mehr, als zu nicken, war Andrina nicht imstande.

»Ich möchte kurz zusammenfassen, was mit Ihrem Mann ist. Er wurde mit einem Polytrauma heute Vormittag eingeliefert.«

Schon am Vormittag, dachte Andrina entsetzt. Nun war klar, warum Enrico nach dem Mittag nicht wie üblich angerufen hatte und das Telefon nicht abgenommen hatte, als Andrina es versucht hatte. Wieso hatte sie keiner benachrichtigt?

»Polytrauma heißt, er weist mehrere Verletzungen auf.« Sie hörte sich wie eine Dozentin an. »Er wurde sofort operiert, als er eintraf. Die OP verlief zufriedenstellend.«

Was soll das heißen, hätte Andrina am liebsten gerufen. Zufriedenstellend entsprach nicht gut.

»Er hat einen Milzriss«, fuhr die Ärztin in dem sachlichen Tonfall fort. »Zum Glück mussten wir die Milz nicht entfernen. Er hat zwei gebrochene Rippen, und der untere Brustwirbel ist ebenfalls gebrochen. Diese Verletzungen machen uns keine Sorgen. Was uns mehr beunruhigt, ist das schwere Schädel-Hirn-Trauma. Als er eingeliefert wurde, war er ohne Bewusstsein und hat es in der Zwischenzeit nicht wiedererlangt. Ihr Mann ist momentan in einem kritischen, aber stabilen Zustand. Wir können keine Voraussagen machen, wie es sich weiterentwickelt und wie lange er in dem Koma bleiben wird.«

Koma …

»Genauso können wir keine Voraussagen machen, ob und welche Langzeitfolgen er davontragen wird, sollte er aus dem Koma erwachen.«

Sollte …

Langzeitfolgen …

Es war, als schwanke der Untergrund. Die Ärztin verschwamm vor ihren Augen.

Reiß dich zusammen.

»Uns bleibt nichts anderes übrig, als abzuwarten.« Sie beugte sich vor. »Ich kann Ihnen versichern, wir werden alles in unserer Macht Stehende tun, damit Ihr Mann gesund wird.«

Dr. Marti stand auf und kam um den Tisch herum. Sie verschränkte die Arme vor der Brust. Kein Wort, das Mitgefühl bekundete, war gefallen. Es war, als habe sie Wetterprognosen gemacht und nicht über einen Menschen gesprochen.

Andrina öffnete den Mund, um eine Frage zu stellen, schloss ihn aber sogleich wieder, als Dr. Marti ihre Lippen zusammenpresste. Missbilligung pur.

Was habe ich getan?

Sie drängte die Tränen, die in ihre Augen traten, zurück. Nicht hier!

Dr. Martis Ungeduld war deutlich. Sie will mich loswerden.

Andrina erhob sich schwerfällig.

»Darf ich zu ihm gehen?«, fragte Andrina mit erstickter Stimme.

»Ja«, erwiderte Dr. Marti. »Einen Augenblick.«

Wieder dieses »Einen Augenblick«.

»Und Sie können sich jederzeit an uns wenden, wenn Sie Fragen haben«, fügte Dr. Marti an, was im Widerspruch zu dem Ausdruck in den stechenden Augen stand.

❊❊❊

Andrina blieb stehen, als sie in den Eingangsbereich kam und Max Wagner auf einem Stuhl sitzend vorfand. Er hatte die Ellenbogen auf den Oberschenkeln abgestützt und starrte auf sein Handy. Er hatte tatsächlich auf sie gewartet.

Dr. Marti hatte sie zu Enrico gebracht und war sofort gegangen. Wie lange Andrina bei Enrico geblieben war, wusste sie nicht, da sie jegliches Zeitgefühl verloren hatte.

Sie hatte an seinem Bett gesessen, den Geräuschen der Geräte gelauscht und sein Gesicht nach einer Regung abgesucht, als eine Pflegerin den Raum betreten hatte.

»Ihr Bekannter wartet unten«, hatte sie geflüstert.

Zuerst war Andrina nicht klar gewesen, wen sie damit meinte. Als sie nach unten gegangen war, war sie zu dem Schluss gekommen, dass es sich um Wagner handeln musste, und sie verspürte den Anflug eines schlechten Gewissens, weil sie ihn hatte warten lassen.

Wagner stand auf, als er bemerkte, wie Andrina auf ihn zukam. Die Augen hinter der silbern umrahmten Brille sahen sie besorgt an.

»Und?«, fragte er.

Abermals schossen Tränen in Andrinas Augen.

Wagner nahm sie in den Arm und drückte sie an sich. Andrina schluchzte auf.

»So schlimm?«, fragte er leise.

Andrina nickte und gab stockend wieder, was die Ärztin gesagt hatte. Das Sprechen half, die Kontrolle über sich zurückzuerlangen. Sie löste sich von Wagner und wischte mit den Handrücken über die Wangen. »Weißt du, Dr. Marti hat das alles so erklärt, als würde sie über ein Kochrezept sprechen. Nicht die kleinste Gefühlsregung.«

»Für sie ist es Alltag, und sie muss dabei sachlich bleiben«, erwiderte Wagner. »Es wird ähnlich wie in meinem Beruf sein. Wenn du es zu dicht an dich heranlässt, macht es dich kaputt.«

Das mochte stimmen. Doch bei der Ärztin hatte es anders ausgesehen. Wie ein kalter Stein kam sie Andrina vor.

»Lass uns gehen«, sagte Wagner und führte Andrina nach draußen. Es war inzwischen stockfinster, und Andrina fragte sich, wie spät es war. Der kalte Wind traf sie mit voller Wucht, als sie über das Areal gingen. Andrina schlang die Arme um ihren Körper. Nur wenige Personen kamen ihnen entgegen.

»Ich bringe dich nach Hause«, sagte Wagner. »Oder möchtest du zu deiner Schwester nach Erlinsbach? Das wäre besser, als wenn du allein bist.«

»Nach Hause«, erwiderte Andrina. Sie wollte allein sein. Schweigend überquerten sie den Zebrastreifen und gingen zum Parking.

»Wieso haben Sämi und du oder einer von Enricos Firma mich nicht früher informiert?«, fragte sie, als Wagner das Parkbillett in den Automaten schob und zahlte.

»Das hat sich gewissermaßen so ergeben. Wir hatten heute

Nachmittag mit Enrico abgemacht, da wir weitere Fragen zu Gregor Hartmann hatten. Als wir bei JuraMed ankamen, herrschte dort helle Aufregung. In dem ganzen Durcheinander hat keiner daran gedacht, dir Bescheid zu geben. Enricos Sekretärin wollte dich sofort anrufen. Ich habe gesagt, wir würden es übernehmen, weil wir es besser fanden, diese Nachricht persönlich zu überbringen.«

»Was ist eigentlich genau passiert?«

»Das weiß ich nicht. Wie gesagt, wir hatten mit ihm abgemacht. Nachdem wir von dem Unfall erfahren haben, sind wir sofort zu dir gefahren.«

Die Haustür fiel hinter Andrina ins Schloss. Stille empfing sie. Stille, wo eigentlich Gelächter sein sollte. Gelächter von Rebecca und Enrico.

Andrina taumelte und stützte sich auf dem Schränkchen ab, das neben der Garderobe stand. Sie hätte auf Wagner hören und zu Seraina fahren sollen.

Licht von Scheinwerfern blitzte im Milchglasfenster der Haustür auf. Das Geräusch eines Wagens, der anfuhr. Nun war es zu spät. Wagner war weg.

Andrina streifte die Schuhe von den Füßen und hängte die Jacke an die Garderobe. Auf Socken ging sie zum Wohnzimmer. Alles sah verlassen und einsam aus. So, wie sie sich fühlte. Andrina ließ sich auf das Sofa fallen und starrte zum Schwedenofen. Vor ihrem inneren Auge tauchte Enrico im Spitalbett auf. Als sie das zweite Mal zu ihm gegangen war, hatte er blasser als beim ersten Mal ausgesehen. War das so, oder hatte sie es sich eingebildet? Angst schnürte ihren Hals zu.

»Du darfst nicht sterben«, flüsterte sie.

Das Klingeln des Telefons zerriss die Stille.

Andrina erkannte Fadrinas Namen auf dem Display.

Sollte sie den Anruf annehmen oder nicht? Nach kurzem Zögern entschied sie sich für das Erste.

»Gott sei Dank«, sagte Enricos Sekretärin. »Ich habe mehrmals versucht, dich zu erreichen.«

»Ich bin gerade erst nach Hause gekommen.«

»Es tut mir leid, dass wir nicht an dich gedacht haben.«

»Schon gut.« Andrina war sich bewusst, wie floskelhaft das rüberkommen musste.

»Nichts ist gut. Wie geht es ihm?«

Zum zweiten Mal schilderte Andrina Enricos Zustand. »Was ist überhaupt passiert?«, fragte sie am Ende.

»Das weiß keiner so genau. Am Vormittag schaute er bei mir rein und meinte, er sei gleich zurück. Keine fünf Minuten später rannte Mauro Bader, einer der Laboranten, in völliger Panik in mein Büro. Ich müsse die Ambulanz verständigen, Enrico habe einen Unfall. Ich glaube, das Bild, wie er blutüberströmt auf der Straße liegt, werde ich nicht mehr los.« Ein tiefes Ein- und Ausatmen folgte. »Wie es aussieht, hat ihn beim Überqueren der Straße ein Fahrzeug erwischt.«

»Beim Überqueren der Straße?«

»Warum er das Gelände von JuraMed verlassen hat, weiß keiner. Er hat im Vorfeld nichts gesagt. Weder mir noch einem anderen.«

»Das ist auf der Straße vor der Firma passiert?«

»Genau. Mauro und ein anderer Mitarbeiter haben gesehen, wie Enrico durch die Luft flog.«

»Durch die Luft flog?«, hakte Andrina nach. Sie erschrak über sich, wie teilnahmslos sie das fragte und keinerlei Regung verspürte. Es war, als würde sie über allem schweben und das Ganze aus großer Distanz betrachten. Als sei es nicht Enrico, sondern irgendwer, der um sein Leben kämpfte.

»Der Wagen muss ihn mit voller Wucht erfasst haben. Frag mich bitte nicht, wie schnell der unterwegs war. Die erlaubten Dreißig waren es nicht.«

»Und der Unfallverursacher?«

»Der ist über alle Berge. Die Polizei hat Ermittlungen wegen Fahrerflucht aufgenommen.«

Davon hatte Wagner nichts gesagt. Weil er nichts davon wusste oder weil er Andrina nicht alles auf einmal zumuten wollte?

»Mauro hat gesehen, wie sich ein dunkler Wagen entfernte. Er ist kurz von einer der Überwachungskameras aufgezeichnet worden. Leider erkennt man nicht alles vom Auto, und das Nummernschild sieht man überhaupt nicht.«

Ein dunkles Auto? Die Temperatur um Andrina sank um einige Grade. Das konnte kein Zufall sein.

»War es ein Volvo?«

»Was? Nein … Keine Ahnung. Das kann man auf der Aufnahme nicht erkennen. Es ist alles zu verschwommen. Wieso ein Volvo?«

Andrina war außerstande zu sprechen.

»Um die Firma musst du dir keine Sorgen machen«, drang Fadrinas Stimme in Andrinas Gedanken, und sie realisierte, wie sie weitergesprochen und das Thema gewechselt hatte. »Wir haben es im Griff, obwohl gerade zwei ausfallen. Ueli Siebert koordiniert alles.«

Die Firma. Was würde damit passieren, wenn Enrico starb? Als seine Frau war Andrina seine Erbin. Was sollte sie damit tun? Sie erschrak von Neuem über sich. Wie sachlich sie darüber nachdachte. Es war, als sei in ihrem Inneren ein Schalter umgelegt worden.

Eine durchsichtige Wand schloss sich um sie. Das hatte Andrina schon einmal erlebt. Damals, als ihre Eltern gestorben waren. Sie war als gefühlskalte pubertierende Tochter abgestempelt worden. Mit jedem Tag war sie abweisender geworden, bis keiner mehr Mitleid mit ihr empfunden hatte. Andrina war es recht gewesen. Sie hatte sich zurückgezogen. Nichts durfte zu ihr vordringen. Keine Gefühle wie Angst durfte sie zulassen. Dieses Mal durfte sie es nicht so weit kommen lassen. Sie musste funktionieren. Allein wegen Rebecca und dem Baby. Andrina legte die Hand auf ihren Bauch und schloss für einen kurzen Moment die Augen.

Nachdem Fadrina sich verabschiedet und gesagt hatte, sie drücke alle Daumen und Andrina solle sie auf dem Laufenden halten, blieb Andrina mit dem Telefon in der Hand auf dem Sofa sitzen und ließ Fadrinas Bericht Revue passieren.

Enrico hatte keinen Unfall mit seinem Auto, sondern war angefahren worden. Mit Absicht? Es musste Absicht sein. So kurz nach Gregors Tod. Sonst hätte der Fahrer nicht Fahrerflucht begangen. Obwohl das auf Panik des Fahrers zurückzuführen sein konnte.

Der Gedanke blieb hartnäckig. Ein dunkler Wagen. Es musste ein Anschlag gewesen sein.

»Gehen Sie nach Hause und ruhen Sie sich aus«, sagte der Pfleger. Er drückte kurz Andrinas Arm. »Es ist keinem von Ihnen geholfen, wenn Sie hier stundenlang herumsitzen.«

Andrina unterdrückte ein Gähnen. Nach einer mehrheitlich durchwachten Nacht hatte sie im Verlag angerufen. Zu ihrem Erstaunen hatte Elisabeth das Telefongespräch entgegengenommen. Sie war bestürzt gewesen, als sie erfahren hatte, was geschehen war.

»Natürlich steht deine Familie an erster Stelle«, hatte sie erwidert. Andrina könne selbstverständlich freinehmen.

Anschließend war sie nach Erlinsbach gefahren, um nach Rebecca zu schauen.

»Du kannst sie hierlassen, solange du möchtest oder es als notwendig erachtest«, hatte Seraina gesagt. »Sei für Enrico da. Er braucht dich mehr.«

»Was ist mit deinen Physiotherapiestunden?«, hatte Andrina gefragt. Seraina hatte im Souterrain eine Praxis eingerichtet, und an drei Tagen in der Woche hatte sie Patienten.

»Heute ist Donnerstag. Da hätte ich sie eh, da du normalerweise im Verlag bist.«

Obwohl ihre Tochter Regina seit dem Sommer in die Schule ging, hatte Seraina ihr Arbeitspensum nicht aufgestockt und kümmerte sich auch weiterhin um Rebecca.

»Für morgen mach dir keine Gedanken«, fuhr Seraina fort. »Rebecca ist pflegeleicht, und es wird funktionieren.«

Von Seraina war sie auf direktem Weg ins Spital gefahren und saß seitdem an Enricos Bett. Sie hatte nur kurz gewagt, ihren Posten zu verlassen, um auf das WC zu gehen oder sich etwas zu trinken zu holen. Inzwischen war es nach fünf Uhr am Nachmittag. Während der ganzen Zeit hatte sie kein Zucken in seinem Gesicht gesehen. Nur das Geräusch der Geräte war zu hören gewesen. Seine Hand lag schlaff in ihrer. Auch als sie seine kurz gedrückt hatte, hatte es kein Zucken in den Fingern gegeben.

»Wir melden uns bei Ihnen, sobald es eine Veränderung gibt«, sagte der Pfleger. Er berührte Andrinas Schulter. »Versprochen. Aber Sie müssen mir auch etwas versprechen.«

Verständnislos sah Andrina ihn an. »Essen Sie etwas und legen Sie sich hin. Wie gesagt, es ist keinem geholfen, wenn Sie schlappmachen.«

Sie wäre am liebsten bei Enrico geblieben. Doch er hatte recht, musste sie widerwillig zugeben. Schwerfällig erhob sie sich. Bevor Andrina das Zimmer verließ, schaute sie zurück. Der Pfleger kontrollierte den Sitz der Klammer am Finger und hängte eine neue Infusion an den Ständer. Er machte einige Notizen auf dem Laptop, der auf einem kleinen Wagen stand, mit dem er ins Zimmer gekommen war.

»Enrico ist in den besten Händen«, hörte sie Wagners Stimme im Kopf. Das hatte er gesagt, bevor er sie gestern zu Hause abgesetzt hatte.

Andrina verließ das Spital und blieb verdutzt stehen. Der Himmel war blau. Die vereinzelten Wolken wurden von der untergehenden Sonne angestrahlt und leuchteten in verschiedenen Rottönen. Als sie am späten Vormittag hergekommen war, hatte es dicken Nebel gehabt.

Andrina hielt sich rechts und lief zur Bachstraße, an der sie links abbog. Am Vormittag war sie zu Fuß hergekommen. Das Auslüften des Kopfes hatte gutgetan. Auch jetzt vertrieb die frische Luft die Benommenheit aus dem Kopf. Ihr Gehirn nahm die Arbeit wieder auf. Nicht gerade ein Vorteil in der momentanen Situation. Andrina dachte an das, was Dr. Marti heute gesagt hatte. Es sei zwar erfreulich, da Enrico weiterhin stabil sei, aber sie hatte erneut auf mögliche Langzeitfolgen hingewiesen.

»Eine genaue Aussage können wir nicht machen«, hatte sie geantwortet, als Andrina nachgefragt hatte, was sie mit Langzeitfolgen im Einzelnen meine. »Alles ist möglich. Von keinen Beschwerden bis zu bleibenden Schäden wie Sprachstörungen, Lähmungen oder Bewusstseinsstörungen.« Das hatte sie so gesagt, als würde sie eine Anleitung vorlesen, wie man ein elektrisches Gerät bedient. Am liebsten hätte Andrina die Frau geschlagen. Statt diesen düsteren Prognosen hätte sie Aufmunterung und Hoffnung gebraucht. Auf der anderen Seite war sie froh, wenn Dr. Marti ehrlich war und ihr keine falschen Hoffnungen machte.

Andrina senkte den Kopf und setzte einen Fuß vor den anderen. Mit jedem Meter, den sie sich dem Zuhause näherte, wurden die Schritte schleppender. Sie wollte nicht in das leere Haus zurückkehren und mit ihren Gedanken allein sein müssen. Du kannst zu Seraina, dachte sie. Mehrmals hatte ihre Schwester es angeboten. Das war für Andrina keine Alternative. Dort war das andere Extrem – ein Haus voller Leben. Das konnte sie momentan genauso wenig ertragen.

»Andrina?«

Sie schaute auf und bemerkte Gabi, die mit dem Velo neben ihr angehalten hatte. »Wo ist Rebecca?« Gabi schaute sich um.

»Sie ist bei Seraina.«

»Stimmt. Das hatte Marco erwähnt.«

Wunderbar. Alle wussten Bescheid. Natürlich. Elisabeth hatte die Mitarbeiter informiert.

»Möchtest du mitkommen?«

»Wohin?«

»Zu Marco. Ich muss André abholen.«

Obwohl Andrina allein sein wollte, war dies die Gelegenheit, die Rückkehr in das stille Haus hinauszuzögern. »Von mir aus«, murmelte sie.

»Wie geht es Enrico?«, fragte Gabi.

Die Frage war unvermeidbar gewesen, und Andrina wünschte sich, abgelehnt zu haben mitzugehen. »Unverändert.« Kurz fasste sie Enricos Zustand zusammen.

»Kann ich etwas für dich tun?«, fragte Gabi.

»Das kann im Moment keiner.«

Sie erreichten Marcos Haus. Als sie vor der Einfahrt stehen blieben, öffnete sich die Tür. André stürmte heraus und rannte auf Gabi zu. Sie ging in die Hocke, fing ihn auf und wirbelte ihn durch die Luft.

Marco kam langsam auf sie zu. »Hallo, Andrina.« Unschlüssig blieb er vor ihr stehen. Zu Andrinas Erleichterung verkniff er sich die Frage zu Enricos Zustand. »Möchtest du mit reinkommen?«, fragte er.

Andrina schüttelte den Kopf. »Ich gehe besser nach Hause und lege mich hin. Ich bin hundemüde.«

»Ich finde es nicht beruhigend, dich allein in dem Haus zu wissen.«

»Es ist okay.«

»Besonders, nachdem wohl erwiesen ist, dass es ein gezielter Anschlag auf Enrico war.«

Ruckartig richtete Andrina sich auf und starrte Marco an. Das Gleiche hatte sie gestern gedacht, und diese Bestätigung war wie ein Faustschlag in die Magengrube.

»Haben Max und Sämi nicht mit dir gesprochen?«, fragte Marco erschrocken. »Sie wollten dich anrufen.«

Andrina holte ihr Handy hervor, das sie im Spital auf lautlos gestellt hatte. Mehrere verpasste Anrufe.

»Ich gehe lieber mal.«

Marco fasste Andrina am Arm. »Wie gesagt, ich finde es nicht gut, dich allein in dem Haus zu wissen. Wenn du möchtest, kannst du mit Rebecca zu mir kommen. Das Gästezimmer ist groß genug für euch beide.«

Gabi fuhr herum. In ihren Augen funkelte es. Eifersucht pur.

Marco schien es bemerkt zu haben. Er lächelte, als er sich Gabi zuwandte. »Wäre das für dich in Ordnung?«, fragte er zu Andrinas Erstaunen.

Hatte sie etwas verpasst, und waren die beiden doch wieder zusammen?

Andrina dachte an das Gespräch mit Gabi. Wie sie ihre Nacht mit Marco als Fehler bezeichnet hatte und ihre anschließende Erleichterung, nicht schwanger zu sein.

Gabi druckste herum. »Es ist in Ordnung.«

»Vielen Dank für das Angebot«, sagte Andrina. »Seraina hat

es mir auch angeboten. Aber ich möchte im Moment keinen um mich haben.« Hastig verabschiedete sie sich.

Bevor sie aus der Einfahrt bog, drehte sie sich um. André rannte ins Haus. Marco und Gabi folgten langsamer. Als sie die Haustür erreichten, legte Marco den Arm um Gabis Taille. Die Hand rutschte tiefer, und er strich kurz über Gabis Gesäß. Gabi rückte dichter zu ihm.

Andrina wandte sich ab. Offenbar hatte sie tatsächlich etwas verpasst. Das hatte gestern anders geklungen, als Gabi den Test gemacht hatte. War das wirklich erst gestern gewesen? Andrina kam es vor, als lägen Jahre dazwischen.

Sie verspürte Eifersucht. Nicht auf die offenbar frisch aufkeimende, alte Beziehung, sondern weil die beiden einander hatten.

Andrina kehrte nicht sofort nach Hause zurück, sondern lief im Zickzack durch das Quartier. Zwanzig Minuten später erreichte sie ihr Haus. Die Dämmerung war weit fortgeschritten, und mit den dunklen Fenstern wirkte das Haus abweisend. Der Eindruck verstärkte sich, als die Haustür hinter ihr ins Schloss fiel und die Stille sie umfing.

Ich sollte Serainas Angebot annehmen, dachte sie und ging in die Küche. Sie ließ das Licht ausgeschaltet.

Ein gezielter Anschlag, hatte Marco gesagt. Die Dunkelheit wurde zu einer Leinwand, auf der Andrina ein Auto heranrasen sah. Ein Körper, der durch die Luft flog.

»Nein!«

Andrina lief zum Wohnzimmer. Durch das spärliche Licht, das durch die Terrassentür hereindrang, konnte sie die Umrisse des Sofas mit dem Glastischchen und den Sesseln und des Esstisches erkennen. Andrina umrundete den Esstisch, lief zum Sofa und kehrte um. Sie stieß mit dem Fuß gegen ein Stuhlbein. Sie stützte sich an der Lehne ab und massierte die kleine Zehe. Nachdem der Schmerz abgeklungen war, nahm sie ihre Wanderung wieder auf. Bei der Terrassentür blieb sie stehen und starrte nach draußen. Nach einer Weile wandte sie sich um und bemerkte das blinkende Licht des Anrufbeantworters. Wie hypnotisiert starrte sie es an. Hatte das Spital angerufen, weil es Enrico schlechter ging? Warum wählten sie den Festnetzanschluss, wenn sie die Handynummer hatten? Das Telefon klingelte, und Andrina machte vor Schreck einen Schritt zurück. Auf dem Display erkannte sie Max Wagners Name.

»Endlich«, sagte er anstelle einer Begrüßung. »Den ganzen Tag hast du weder das Handy noch das Telefon abgenommen. Ich habe im Verlag angerufen. Frau Veldt sagte, du seist im Spital, doch die haben gesagt, du seist nicht dort.«

»Ich war bei Enrico«, sagte Andrina. Das sollten alle mitbekommen haben. Nicht unbedingt, korrigierte sie sich. Enrico war nicht der einzige Patient, um den sich das Personal kümmern musste. Als sie zu seinem Zimmer gegangen war, war sie nur Dr. Marti begegnet.

»Egal«, sagte Wagner. »Ich bin in der Nähe. Kann ich vorbeikommen?«

Keine fünf Minuten später klingelte es an der Haustür.

»Wieso hast du das Licht ausgeschaltet?«, fragte Wagner, als er eintrat.

»Mir war danach.« Andrina schaltete das Licht im Entrée ein und musste blinzeln.

Wagner musterte sie sichtlich irritiert und hängte die Jacke an die Garderobe. Er folgte Andrina ins Wohnzimmer.

»Es handelt sich um einen gezielten Anschlag auf Enrico«, kam er ohne Umschweife zur Sache.

»Ich weiß«, unterbrach Andrina ihn und wunderte sich über ihre fehlenden Emotionen.

Max war überrascht. »Woher?«

»Von Marco.«

Ärger löste die Irritation in seinem Gesicht ab. »Diese verdammte Abteilung ist schlimmer als die Boulevardpresse. Dabei kennen alle die Regeln. Es wird dringend Zeit –«

»Es ist ihm herausgerutscht, weil er dachte, du hättest bereits mit mir gesprochen«, unterbrach Andrina ihn.

Wagner gab ein undefinierbares Brummen von sich und schlug sein Notizbuch auf.

»Wieso soll es ein Anschlag gewesen sein?«, fragte Andrina. »Wegen Gregors Tod und der verschwundenen Betäubungsmittel?«

»Ja. Nein. Doch, auch.« Wagner blätterte in dem Notizbuch. »Wir haben einen Zeugen gefunden. Er hat gesehen, wie der Wagen am Straßenrand geparkt war. Das Auto fuhr los, als Enrico aus dem Gebäude kam und sich anschickte, die Straße zu überqueren. Mit Vollgas. Danach ist er mit quietschenden Reifen verschwunden.« Er legte das Buch auf den Tisch und blätterte, während er sprach. »Leider konnte der Zeuge keine genauen Angaben zum Wagen machen, weil sie zu geschockt war.«

»Sie? Der Zeuge ist eine Frau.«

Wagner hob den Kopf. »Was? Wie kommst du darauf?«

»Du hast *sie* gesagt.«

Neue Verärgerung blitzte in seinem Gesicht auf. »Ja, es war eine Frau.«

»Fadrina Jäger?«

»Wieso glaubst du das?«

»Sie … ich weiß nicht.« Andrina dachte an Fadrinas Anruf von gestern Abend. Etwas an dem Ablauf, den Fadrina geschildert hatte, irritierte sie.

Wenn Andrina es sich richtig überlegte, konnte sie Fadrina nicht glauben, dass sie vergessen hatte, Andrina zu informieren. Vor allem so lange nicht.

»Es ist keiner von JuraMed.« Wagner blätterte erneut um und schien das Gesuchte in seinem Notizbuch gefunden zu haben. Mit dem Finger fuhr er über die Seite. »Die Zeugin gab an, es handle sich um einen anthrazitfarbenen Wagen mit Aargauer Kennzeichen. Sie sei sich nicht sicher, aber sie meinte, es müsse sich um einen Volvo gehandelt haben.«

Ein dunkler Volvo.

»Er habe einen großen Sticker auf der Heckscheibe gehabt«, fuhr Wagner fort.

»Einen Sticker? War es ein Elch?«

»Was? Wieso?«

Andrina schwieg. Ihre Gedanken liefen auf Hochtouren. »Die Zeugin konnte keine genauen Angaben zu diesem Kleber machen. Wieso sollte es ein Elch sein?« War es der gleiche Wagen, der sie neulich geschnitten hatte? Abermals fragte sie sich, ob man sich auf Träume verlassen konnte.

Seraina hatte einmal gesagt, vieles, das im Unterbewusstsein schlummere, könne in Träumen hervorgeholt werden. Damals hatte Andrina das als Hokuspokus abgetan. In diesem Fall war sie sich nicht mehr sicher, ob nicht etwas an Serainas Behauptung dran war.

»Andrina?«, fragte Wagner, und Andrina realisierte, dass er eine Frage gestellt haben musste.

»Was hast du gesagt?«

»Ich fragte, was es mit dem Elch-Sticker auf sich hat und ob du mit dieser Beschreibung etwas anfangen kannst oder ob du jemanden kennst, der einen dunklen Volvo fährt?«

»Ich kenne keinen mit einem Volvo.«

»Marco hat gesagt, du seist neulich von einem Auto geschnitten worden und im Stadtbach gelandet. Weißt du, um welche Automarke es sich gehandelt hat?«

»Nein, aber in der Nacht danach habe ich geträumt, es sei ein Volvo gewesen, der einen Elch-Sticker auf der Heckscheibe hatte.«

»Geträumt? Esoterik kann ich nicht brauchen. Ich brauche eine eindeutige Aussage.«

»In diesem Fall kann ich dir die Frage nicht beantworten.« Andrina schaute auf das Notizbuch. Sogar auf dem Kopf konnte sie Wagners gestochene Schrift gut erkennen. »Aussage von Jamila Graf: Es könnte ein Volvo gewesen sein.«

Jamila Graf? Jamila war die Zeugin? Wieso war sie bei Jura-Med gewesen?

»Andrina?« Er machte einen genervten Eindruck, und Andrina konnte es ihm nicht übel nehmen.

»Was? Ich war in Gedanken, entschuldige.«

»Kein Wunder nach dem, was geschehen ist.« Das klang freundlicher. Wagner ergriff ihre Hand und drückte sie kurz. »Wir gehen davon aus, dass der Anschlag auf Enrico mit dem Mord an Herrn Hartmann zu tun hat. Hat Enrico sich in den letzten Tagen anders verhalten?«

»Ja.«

Wagner richtete sich wie elektrisiert auf.

»Der Tod von Gregor hat ihm zu schaffen gemacht. Er stand regelrecht neben sich.«

Wagners Enttäuschung war greifbar.

»Und sonst etwas, das nicht mit dem Mord erklärbar ist? War er reizbarer, verschlossener, fühlte er sich bedroht? Hat er eine Andeutung gemacht, die dir rückblickend seltsam erscheint?«

»Er war sauer wegen des verschwundenen Fentanyls. Er glaubte nicht oder wollte nicht glauben, dass Gregor die Medikamente gestohlen hatte. Enrico machte sich Vorwürfe, nicht bemerkt zu haben, dass Gregor die Medikamente als Drogen selbst gebraucht oder damit gedealt hatte. Gibt es Neues zu den Analysen?«

»Blut- und Urinprobe waren negativ.« Das hatte Marco bereits vorgestern angedeutet. »Die Analyse der Haarprobe steht noch aus. Hat Enrico eigenmächtig Nachforschungen angestellt?« Schärfe schlich sich in Wagners Stimme.

»Er sagte, die Person, die die Medikamente genommen habe, sollte sich warm anziehen, wenn er es herausfinde. Er hat den Vorfall zur Chefsache erklärt.«

»Das klingt nach Eigeninitiative. Hatte er etwas herausgefunden, oder meinte er, etwas herausgefunden zu haben?«

»Gesagt hat er nichts.«

»Vermutlich hätte er es auch nicht, weil er dich nicht mit hineinziehen wollte.« Wagner klappte das Notizbuch zu. »Ich fürchte, er hat jemanden mit seinen Fragen nervös gemacht.« Wagner stand auf. »Apropos Eigeninitiative: Ich bitte dich, uns die Arbeit zu überlassen«, sagte er, als Andrina ihn zur Tür begleitete. »Dich soll kein ähnliches Schicksal ereilen wie deinen Mann.«

Andrina beobachtete, wie Wagner rückwärts aus der Einfahrt fuhr und die Hand zum Gruß hob, bevor er aus ihrem Blickfeld verschwand. Langsam schloss sie die Tür und blieb daneben stehen.

Wagners Vermutung, Enrico habe jemanden mit seinen Fragen aufgeschreckt, ergab Sinn. Erschreckend viel Sinn sogar. In dem Fall musste es jemand von JuraMed sein. In Gedanken ging Andrina die Mitarbeiter durch. Bei keinem konnte sie es sich vorstellen. Ihre Überlegungen drifteten weiter und landeten bei Jamila. Was hatte sie zu diesem Zeitpunkt bei JuraMed zu suchen?

ZWÖLF

»Rebecca ist bei Seraina«, sagte Andrina zu Enrico.

Keine Regung.

Sein Gesicht war ihr zugewandt. Würde er die Augen aufschlagen, würde er sie direkt ansehen. Würde ... Aber die Augen blieben wie die Tage zuvor geschlossen.

Andrina hatte gelesen, man solle mit Komapatienten reden. Diese einseitige Kommunikation fiel ihr schwer. Sie hatte zusammengefasst, was sie gestern gemacht hatte und was sie das Wochenende über zu tun gedachte. Nun ging ihr der Erzählstoff aus.

Sie legte die Hand auf den Bauch. Bis jetzt hatte sie nicht über das Baby gesprochen. Es war ihr falsch vorgekommen. Wieso, konnte sie nicht sagen. Inzwischen war sie der Meinung, das wäre eine Chance, ihn zum Aufwachen zu bewegen. Würde diese Nachricht zu Enrico durchdringen?

Sie beugte sich vor. »Ich habe eine tolle Neuigkeit«, flüsterte sie dicht neben seinem Ohr. »Du wirst wieder Vater.«

Genau beobachtete Andrina sein Gesicht. Es war starr wie eine Maske. Nicht die kleinste Regung war zu sehen. Tränen stiegen ihr in die Augen.

Andrina stand auf, trat ans Fenster und wischte mit dem Handrücken über die Wangen. Das Wetter war passend zu ihrer Stimmung. Heute sollte es den gesamten Tag regnen. Das machte es nicht einfach, ihr Vorhaben umzusetzen, den Alltag – soweit das möglich war – einkehren zu lassen. Enrico würde nicht wollen, dass seinetwegen alles durcheinandergeriet und sie ununterbrochen an seinem Bett saß.

Sie drehte sich zu Enrico um und musste an Wagners Worte denken. Enrico hatte jemanden nervös gemacht, und diese Person sah sich zum Handeln gezwungen. Enrico hatte die Aufklärung über das verschwundene Fentanyl zur Chefsache erklärt. Ob und was er herausgefunden hatte, hatte er ihr nicht gesagt. Nicht direkt. Andrina forschte in ihrem Gedächtnis, ob etwas zwischen den Zeilen durchgeklungen war. Nie hatte er so ausgesehen, als sei ihm etwas herausgerutscht, das er nicht hatte sagen wollen.

Hatte er Notizen gemacht? Diese Möglichkeit elektrisierte Andrina. Enrico schrieb alles auf, was er nicht vergessen wollte. Andrina trat ans Bett und nahm die Hand, in der keine Infusionsnadel steckte. Sie wusste nicht, warum, aber sie war überzeugt, Enrico würde die Person, die ihm das angetan hatte, beim Namen nennen können.

Ihr blieben zwei Stunden, bis sie mit Seraina abgemacht hatte, Rebecca abzuholen. Andrina hatte Rebecca nicht mit zu Enrico nehmen wollen. Sie sollte ihren Vater nicht in diesem Zustand sehen.

»Wo ist Papà?«, hatte sie wiederholt gefragt.

»Papà ist im Spital«, hatte Andrina erklärt. »Er ist krank.«

Für den Moment gab sich Rebecca damit zufrieden. Früher oder später würde sie mehr wissen oder mit ins Spital gehen wollen.

»Dove hai fatto gli appunti?«, flüsterte sie.

»Wer hat Notizen gemacht?«, fragte jemand auf Deutsch.

Andrina fuhr herum.

Dr. Marti lächelte sie entschuldigend an. »Ich wollte Sie nicht erschrecken«, sagte sie und schloss die Tür. »Ich hatte geklopft.«

Hast du nicht, dachte Andrina, aber sie ließ es unausgesprochen. Wieso tauchte diese Frau immer zu dem Zeitpunkt auf, wenn sie am wenigsten mit ihr rechnete?

»Sie sprechen italienisch mit ihm?«

»Ja«, erwiderte Andrina knapp. Die Frau ging es nichts an, dass Italienisch die Familiensprache war. Enrico genoss es, in seiner Muttersprache zu reden, und für Andrina war es eine ausgezeichnete Übung. Inzwischen war Andrinas Italienisch fast akzentfrei, wie Enrico ihr mehrfach versichert hatte.

»Versteht er Deutsch?«

Warum sollte er nicht, lag Andrina zuvorderst auf der Zunge. So eine blöde Frage. »Ja«, erwiderte sie. »Auch Mundart.«

»Da bin ich beruhigt. Ich kann kein Italienisch.« Dr. Marti betrachtete den Bildschirm, der die Herzfrequenz wiedergab.

»Wir wollen nachher nochmals seinen Kopf untersuchen«, sagte Dr. Marti. »Ich melde mich bei Ihnen, wenn wir die Ergebnisse haben.«

Wollte die Ärztin sie loswerden? Hör auf, nur das Schlechteste von ihr zu denken. Sie tut alles, was sie tun kann.

Andrina verabschiedete sich von Enrico, und es war ihr, als spitze Dr. Marti die Ohren.

Du verstehst sehr wohl Italienisch, dachte sie. Immerhin hatte sie die Frage mit den Notizen verstanden. Warum log die Ärztin?

Andrina ließ hinter sich die Haustür ins Schloss fallen und zog die nasse Jacke ab. Auf dem Nachhauseweg hatte es zu regnen begonnen, und sie war bis auf die Haut durchnässt.

Als sie auf Socken zur Treppe ging, hinterließ sie nasse Fußspuren auf dem dunklen Plattenboden. Sie lief nach oben in das Schlafzimmer. Während sie sich umzog, dachte sie über Dr. Marti und die eigenartige Konversation nach. Diese Frau war seltsam, und Andrina wurde immer weniger aus ihr schlau.

Sie hatte mit Andrina den Raum verlassen und ihr erklärt, welche Untersuchungen sie durchführen würden. Zum Abschied hatte sie Andrina aufgefordert, nicht die Hoffnung aufzugeben. Für einen kurzen Moment war die unnahbare Fassade aus ihrem Gesicht gewichen, und sie hatte Andrina angelächelt, was sie direkt sympathisch erscheinen ließ.

Nachdem Andrina ihre Haare getrocknet hatte, betrat sie das Arbeitszimmer. Sie blieb mitten im Raum stehen und musterte den Schreibtisch und das Büchergestell. Wo würde Enrico seine Notizen verstecken? Offenbar hatte er Andrina nicht mit den Nachforschungen belästigen wollen, wie Wagner vermutet hatte. Er hatte sie nicht in Gefahr bringen wollen. Das hieß, er hatte sie an einen Ort gelegt, von dem er sicher war, Andrina würde dort nicht nachschauen. Was war ein gutes Versteck?

Andrina setzte sich auf den Bürostuhl und verschränkte die Hände hinter dem Nacken. Es gab eine andere Möglichkeit.

Er hatte sie dort deponiert, wo sie nicht auf die Idee kommen würde nachzuschauen. Ein Ort, der zu offensichtlich war.

Aber auch bei dieser Variante kam Andrina keine Idee, wo das sein könnte. Sie stand auf und nahm nacheinander die Ordner aus dem Bücherregal. Nichts Auffälliges sprang ihr in die Augen, als sie diese durchblätterte. Andrina griff nach dem Ordner mit den Unterlagen für die Versicherungen. Zwischen den Dokumenten hatte Enrico in der Mitte eine Rubrik, in der er die Passwörter für sämtliche Onlineportale notiert hatte.

»Diese Passwörter«, hatte er sich beschwert. »Überall wird eins verlangt, und sie sollen verschieden und kreativ sein. Keine Chance, sich alle zu merken.«

Das wäre ein gutes Versteck, doch ihre Hoffnung, er habe dort Notizen gemacht, zerplatzte. Andrina kehrte zum Schreibtisch zurück und öffnete die Schubladen. Nichts. Gedankenverloren spielte sie mit Enricos Portemonnaie, das ihr Wagner ausgehändigt hatte. Im Münzenfach befanden sich sechs Franken und einige Zehnräppler. Im Notenfach hatte er neben der Bankkarte, seiner ID und Krankenversicherungskarte achtzig Franken. Und den Badge zum Gebäude von JuraMed. Hatte er dort seine Erkenntnisse zum Verbleib des Fentanyls aufgeschrieben?

Wenn er Andrina und Rebecca nicht hatte in Gefahr bringen wollen, ergab es Sinn, die Notizen, sollte es sie geben, nicht zu Hause aufzubewahren.

Andrina schaute zur Uhr. Noch eine knappe Stunde, bis sie in Erlinsbach erwartet wurde.

Andrina hielt am Straßenrand vor der Einfahrt zum Firmenparkplatz von JuraMed. Es regnete weiterhin. Falsch, inzwischen goss es in Strömen.

Die Schranke zum Firmenparkplatz war unten. Kein Problem mit einem Badge. Sie zögerte, da sie sich sicher war, es würde registriert werden, wenn jemand mit Enricos Badge auf den Parkplatz fuhr. Das Gleiche galt für das Betreten des Gebäudes. Es würde klar sein, wer das war.

War es ein Problem, wenn sie als Enricos Frau die Firma

betrat? Eigentlich nicht. Trotzdem musste es seltsam anmuten. Besonders an einem Samstag. Sie war so gut wie nie hier gewesen. Nur hin und wieder zu einem Anlass. Der letzte lag mehrere Monate zurück.

Andrina trommelte mit den Fingern auf das Lenkrad. Es gab ein zusätzliches Problem, wurde sie sich bewusst. Nach zwanzig Uhr wurde der Alarm aktiviert. Falls sich jemand im Gebäude aufhielt, würde es eine Meldung an die Sicherheitsfirma geben. Über das Wochenende war der Alarm ebenfalls eingeschaltet. Wenn man wusste, wie, konnte man ihn deaktivieren. Andrina wusste allerdings nicht, wie man das machte.

Sie schaute auf die Einfahrt. Neben der Schranke befand sich ein schmaler Weg für Fußgänger.

Fußgänger ...

Enrico ...

Hatte er den Weg an der Schranke vorbei genommen, und hatte er dort die Straße überqueren wollen?

Auf der anderen Straßenseite war eine Firma, die Ersatzteile für landwirtschaftliche Geräte produzierte. Neben dem Gebäude befand sich ein Gartencenter, das geschlossen aussah. Enrico hatte im Sommer erzählt, es solle während der Wintermonate umgebaut werden. Auf der anderen Seite der Firma war eine Lagerhalle, die gemäß Enrico leer stand. Hatte er dorthin gehen wollen? Es wäre ein guter Treffpunkt, wenn man nicht gesehen werden wollte. Wieso sollte sich Enrico heimlich mit jemandem treffen? Ein Informant, der ihm Auskunft zu dem Verbleib des Fentanyls geben wollte?

Informant ...

Drogen ...

Organisierte Kriminalität ...

Beinahe hätte Andrina aufgelacht. Das hier war kein James-Bond-Film.

Ihr Blick wanderte über die Lagerhalle. Hatte dort die gleiche Person gewartet, die ihn mit dem Auto überfahren hatte? Es wäre einfacher gewesen, ihm etwas in einer leeren Halle anzutun, als auf offener Straße, wo Zeugen anwesend sein konnten.

Zeugen …

Jamila …

Warum war sie hier gewesen? War sie mit jemandem von JuraMed verabredet? Würde Gregor Hartmann noch leben, würde es gegebenenfalls Sinn ergeben. Aber nach seinem Tod? War Jamila früher schon bei JuraMed gewesen, um Gregor abzuholen?

Wahrscheinlich nicht. Wenn sie Gregor richtig einschätzte, hätte er die Beziehung zu einer um einiges jüngeren Frau nicht seinen Kollegen auf die Nase gebunden.

Warum war Jamila hergekommen? Hatte sie hier gestanden, als der Anschlag auf Enrico verübt wurde?

Sie musste mit ihr reden. Andrina griff nach dem Handy.

Nein, nicht am Telefon. Sie legte es zurück in das Fach zwischen den Sitzen. Sie musste mit ihr persönlich sprechen. Aber nicht heute. Langsam sollte sie sich auf den Weg nach Erlinsbach machen.

Andrina blickte in den Rückspiegel und erstarrte. Ein dunkler Wagen stand ungefähr zehn Meter hinter ihr. Andrina konnte sich nicht erinnern, ob er bereits dort gestanden war, als sie vorgefahren war.

Sie kniff die Augen zusammen, erkannte aber durch die regennasse Scheibe nicht, um welche Automarke es sich handelte und ob jemand im Wagen saß. Sie drehte sich um. Der Wagen war zu weit weg, um die Marke erkennen zu können. Hör auf, neurotisch zu sein, dachte sie. Sie war nicht neurotisch. Enrico lag schwer verletzt im Spital. Wenn jemand dachte, er habe etwas herausgefunden, würde die Person damit rechnen, er habe Andrina davon erzählt. Ihr Atem beschleunigte sich. Hör auf damit!

Ihre beiden Wagen waren die einzigen. Auch die Parkplätze auf den Arealen der übrigen Firmen waren leer und mit Toren oder Schranken abgesperrt. Kein Wunder an einem Samstagnachmittag.

Der Versuch, sich selbst zu beruhigen, funktionierte nicht. Sie überlegte, ob ihr ein Wagen aufgefallen war, als sie von zu

Hause aufgebrochen war, und ob ihr einer gefolgt war. Keine Chance. Sie hatte nicht darauf geachtet.

Wegfahren oder Konfrontation? Beim besten Willen wollte Andrina nicht, dass der Wagen ihr zu Seraina folgte.

Kurz entschlossen nahm Andrina den Regenschirm, der hinter dem Beifahrersitz am Boden lag, und stieg aus. Der Regen hatte nachgelassen, und es nieselte. Fast rechnete sie damit, der Motor werde aufheulen und das Auto auf sie zurasen. Der Schirm würde ihr in dem Fall nichts nützen, obwohl er stabil war und eine harte Spitze besaß. Nichts geschah.

Andrina marschierte auf das Auto zu. Niemand saß darin. Sie umrundete es. Kein Volvo. Kein Sticker auf der Heckscheibe. Das musste nichts heißen. Nur weil sie von einem Volvo geträumt hatte, bedeutete es nicht automatisch, der Wagen, der sie geschnitten hatte, war ebenfalls einer. Andrina spähte ins Innere. Auf dem Beifahrersitz lag eine Handtasche. Die Rückbank war leer. Das Gleiche galt für den Kofferraum.

»Was machen Sie da!«

Andrina fuhr herum. Eine Frau stand hinter ihr. Sie hatte die Arme vor der Brust verschränkt und schaute sie herausfordernd an. »Wollen Sie mein Auto stehlen?«

»Nein«, sagte Andrina. »Mein Mann hatte die Idee, ein solches Auto zu kaufen. Es hat mehr Platz, vor allem mit Kindern. Da es gerade hier stand, wollte ich …« So ein blöder Versuch, sich zu rechtfertigen.

»Das soll ich Ihnen glauben?«, rief die Frau. »Dazu können Sie zu einem Autohändler gehen. Verschwinden Sie, sonst rufe ich die Polizei.«

Andrina beeilte sich, der Aufforderung nachzukommen, und entfernte sich mit ausgreifenden Schritten. Polizei war das Letzte, das sie gebrauchen konnte.

DREIZEHN

Es war nicht leicht, Routine einkehren zu lassen. Elisabeth hatte angeboten, Andrina könne sich freinehmen und müsse weder von zu Hause aus arbeiten noch am morgigen Dienstag in den Verlag kommen. Sie müsse keine Ferientage dafür hergeben. Dieses Angebot hatte Andrina abgelehnt. Sie brauchte den Alltag.

Andrina lauschte. Rebecca war eingeschlafen. Also würde sie die Mittagspause nutzen, um mit dem Lektorat weiterzumachen.

Andrina klappte den Laptop auf und quälte sich durch den Text. Konzentriertes Arbeiten sah anders aus.

Am Sonntag hatte sie nochmals nach einem Hinweis im Haus zu Enricos Nachforschungen gesucht. Als sie gestern mit Seraina darüber gesprochen hatte, hatte diese abgewunken. »Ich glaube nicht, dass er etwas gefunden hat. Er hätte es dir bestimmt erzählt.«

Dessen war Andrina sich nicht sicher. Ihre Gedanken drifteten zum Spital. Ruth Bischofsberger von nebenan hatte am Vormittag angeboten, Rebecca auf einen Spaziergang mitzunehmen, wie sie es neulich gemacht hatte. Das Mädchen war begeistert gewesen, die Appenzeller Hündin Fara an der Leine zu halten.

Enricos Zustand war unverändert gewesen. Die Untersuchungen hatten nichts Neues ergeben.

»Sie müssen Geduld haben«, hatte eine Pflegerin gesagt. »Es wird alles gut. Sie müssen nur fest daran glauben.«

Andrina las den Abschnitt von Neuem, in der Hoffnung, sich endlich in den Text einfinden zu können.

Nach einer halben Stunde gab sie auf. Es brachte nichts.

Andrina klappte den Laptop zu und lauschte in die Stille des Hauses.

Sie stand auf und ging in die Küche. Als sie Wasser in den

Teekocher füllte, nahm sie vor der Einfahrt eine Bewegung wahr. Neben ihrem Briefkasten stand ein Mann auf dem Trottoir und rauchte. In der anderen Hand hielt er ein Handy und betrachtete das Display. Kurz blickte er in ihre Richtung, bevor er wieder auf das Handy schaute. Abermals hob er den Kopf. Es war Andrina, als würden sich ihre Blicke treffen.

Er stand zu weit weg, als dass sie sein Gesicht erkennen konnte. Sie sah nur, dass er einen Bart hatte. Er hob das Handy hoch, als würde er ein Selfie von sich machen. Allerdings stimmte der Winkel nicht. Fotografierte er ihr Haus?

Das Klingeln des Telefons zerriss die Stille. Andrina eilte ins Wohnzimmer.

»Alles in Ordnung bei dir?«, fragte Seraina.

»Nicht wirklich.« Andrina kehrte in die Küche zurück. Der Mann war verschwunden.

»Andrina? Was ist los?«

Andrina berichtete von dem Mann.

»Du glaubst, er hat das Haus fotografiert?«, fragte Seraina ungläubig.

»Ich weiß, es klingt weit hergeholt. Normalerweise würde ich mir dabei nichts denken.«

»Mir ist klar, du hast Angst, die Person, die den Anschlag auf Enrico verübt hat, habe dich ebenfalls im Visier. Obwohl ich das nach wie vor nicht glaube, finde ich, du solltest mit Max Wagner oder Samuel Häusermann darüber sprechen.«

Das hatte Seraina bereits gestern gesagt.

»Sie werden wie du sagen, es sei eine Überreaktion.«

»Das weißt du nicht. Sie können es besser beurteilen. Wenn ich nun darüber nachdenke, ist deine Befürchtung nicht abwegig.« Es war, als würde die Luft um sie herum sich gegen den Gefrierpunkt bewegen. Wieso war Seraina auf einmal anderer Meinung? »Ich finde es wichtig, deine Ängste zur Sprache zu bringen«, sagte Seraina.

»Okay. Tust du mir einen Gefallen?«, fügte Andrina nach kurzem Zögern an.

»Sicher.«

»Kann ich Rebecca in der nächsten Zeit bei dir lassen? Ich möchte sie aus dem … Da ist er wieder.« Gebannt starrte Andrina aus dem Fenster. Der Mann blieb an der Einfahrt stehen und schaute zum Haus, bevor er weiterschlenderte. Wie vorhin war die Entfernung zu groß, als dass sie Einzelheiten seines Gesichtes erkennen konnte.

VIERZEHN

Es war bald Mittag, und sie hatte Seraina zugesagt, zum Essen zu kommen. Rebecca hielt sich zwar tapfer, aber auch an ihr ging die momentane Situation nicht spurlos vorbei. Kurz hatte Andrina überlegt, Rebecca wieder zu sich zu nehmen, hatte aber davon abgesehen. Rebecca sollte aus der Schusslinie sein.

Was sie von dem Gespräch mit Samuel Häusermann und Max Wagner halten sollte, wusste Andrina nicht. Sie befürchteten nicht wie Andrina, der Täter könne es nun auf sie abgesehen haben. »Ein Restrisiko kann nie ausgeschlossen werden«, hatte Wagner am Ende aber eingeräumt.

Gestern Morgen hatte Andrina Rebecca zu Seraina gebracht, bevor sie zum Verlag gefahren war. Es war ihnen gelungen, das Ganze für Rebecca wie ein Abenteuer aussehen zu lassen. Obwohl Rebecca es spannend fand, so oft mit Regina zu spielen, wenn diese aus der Schule kam und ihre Hausaufgaben erledigt hatte, und bei Seraina zu übernachten, vermisste sie Andrina. Und Andrina vermisste ihre Tochter. Das Haus war leerer und stiller, und sie war mit ihren Ängsten allein.

Als Andrina zum Auto ging, klingelte ihr Handy, und sie las Jamilas Namen auf dem Display.

Gestern und vorgestern hatte Andrina versucht, Jamila zu erreichen. Sie wollte sie treffen und ihre Reaktion sehen, wenn sie sie fragte, was sie am letzten Mittwoch bei JuraMed zu suchen gehabt hatte. Aber Jamila hatte das Telefon nicht abgenommen. Auf Andrinas Bitte, zurückzurufen, hatte sie nicht reagiert. Für Andrina war es eindeutig. Jamila wich ihr aus. Umso erstaunter war sie über den Anruf jetzt.

»Ich muss mit dir sprechen«, sagte Jamila ohne Einleitung. Sie hörte sich atemlos an. »Ich brauche deine Hilfe.«

»Ja?«

»Nicht am Telefon. Können wir uns treffen?«

»In Ordnung. Wo?«, fragte Andrina.

»Wenn es dir nichts ausmacht, bei mir. Ich bin die Treppe hinuntergefallen und habe mir den Fuß verstaucht. Daher wäre ich froh, wenn ich nicht weit laufen muss.«

Das klang nach einer an den Haaren herbeigezogenen Ausrede. Obwohl sie sich nicht sicher war, ob es eine gute Idee war, sagte Andrina zu, am späten Nachmittag vorbeizuschauen. Lieber hätte sie sich an einem neutralen Ort getroffen.

Fünfzehn Minuten später hielt Andrina vor Serainas Haus. Die Tür wurde aufgerissen, und Rebecca stürmte heraus. Andrina hob sie hoch, und das Mädchen schmiegte sich fest an sie.

»Pünktlich auf die Minute«, sagte Seraina und küsste Andrina auf beide Wangen. »Du siehst blass aus. Und du bist dünner geworden. Schaust du dir gut?«

»Ja.«

»Isst du genug, und schläfst du ausreichend?«

»Ja«, wiederholte Andrina und bemühte sich, nicht genervt zu klingen. Seraina meinte es nur gut.

»Mami. Es hat Cipollata.«

Seraina reichte Andrina die Schüssel mit dem Kartoffelsalat, nachdem sie sich an den Küchentisch gesetzt hatten. »Das war der Wunsch der Mädchen«, sagte sie, als wolle sie sich entschuldigen.

»Alles gut.« Serainas Kartoffelsalatrezept war eins der besten, die Andrina kannte. Zu ihrer Überraschung verspürte sie Hunger und genoss es, Regina und Rebecca zuzuhören, was sie gemacht hatten, obwohl es teilweise schwer war, ihren Erzählungen zu folgen.

»Morgen ist Räbeliechtliumzug, Gotti«, sagte Regina. »Kommst du zuschauen?«

»Natürlich.«

»Hilfst du mir, die Räbe zu schnitzen?«

»Sie haben sie heute von der Schule mit nach Hause bekommen«, erklärte Seraina. »Ich habe ihr erklärt, wie talentiert du bist.«

»Das kann ich gerne machen«, sagte Andrina. »Aber ich und talentiert?«

»Deine Räbe sah damals grundsätzlich besser aus als meine.«

»Das ist Ansichtssache.« Andrina erwiderte Serainas Grinsen.

»Einen Kaffee?«, fragte Seraina, als sie fertig gegessen hatten und Andrina ihr half, den Tisch abzuräumen.

»Lieber einen Minzentee«, sagte Andrina.

»Bist du krank, dass du den obligatorischen Cappuccino nach dem Essen ablehnst?«

»Nein. Ich hatte heute Morgen bereits zu viel davon, um mich für das Lektorat zu motivieren«, log Andrina. Seraina wollte sie nichts von dem positiven Schwangerschaftstest sagen und wie der Gedanke an Kaffee ihr Übelkeit verursachte.

»Wie geht es Enrico?«, fragte Seraina, während sie Wasser in den Kocher füllte.

Andrina war ihr dankbar, das Thema nicht in Rebeccas Anwesenheit zur Sprache gebracht zu haben. Allgemein war sie dankbar, was Seraina für sie tat. »Es soll für Rebecca wie Ferien beim Gotti sein«, hatte sie gesagt.

»Unverändert«, antwortete Andrina.

»Ist das gut oder schlecht?«

»Wenn ich das wüsste.«

»Neues von den Ermittlungen?«

»Nein. Es gibt keine Erkenntnisse zu dem Fahrer oder zu seinem Motiv.«

»Ich habe darüber nachgedacht und glaube inzwischen, dass es irgendwo einen Hinweis geben muss und er Notizen oder Ähnliches gemacht hat.«

»Die Polizei hat nichts gefunden.« Andrina verschwieg vorsichtshalber, selbst gesucht zu haben. »Auf dem Computer ist ebenfalls nichts.« Sie dachte an das, was Wagner ihr heute Morgen am Telefon gesagt hatte. »Die Techniker haben seinen Geschäftslaptop und unseren von zu Hause untersucht. Keine Nachrichten, die Rückschlüsse liefern könnten. Also keine Droh-E-Mails. Im Suchverlauf des Internetbrowsers ist nichts ersichtlich, was mit Recherchen im Internet zu tun haben könnte. Keine Notizen, die mit dem Anschlag in Verbindung gebracht werden können. Einfach nichts. Das Gleiche gilt für sein Handy.«

»Das Problem ist, sie werden nicht wissen, wonach sie suchen«, wandte Seraina ein. »Sie haben keinen Anhaltspunkt –«
»Exotische Spinnen und Fentanyl«, unterbrach Andrina ihre Schwester. »Das sind Anhaltspunkte genug. Wenn Enrico diese Begriffe, oder Wörter, die damit zu tun haben, in einem Dokument erwähnt hätte, wäre das aufgefallen, nehme ich an.«
»Er kann diese Wörter bewusst vermieden haben.«
Andrina ließ sich diese Hypothese durch den Kopf gehen.
Seraina deutete ihr Schweigen offenbar als Zustimmung und fuhr fort: »Ich will nicht sagen, dass die Ermittler nicht genau nachschauen. Sie werden versuchen, sich in Enrico hineinzuversetzen. Das ist aber nicht unbedingt einfach. Jemand, der ihn kennt, kann das besser.« Sie schaute Andrina an. »Du betrachtest es mit anderen Augen.«
»Was willst du damit sagen?«
»Schau dir den Computer an. Gehe seine Dokumente durch.«
»Du meinst, ich soll auf eigene Faust ermitteln? Ausgerechnet du schlägst mir das vor.«
Serainas Gesicht färbte sich rot. Bisher war sie nie begeistert gewesen, wenn Andrina sich in Polizeiangelegenheiten einmischte.
Regina rannte in die Küche. »Wie lange redet ihr? Gotti muss meine Räbe schnitzen.« Regina legte zwei violette Rüben vor Andrina auf den Tisch. »Ich durfte eine für Rebecca mitnehmen.« Sie holte Messer, Löffel und Guetzli-Förmchen aus der Schublade und breitete alles vor Andrina aus.
Rebecca kletterte neben Andrina auf den Stuhl. »Becca das auch.«
Dankbar für die Ablenkung griff Andrina nach einer Räbe und schnitt den Deckel ab.

Nachdem Andrina von Seraina losgefahren war, hatte sie über eine Stunde Zeit, bis sie mit Jamila verabredet war. Diese wollte sie nutzen, um Serainas Vorschlag in die Tat umzusetzen. Wagner hatte am Wochenende den Computer zurückgebracht, und soweit sie wusste, war Enricos Laptop wieder bei JuraMed.

Sie betrat das Arbeitszimmer zu Hause. Einen Moment betrachtete sie die Ordner auf den Tablaren. Sie war sich sicher, dass dort keine Hinweise versteckt waren. Immerhin hatte sie die Ordner mehrmals durchgesehen.

Während der Computer startete, rief sie Fadrina an. Sie war ihr in den Sinn gekommen, als sie überlegt hatte, wie sie an Enricos Geschäftslaptop kommen konnte. Die Option, selbst zu JuraMed zu fahren, hatte sie verworfen. Es würde seltsam anmuten, wenn sie mit dem Laptop aus dem Unternehmen spazierte. Bei der Gelegenheit konnte sie Fadrina nach Jamila fragen.

Ein Mann, den sie nicht kannte, nahm das Gespräch entgegen. »Fadrina Jäger?«, fragte er. »Die haben Sie um fünf Minuten verpasst. Sie ist nach Hause gegangen.«

Sollte sie bis morgen warten oder heute selbst zu JuraMed fahren? Nein, sie blieb besser dabei, es nicht zu tun. Der Laptop würde nicht davonlaufen. Wirklich nicht? Falls der Täter im Firmenumfeld zu suchen war, kannte die Person Enrico. Zwar nicht so gut wie Andrina, aber besser als die Polizei. Würde er es wagen, den Laptop an sich zu nehmen? Das Problem mit dem Passwort konnte auch jemand außerhalb der Polizei lösen und sich Zugang verschaffen.

Wen konnte sie außer Fadrina kontaktieren? Niemanden, da sie keinem trauen konnte. Sogar bei Fadrina konnte sie nicht sicher sein.

Andrina sah die schlanke Frau mit den kurzen dunklen Haaren vor sich. Sie stammte wie Andrinas Großmutter aus dem bündnerischen Ftan. Aufgrund dieser Tatsache hatte sie sich mit ihr verbunden gefühlt. Zweimal hatten sie sich sogar in der Stadt zum Mittagessen getroffen.

Andrina richtete sich auf. Beim letzten Mal war Fadrina zu spät gekommen. »Leider habe ich deine Handynummer nicht«, hatte sie sich entschuldigt. »Ich hätte dich sonst angerufen.«

Andrina eilte nach unten und holte ihr Handy aus der Handtasche.

Fadrina nahm nach dem dritten Klingelzeichen ab. »Andrina?« Sie klang erstaunt. »Was ist passiert?«

»Nichts. Ich habe eine Bitte«, kam Andrina ohne Umschweife zur Sache.

»Was kann ich für dich tun?«

»Wo bist du?«

»Zu Hause. Ich habe heute früher Feierabend gemacht. Warum fragst du?«

»Hast du Zeit, zu JuraMed zurückzugehen?«

»Du klingst, als sei es dringend.«

»Das ist es. Die Polizei hat Enricos Laptop zurückgebracht, oder?«

»Heute Morgen«, erwiderte Fadrina. »Wieso?«

»Ich weiß, es mutet seltsam an, aber es ist zu kompliziert, das am Handy zu erklären.« Fadrina schwieg, nachdem Andrina sie gebeten hatte, Enricos Laptop zu holen. »Bitte heute, wenn es geht.«

»Ich soll den Laptop vom Chef stehlen?«

»Nicht stehlen. Mitbringen. Ausleihen. Er ist für keinen von Interesse.«

»Offenbar für dich. Wieso?« Fadrinas Misstrauen war deutlich. Andrina verwünschte sich. Sie hatte die Sache falsch angepackt.

»Das erzähle ich dir später. Bitte, es ist wichtig.«

»Okay«, sagte Fadrina gedehnt. Glücklicherweise fragte sie nicht, warum Andrina nicht selbst den Laptop holte. »Ich hole ihn und bringe ihn zu dir.«

»Nicht zu mir. Nimm ihn bitte zu dir. Ich muss gleich los und hole ihn morgen am späten Nachmittag.«

»Was soll ich den Kollegen sagen, wenn ich zurückkomme und gleich darauf mit dem Computer vom Chef nach draußen spaziere?«

»Etwas Belangloses.«

Ein Seufzen drang an Andrinas Ohr. »Okay. Aber morgen Nachmittag ist es schlecht. Freitagnachmittag kannst du gerne vorbeikommen.«

Erst übermorgen, dachte Andrina. Das war besser als überhaupt nicht. Hauptsache, er war nicht mehr auf Enricos Schreibtisch bei JuraMed, wo ihn jeder holen konnte. Inzwischen war Andrina überzeugt, das werde früher oder später passieren.

Sie bedankte sich, und sie beendeten das Gespräch.

War es eine gute Idee, Fadrina mit in die Sache hineinzuziehen? Neue Zweifel regten sich.

Fadrina war Enricos Sekretärin und arbeitete eng mit ihm zusammen. Sie wusste über seine Agenda Bescheid. Was war, wenn sie gelogen hatte und mitgeholfen hatte, Enrico nach draußen zu locken? Welches Motiv sollte sie haben? In ihren Gesprächen war wiederholt durchgeklungen, wie sie JuraMed als Arbeitgeber und Enrico als ihren Vorgesetzten schätzte. War es nur eine Fassade gewesen?

Die Unruhe wurde größer. Hör auf. Du kannst es nicht mehr ändern. Sie sollte es als Test ansehen. Würde Fadrina den Computer verschwinden lassen, war es ein Beweis ihrer Schuld. Ihr Blick fiel auf die Uhr am oberen Rand des Bildschirms. Schon kurz nach siebzehn Uhr? Sie sollte los. Andrina eilte nach unten. Verflixt, nun hatte sie vergessen, Fadrina nach Jamila zu fragen.

»Gemäß Meteo überquert ein Sturmtief in den frühen Abendstunden und in der Nacht die Schweiz«, verkündete die Moderatorin im Radio. »Es ist teilweise mit Starkregen und heftigen Sturmböen von bis zu achtzig Kilometern pro Stunde zu rechnen. In höheren Lagen werden Böenspitzen von über hundert Kilometer pro Stunde erwartet.«

Eine Windböe fegte Blätter vor Andrina über die Straße. Die Vorboten waren offenbar da. Sie fuhr auf einen der Besucherparkplätze beim Aarepark und schaltete das Radio aus. Wind drückte seitlich gegen den Wagen, und Regen setzte ein.

Andrina stieg aus und rannte zum Velounterstand. Als sie einen Sprint zu dem Haus, in dem Jamila wohnte, machen wollte, öffnete sich die Haustür, und eine schwarz gekleidete Gestalt erschien. Lucia. Sie war die Letzte, der Andrina begegnen wollte. Die beklemmende Atmosphäre bei ihrem letzten Besuch hatte einen nachhaltigen Eindruck hinterlassen. Die Frau war ihr zunehmend suspekt.

Andrina wollte zudem nicht erklären müssen, nicht sie, sondern Gregors frühere Geliebte zu besuchen.

Lucia spannte den Regenschirm auf und hatte sichtlich Mühe, ihn bei den Windböen über dem Kopf zu halten. Sie kam auf Andrina zu. Ihr schwarzer Mantel flatterte im Wind. Das sah unheimlich aus. Wie in einem Gruselfilm.

Es war zu spät, zum Auto zurückzukehren. Andrina zog die Kapuze ihrer Jacke über den Kopf, eilte zu der parallelen Hausreihe und bog um die Ecke. Als sie den hintersten Eingang erreichte, wagte sie einen Blick über die Schulter. Lucia stand am Anfang des Weges und schaute in ihre Richtung. Hoffentlich hatte Lucia sie nicht trotz Kapuze erkannt.

Andrina zog die Kapuze tiefer in die Stirn und tat, als würde sie das Klingelbrett studieren.

Geh endlich, sagte sie im Stillen.

Lucia rührte sich nicht vom Fleck. Andrina drückte gegen die Tür, die glücklicherweise nicht abgeschlossen war, und huschte ins Innere. Sie spähte durch die Glastür. Lucia hatte sich zur Küttigerstraße in Bewegung gesetzt. Bevor sie diese erreichte, drehte sie sich nochmals um.

»Kann ich Ihnen helfen?« Vor Andrina stand ein Mann mit schütterem blonden Haar, der in ihrem Alter war.

»Ich … ich möchte zu Jamila Graf.«

»Die wohnt hier nicht.«

»Nicht?« Andrina legte Erstaunen in ihre Stimme und nannte Jamilas Adresse.

»Das ist das andere Haus.« Der Mann beschrieb den Weg. Andrina bedankte sich und verließ den Eingangsbereich.

Lucia stand an der Haltestelle. Der Bus hielt, und Lucia stieg ein. Andrina wartete mit dem Rücken zur Straße, bis der Bus abgefahren war, bevor sie zu dem Haus rannte.

Lucia musste sie erkannt haben, war Andrina überzeugt, und sie verfluchte sich für diese Aktion. Antipathie hin, Antipathie her. Das war dämlich und lächerlich gewesen.

Die Haustür ließ sich aufstoßen, und Andrina lief zu Jamilas Wohnung im Erdgeschoss.

Kaum hatte sie geklingelt, öffnete Jamila die Tür. Es war, als habe sie dahinter gewartet.

Sie bat Andrina in die Wohnung und nahm ihr die Jacke ab. »Danke für dein Kommen.« Es war nicht zu übersehen, wie sie ihren linken Fuß beim Auftreten schonte.

»Wie geht es deinem Fuß?«

»Besser. Das Schmerzmittel erledigt seinen Job gut.«

»Du hast gesagt, du bist die Treppe hinuntergefallen …«

»Eigentlich war es nur die letzte Stufe. Ich habe einen Misstritt gemacht. Es ist ein Vorteil, wenn man in einer Arztpraxis angestellt ist. Mein Chef meinte, ein oder zwei Tage schonen und alles sei wieder in Ordnung.«

Jamila führte Andrina ins Wohnzimmer. Würziger Duft empfing sie. Die Wohnung war gleich geschnitten wie Lucias und Gregors. Eine halbhohe Anrichte trennte den Wohnbereich von einer offenen Küche.

Auf dem Herd stand ein Topf.

»Das war nicht die Idee, dass du für mich kochst«, sagte Andrina.

»Es ist spontan«, erwiderte Jamila. »Allerdings war ich nicht einkaufen. Deswegen.« Sie zeigte auf den Fuß. »Mir ist zum Glück eingefallen, wie gern du das Couscous meiner Mutter hattest. Das und Trockenfrüchte habe ich grundsätzlich vorrätig.«

Jamila sah entspannt aus, als sie zum Herd ging und das Couscous umrührte. Nichts war von dem gehetzten Eindruck übrig, den sie vermittelt hatte, als sie Andrina angerufen hatte.

»Ich brauche deine Hilfe«, echote es in Andrinas Kopf. Hatte sich das Problem gelöst, und das Nachtessen war eine Entschuldigung, weil Andrina sich umsonst herbemüht hatte?

Andrina musterte die Zutaten in den kleinen Schüsseln. Getrocknete Aprikosen, Datteln, Mandelsplitter und verschiedene Gewürze. Wieso kam ihr das inszeniert vor?

Sollte sie Jamila damit konfrontieren, zu wissen, dass sie die Zeugin war, und fragen, warum sie bei JuraMed gewesen war? Andrina beschloss abzuwarten.

Das Telefon klingelte, und Jamilas Kopf schoss hoch. »Das ist bestimmt diese Hexe«, flüsterte sie.

»Wer?«

»Lucia.«

»Die ist eben zum Bus gegangen.«

»Unterwegs zu sein hindert nicht daran, jemanden anzurufen.«

»Wieso sollte sie dich anrufen?«

»Sie behauptet, ich hätte sie bei der Polizei angeschwärzt, damit sie als Tatverdächtige gälte. Nun beschimpft sie mich.« Das Klingeln hörte auf.

»Am Telefon?«

»Nein, im Treppenhaus. Ich habe ihr gesagt, sie soll mich in Ruhe lassen, und habe sie stehen lassen. Seitdem klingelt unablässig das Telefon. Wenn ich abnehme, meldet sich niemand. Nur Rauschen ist zu hören. Terror pur.«

»Was hat sie davon? Nichts. Ich würde mich an Max Wagner wenden. Ihre Nummer in deiner Anruferliste sollte als Beweis reichen.«

»Sie sagt nichts, und ich sehe ihre Telefonnummer nicht. Der Anrufer hat sie unterdrückt.«

»Die Polizei wird herausfinden können, wer der Anrufer ist.« Stimmte das? Sie kannte sich mit diesen Dingen nicht aus.

»Meinst du?«, fragte Jamila. Sie gab die Zutaten in das Couscous und füllte alles in eine Schüssel, die sie Andrina reichte.

Andrina bemerkte den gedeckten Esstisch, der vor dem großen Fenster stand.

»Es muss nicht Lucia sein, die anruft.« Andrina schöpfte vom Couscous auf den Teller.

Erinnerungen brandeten auf, als sie die Gabel in den Mund schob. Sie sah sich als Jugendliche am Tisch von Jamilas Eltern.

»Du musst essen«, hatte Jamilas marokkanische Mutter in gebrochenem Hochdeutsch gesagt. »Gutes Essen vertreibt trübe Gedanken.«

»Wer außer Lucia sollte anrufen?«

»Die Person, die Gregor getötet hat.«

»Es gibt keine Verbindung von mir zu Gregor.« Jamila hob

die Hand, als Andrina zu einer Erwiderung ansetzte. »Ich meine offiziell.«

»Du meinst, die Polizei weiß nichts davon, dass ihr ein Paar wart?«

»Genau. Ich hatte Angst, ich würde in den Fokus der Ermittlungen rutschen.«

»Wieso?«

»Eifersucht wäre ein gutes Motiv.«

»Mit dem Verschweigen machst du es nicht besser. Außerdem gehe ich davon aus, sie wissen es längst.«

»Lucia?«, fragte Jamila gedehnt. Sie schob eine Portion vom Couscous in den Mund und kaute. »Du hast recht, es ist dumm von mir. Besonders nach der Sache mit deinem Mann.« Andrina legte die Gabel, die sie angehoben hatte, auf den Teller. »Weißt du das nicht?«

»Was soll ich wissen?«

»Ich hatte dort nichts zu suchen«, sagte Jamila und senkte den Kopf. »Eigentlich.«

Andrina merkte, wie sie den Atem anhielt.

»Du weißt es nicht.« Jamila druckste herum. »Ich hätte dir früher … Mir war nicht bewusst, dass es dein Mann war, den ich durch die Luft fliegen sah«, sprudelte es aus ihr heraus. »Ich habe die Anweisungen meines Navis falsch verstanden und bin zu früh abgebogen. Ich habe am Straßenrand angehalten, als das Navi die Route neu berechnete. Da ist dieser Wagen an mir vorbeigeschossen. Direkt auf den Mann zu, der die Straße überquerte.« Sie schloss die Augen, und die Unterlippe bebte. Es war, als durchlebte sie das, was sie gesehen hatte, ein zweites Mal. Als sie die Augen öffnete, schimmerten Tränen darin. »Ich weiß nicht, wie lange ich gebraucht habe, bis ich ausgestiegen bin. Als ich zu dem Mann hinrannte, waren bereits ein Mann und eine Frau dort. Eventuell habe ich mit meinem Zögern wertvolle Sekunden vertan.«

Du standest unter Schock, wollte Andrina sagen, aber sie brachte keinen Ton über die Lippen.

»Und als Zeugin tauge ich nichts. Dabei habe ich deutlich

das Nummernschild gesehen. Was daraufstand, kann ich nicht wiedergeben. Heute Vormittag war ich im Polizeikommando und hatte den nächsten Schock. Da kommt mir dieser Polizist entgegen. Er sieht genauso wie der verletzte Mann aus, und ich dachte, mich trifft der Schlag.«

Andrina wurde erst nach einigen Sekunden klar, wen Jamila meinte. »Marco Feller ist Enricos Halbbruder.«

»Als mich Herr Häusermann zu dem Vernehmungsraum führte, hörte ich, wie dieser Mann einen anderen fragte, ob er wisse, wie es dem Verunfallten gehe. Dabei fiel dein Name.« Jamila starrte auf ihren Teller. »Ich komme mir doppelt mies vor. Falsch, ich bin völlig unnütz, weil ich bei der Ersten Hilfe versage und keine Auskunft geben kann.«

Regen peitschte gegen die Frontscheibe, als Andrina gegen Mitternacht nach Hause fuhr. Sie ließ das Gespräch mit Jamila Revue passieren. Ihr wurde bewusst, wie Jamila geschickt ihren Fragen ausgewichen war. Waren diese überhaupt noch wichtig? Nein. Obwohl Jamila es nicht wahrhaben wollte, hatte sie Details zum Tathergang und dem Auto liefern können. Auch wenn die wenigen Angaben im Moment nicht hilfreich schienen, würden sie das zu einem späteren Zeitpunkt werden. Hoffentlich.

Was Andrina beunruhigend fand, waren die Anrufe. Sie glaubte nicht, dass es Lucia war. Während sie gegessen hatten, hatte zweimal das Telefon geklingelt. Es musste der Fahrer sein. Warum rief er Jamila an?

Er musste sie bemerkt haben und hatte Jamilas Adresse herausgefunden. Wie auch immer ihm das gelungen war. Befürchtete er, sie könnte ihn identifizieren? Testete er mit den Anrufen, ob sie zu Hause war? Falls das so war, schwebte Jamila in Gefahr. Andrina hoffte, Jamila beherzigte ihren Rat und kontaktierte Häusermann und Wagner.

Andrina bog in die Straße ab, in der sie wohnte. Abgebrochene Äste lagen herum, und Blätter fegten über die Fahrbahn. Der Sturm hatte an Intensität zugenommen. Der Höhepunkt sollte gegen zwei Uhr in der Nacht erreicht sein. Danach würde der Sturm abflachen, und spätestens morgen Mittag war alles vorbei, hatte es geheißen.

Sie hielt auf dem Platz vor der Garage an. Ein Ast polterte auf das Autodach, und Andrina beschloss, den Wagen in die Garage zu stellen. Sie war leer, da Enricos Wagen immer noch bei JuraMed stand. Enrico. Nach dem Nachtessen hatte sie im Spital angerufen.

»Unverändert«, hatte die Pflegerin geantwortet. Wie Andrina dieses Wort inzwischen hasste. Der Zustand hat sich nicht verschlechtert, ermahnte sie sich. »Gehen Sie ins Bett und kommen Sie morgen früh ausgeruht«, hatte die Pflegerin hinzugefügt.

Andrina ließ das Tor der Garage herunterfahren und rannte zum Haus. Sie ließ das Licht ausgeschaltet und blieb vor der Tür im Entrée stehen. Der Wind pfiff um das Haus. Normalerweise liebte sie dieses Geräusch, nur heute verursachte es eine Gänsehaut. Es verstärkte das Gefühl von Einsamkeit. Andrina sehnte sich nach Rebecca.

Die Übelkeit schlug wie aus dem Nichts zu. Knapp schaffte Andrina es ins Badezimmer. Sie setzte sich auf den Boden und lehnte sich gegen die kühlen Wandplättli, nachdem sie erbrochen hatte. Eindeutig eine Schwangerschaftserscheinung. Andrina legte die Hand auf den Bauch. Sie war nicht allein im Haus. Der Gedanke hatte etwas Tröstendes. Ihr Inneres krampfte sich erneut zusammen. Die Schwangerschaft war nicht der Grund. Ihr Magen brannte wie Feuer. Das war damals bei Rebecca nicht so gewesen. Es war, als habe sie etwas gegessen, das sie nicht vertrug oder das verdorben war. Oder … giftige Pilze. Wieso kamen ihr ausgerechnet Pilze in den Sinn? Lucia … Andrina krümmte sich zusammen und presste die Hand gegen den Magen. Nicht Lucia, sondern Jamila. Es hatte keine Pilze zum Nachtessen gegeben. Hatte Jamila etwas in das Couscous getan? War das der Grund für die spontane Einladung zum Nachtessen gewesen? Erneut dachte sie daran, wie alles inszeniert auf sie gewirkt hatte. Das Essen. Wie Jamila von dem Anschlag auf Enrico berichtet hatte. War das alles einstudiert gewesen, um Andrina in Sicherheit zu wiegen? Nein. Jamila hatte wie sie vom

Couscous gegessen. Die Portionen waren gleich groß gewesen. Hör auf, Gespenster zu sehen, ermahnte sie sich. Du hast dir eine normale Magen-Darm-Grippe eingefangen. Andrina schloss die Augen und atmete tief ein und aus. Der Schmerz und die Übelkeit ließen nach. Andrina ging in die Küche.

Einen Tee? Beim Gedanken daran wurde ihr schlecht. Sie füllte Wasser in ein Glas und trank in kleinen Schlucken. Mit weichen Knien stützte sie sich auf der Anrichte ab. Die Übelkeit und die Magenschmerzen ließen nach. Sie blickte nach draußen und stutzte. Auf der Straße gegenüber ihrer Einfahrt stand ein dunkler Wagen. Als sie nach Hause gekommen war, war er nicht dort gewesen. In der gesamten Straße hatte kein Auto gestanden. Diese Form … Andrina stellte das Glas ab. Wie der Wagen, der sie geschnitten hatte. Andrina trat dichter an das Fenster. Weder Kennzeichen noch Heckscheibe noch Automarke konnte sie aus dieser Entfernung erkennen. Dafür meinte sie, die Silhouette einer Person auf dem Fahrersitz auszumachen. Beobachtete er das Haus? Andrina war froh, das Licht nicht eingeschaltet zu haben. Trotzdem kam sie sich wie auf dem Präsentierteller vor. Sie musste im Fenster zu erkennen sein. Andrina wich zurück. Wollte er wissen, ob sie zu Hause war? Um einzubrechen? Oder um ihr … Sie rang nach Luft. Der Wagen fuhr an und verschwand aus ihrem Blickfeld.

Ihr Herzschlag raste weiterhin. Hör auf, hinter jedem eine Bedrohung zu sehen, versuchte sie sich zu beruhigen. Es gibt eine einfache Erklärung. Er besucht jemanden. Aber um diese Zeit?

Kurz erwog Andrina, die Polizei zu verständigen, verwarf aber diese Option sogleich. Es war nichts passiert. Wagner oder Häusermann wollte sie nicht aus dem Bett klingeln. Das Letzte, das sie wollte, war hysterisch herüberkommen. Andrina war froh, dass Rebecca bei Seraina und aus dem Schussfeld war. Morgen würde Andrina das Angebot ihrer Schwester annehmen und bei ihr das Gästezimmer beziehen.

FÜNFZEHN

Ein Knall. Andrina schreckte aus dem Schlaf. Sie horchte. Bis auf den Wind, der nach wie vor um das Haus heulte, war nichts zu hören.

Der Wecker zeigte fünf Uhr. Hatte es nicht geheißen, der Sturm sollte abebben, nachdem gegen zwei Uhr in der Nacht der Höhepunkt erwartet worden war? Regen prasselte gegen das Fenster. Andrina stand auf und schaute nach draußen. Nur die dunklen Schemen von Büschen, Bäumen und dem Nachbarhaus waren zu erkennen. Nebenan brannte kein Licht. Logisch, um fünf Uhr morgens.

Andrina lehnte den Kopf gegen das Fensterglas und horchte in sich hinein. Sie hatte erstaunlich gut geschlafen – tief und traumlos. Die Übelkeit und das Magendrücken waren nur noch wie ein Hintergrundrauschen wahrnehmbar. Hing es nur mit der Schwangerschaft zusammen, oder hatte sie eine Magen-Darm-Grippe gestreift, wie Seraina es nennen würde?

Heute war Donnerstag – Verlagstag. Andrina war froh darüber, herauszukommen und nicht allein im Haus bleiben zu müssen.

Etwas Schwarzes flog auf das Fenster zu. Ein neuer Knall. Andrina machte einen Schritt zurück. Ihr Herz raste.

Nur der Fensterladen, der sich gelöst hatte. Andrina brauchte eine Weile, bis sie imstande war, sich zu rühren. Sie öffnete das Fenster, und Regen peitschte in ihr Gesicht. Rasch befestigte sie den Fensterladen und schloss das Fenster. Ein im Wind hin- und herschwingender Fensterladen. Das war es, das sie geweckt hatte.

Bevor sie zu Bett gegangen war, hatte sie überlegt, ob sie den Anschein erwecken sollte, nicht zu Hause zu sein, oder ob sie ihre Anwesenheit deutlich machen sollte.

Die erste Variante wäre gegebenenfalls eine Einladung für denjenigen, der das Haus beobachtete. Trotzdem hatte sie sich dafür entschieden, da sie bei der zweiten Option nicht sicher war, ob das den Beobachter daran hindern würde, ins Haus zu gelangen. Eventuell war es erst recht die Einladung, weil er ihr etwas antun oder von ihr in Erfahrung bringen wollte, was Enrico und sie wussten. Wenn sie über ihre Überlegungen nachdachte, musste sie einräumen, wie überreizt das herüberkommen musste. Auf der anderen Seite war es eine verständliche Reaktion nach dem Mord an Gregor und dem Anschlag auf Enrico.

Obwohl Andrina die Ursache für den Knall geklärt hatte, blieb die Anspannung. Sie öffnete die Schlafzimmertür und trat in den Gang. Als sie die Hälfte des Wegs zu Rebeccas Zimmer zurückgelegt hatte, blieb sie stehen. Nichts. Bis auf den Wind und den Regen. Sie ging in Rebeccas Zimmer, stellte sich seitlich an das Fenster und spähte hinaus. Im Licht der Straßenlaterne sah sie nur den Regen, der aufgrund der Böen waagerecht kam. Kein Auto stand vor ihrem Grundstück. Andrina unterdrückte ein Gähnen. Ihr war kalt. Sie sollte sich lieber ins Bett legen.

Andrina kehrte zum Schlafzimmer zurück und schlüpfte unter die Decke. Schlaf fand sie keinen mehr, und sie gab nach einer halben Stunde auf.

Im Dunkeln ging sie nach unten. Als sie am Wohnzimmer vorbeikam, blieb sie erstaunt stehen. Der Anrufbeantworter blinkte. Hatte sie so fest geschlafen und das Klingeln des Telefons überhört? Unschlüssig starrte sie das rote Licht an. Hatte das Spital angerufen, weil es Enrico schlechter ging?

Bitte nicht.

Andrina drückte auf die Wiedergabetaste und wappnete sich dafür, dass ein Arzt um Rückruf bat. Stattdessen hörte sie ein Rauschen. Wie von Wind und Regen. Ein Klicken, und es war wieder still. Andrina nahm das Mobilteil und rief die Anrufliste auf. Der letzte Eintrag zeigte »unterdrückt«. Der Anruf war vor einer halben Stunde eingegangen. Sie hatte es nicht klingeln gehört. Das lag vermutlich an dem Krach, den der Sturm machte. Das Display erlosch. Wer sollte sie außer dem Spital mitten in der Nacht anrufen? Es ist jemand, der sich verwählt hat, versuchte sie sich einzureden. Vergebens. Andrina dachte an die Anrufe bei Jamila. Dieser Anruf ähnelte jenen.

Das Telefon klingelte, und Andrina hätte es vor Schreck beinahe fallen gelassen. »Unterdrückt«, stand auf dem Display. Der Anrufbeantworter schaltete sich ein, und Andrina wurde von Enricos Stimme abgelenkt, die verkündete, sie seien nicht da oder wollten nicht gestört werden und der Anrufer solle bitte eine Nachricht hinterlassen. Tränen traten in ihre Augen, und eine einzelne bahnte sich den Weg die Wange nach unten. Enrico. Würde sie ihn jemals wieder in echt sprechen hören? Nach dem Piepton gab es nur Rauschen, bevor der Anruf unterbrochen wurde.

Wut drängte die Angst zur Seite. Beim nächsten Mal würde sie das Gespräch entgegennehmen und ihre Meinung sagen. Andrina setzte sich mit dem Hörer auf das Sofa und wartete. Nichts geschah.

Vor zwei oder drei Monaten hatte das Telefon einmal zu einer ähnlich frühen Zeit geklingelt. Ein Mann hatte in gebrochenem Deutsch nach seinem Bruder Zoran gefragt. Es gäbe einen Notfall mit seiner Mutter. Es war ihm unangenehm gewesen, als er realisiert hatte, sich verwählt und sie geweckt zu haben. Mehrmals hatte er sich für die frühe Störung entschuldigt.

Das war eine plausible Erklärung. Andrina stellte das Telefon zurück und ging in die Küche.

Fertig mit dem unnötigen Versteckspiel.

Andrina schaltete das Licht ein. Inzwischen war es sechs Uhr. Sie würde ein Honigbrot essen und sich einen Kräutertee machen. Das würde hoffentlich dem Magen helfen, sich zu beruhigen. Danach würde sie frühzeitig zum Verlag fahren, um ihr heutiges Pensum erledigt zu bekommen, damit sie später Enrico besuchen konnte.

***

Ein hagerer Mann stand neben Enrico am Bett, als Andrina das Zimmer betrat. Er hatte Enricos Hand angehoben, in der die Infusionsnadel steckte.

»Grüezi«, sagte Andrina.

Der Mann starrte sie an, bis ein Ruck durch seinen Körper ging und er den Gruß erwiderte.

Es kam Andrina vor, als sei er aus dem Konzept gebracht. Er legte Enricos Hand auf die Bettdecke zurück und klopfte über die Taschen des Arbeitskittels.

»Ich komme später wieder«, sagte er und zwängte sich an Andrina vorbei. Mit einem Klicken fiel die Tür hinter ihm ins Schloss.

Was sollte das? Die anderen Pfleger hatten keine Probleme mit Andrinas Anwesenheit gehabt. War er neu und war verunsichert, wenn Angehörige dabei waren? Bestimmt würde gleich ein anderer vom Pflegeteam kommen. Andrina fand es seltsam, wenn man jemanden allein zu den Patienten ließ, der unsicher war.

Andrina küsste Enrico auf die Wange, setzte sich und griff nach seiner Hand, in der keine Kanüle steckte.

Was hatte der Mann vorgehabt? Wollte er ... Lass das! Das gab es nur in Krimis.

Der Gedanke blieb hartnäckig. Abermals schaute Andrina zur Tür. Sie hatte den Mann bisher nie gesehen, was nichts heißen musste. Falls es kein Pfleger war, würde er auffallen. Oder auch nicht, da er die Arbeitskleidung getragen hatte. Andrina nahm sich vor, später nachzufragen. Sollte es sich um einen Pfleger der Station handeln, würde sie Bedenken äußern, dass ihn ihr Erscheinen nervös gemacht hatte. Sie wollte kein unsicheres Personal bei Enrico. Ein Fehler, und aus dem stabilen, kritischen würde ein kritischer, sich verschlechternder Zustand werden.

»Wie geht es dir?«, fragte Andrina Enrico. »Mir geht es so lala. Gestern hat mein Magen verrücktgespielt. Zum Glück war es nur kurz, und ich konnte heute in den Verlag.« Andrina strich über seine Hand. »Am Abend ist in Erlinsbach Räbeliechtliumzug. Gestern musste ich für Regina die Räbe schnitzen. Rebecca hat auch eine bekommen. Sie läuft zwar nicht mit, aber sie darf sie mitnehmen. Die beiden Mädchen freuen sich riesig.«

Wenn du nur dabei sein könntest, fügte sie im Stillen an. Sie legte den Kopf in den Nacken und starrte an die Zimmerdecke. Mit dem Handrücken wischte sie über ihre Augen. Nicht hier!

Sie senkte den Kopf und richtete sich auf. Enrico hatte die Augen geöffnet und schaute sie an. Ungläubig starrte Andrina ihn an. Sie musste träumen. Andrina blinzelte. Enricos Augen blieben unverwandt auf sie gerichtet. Langsam drang zu ihr vor, was gerade passierte. Sie musste jemanden holen. Andrina sprang auf.

Es klopfte.

»Grüezi, Frau Bianchi.«

»Er hat die Augen offen.«

Der untersetzte Pfleger, dem sie schon einige Male begegnet war, eilte zum Bett. Er beugte sich zu Enrico hinunter und versperrte die Sicht.

»Sie irren sich. Es ist unverändert.«

Andrina schaute an dem Mann vorbei. Enricos Augen waren geschlossen. »Eben hatte er sie auf«, intervenierte sie.

Der Mann legte die Hand auf ihren Unterarm und drückte ihn leicht. »Ich weiß, diese Situation ist alles andere als einfach für Sie. Der Wunsch kann die Realität zurückdrängen, und man kann sich leicht täuschen. Das geht allen in einer ähnlichen Situation so.« Er nahm Enricos Hand und holte eine Spritze aus der Kitteltasche. Spritze ... Der andere Mann hatte die Kitteltasche abgeklopft. Hatte er eine Spritze darin gehabt und wollte ... Stopp!

»Eben war Ihr Kollege da«, sagte Andrina.

»Welcher Kollege?«

Andrina beschrieb den Mann. Der Pfleger ging zu dem fahrbaren Möbel, das er an der Tür stehen gelassen hatte. Er entsperrte den Laptop, der daraufstand. »Kein Eintrag. Es hätte mich verwundert, da ich heute Nachmittag für Ihren Mann zuständig bin.«

»Wer ist der andere?«

»Das weiß ich nicht. Sind Sie sicher, dass der Kollege nicht nur nach dem Rechten schauen wollte?«

Eben hatte er erklärt, er sei zuständig. Das wäre also seine Aufgabe gewesen. Andrinas Puls beschleunigte sich.

»Kann jemand einfach so auf die Station spazieren und …« Ganz ruhig, ermahnte Andrina sich.

»… und sich als Pfleger verkleiden, damit er Ihrem Mann etwas spritzen kann?« Ein ärgerlicher Unterton mischte sich in seine Stimme. »Frau Bianchi, ich glaube, Ihre Nerven liegen blank, was zu einer Überreaktion führt. Ich kann Sie beruhigen. ›Einfach so‹ ist das nicht möglich.«

Er verabreichte die Spritze und kontrollierte die Geräte. Dabei machte er Notizen auf dem Laptop.

Wortlos schaute Andrina ihm zu. Meine Nerven liegen blank, aber das heißt nicht, dass ich Gespenster sehe.

Nachdem der Pfleger den Raum verlassen hatte, setzte sie sich zurück an Enricos Bett und forschte in seinem Gesicht. Seine Augen blieben geschlossen, und keine noch so leichte Bewegung der Augenlider war erkennbar.

»Ich habe es mir nicht eingebildet«, flüsterte sie. »Du warst wach.«

Andrina bog in ihre Einfahrt ab und stellte das Velo vor die Garage. Bevor sie zu Seraina nach Erlinsbach fuhr, wollte sie zu Hause nachsehen, ob alles in Ordnung war, und die Tasche holen, die sie am Morgen gepackt hatte, bevor sie zum Verlag gefahren war. Am Mittag hatte sie Seraina angerufen und gefragt, ob ihr Angebot nach wie vor gelte.

»Natürlich«, hatte ihre Schwester geantwortet. Deutlich hatte Andrina die Verwunderung herausgehört, weil sie sich umentschieden hatte. Andrina war Seraina dankbar, nicht nachgefragt zu haben, wie es zu der Meinungsänderung gekommen war.

Andrina betrachtete das Velo. Sie entschied sich, es mit zu Seraina zu nehmen. Zwar war die Strecke von Erlinsbach zum Verlag in die Stadt und zum Spital länger, aber sie wollte nicht zu bequem werden. Frische Luft und Bewegung halfen, den Kopf auszulüften, was im Moment besonders guttat. Wenn sie die Rückbank umklappte, sollte es ins Auto passen.

Andrina holte die Briefe aus dem Briefkasten und blätterte durch die Couverts, während sie zum Haus ging. Adressierte Werbesendungen und sonst nichts.

Als sie das Haus betrat, klingelte das Telefon. Die Nummer auf dem Display erkannte sie nicht.

»Meinungsforschungsinstitut, guten Abend. Wir würden Sie gerne im Rahmen –«

»Ich habe Ihrer Kollegin vor zwei oder drei Tagen gesagt, dass wir grundsätzlich an keinen Umfragen teilnehmen«, unterbrach Andrina die Frau. »Ich wäre Ihnen verbunden, wenn Sie endlich unsere Nummer aus Ihrer Liste streichen könnten und uns in Zukunft in Ruhe lassen würden.«

»Warten Sie. Hier steht, Sie hätten heute um diese Zeit einen Termin abgemacht.«

»Was? Ich mit Ihnen?«, rief Andrina ungläubig. »Für eine Umfrage?«

»Ja, das steht hier.«

»Das habe ich ganz sicher nicht gemacht.« Andrina unterbrach das Gespräch und stellte das Telefon schwungvoll auf die Festnetzstation zurück. Wütend starrte sie es an. Diese Institutionen wurden immer dreister. Sie sollte die Telefonnummer blockieren. Dazu musste sie sich im Internetportal einloggen, wofür sie jetzt keine Zeit hatte. Sie war spät dran und sollte sich beeilen, wenn sie nicht zu spät zum Räbeliechtliumzug kommen wollte.

Andrina lief nach oben und betrat das Schlafzimmer. Als sie das Licht einschaltete, blieb sie wie angewurzelt stehen. An der Wand gegenüber dem Bett saß eine große schwarzbraune Spinne. Sie war halb verdeckt von dem Stuhl, dessen Lehne einen Schatten an die Wand warf.

Es war Andrina, als sei sie vor Schock unfähig, sich zu bewegen. Sie starrte die Spinne an, und es kam ihr vor, als starre diese zurück. Ohne sich zu bewegen, schaute Andrina sich im Zimmer um. Eine weitere Spinne entdeckte sie nicht.

Ganz ruhig. Gerate bloß nicht in Panik.

Vorsichtig machte sie einige Schritte auf die Spinne zu und

blieb in genügendem Abstand stehen. Die Spinne rührte sich nicht.

Andrina zwang sich, ihren Kopf einzuschalten und die Spinne genauer zu betrachten. Ähnelte sie der in Gregors Schlafzimmer, oder sah sie wie eine normale Spinne aus, wie sie hier öfter eine gesehen hatte? Eine Aussage war nicht leicht. Sie war kleiner als die bei Gregor. Das musste nichts heißen. Es konnte sich um ein junges Exemplar handeln. Andrina nahm ihr Handy aus der Gesäßtasche und scrollte durch die Bilder, bis sie auf das Foto der Trichternetzspinne stieß. Sie war froh, es nicht gelöscht zu haben.

Der Vergleich war schwierig, da die Perspektiven unterschiedlich waren. Die Spinne an der Wand sah feingliedriger als die auf dem Bild aus und hatte im Verhältnis zum restlichen Körper längere Beine. Normalerweise würde sie von einem unliebsamen Untermieter ausgehen. Früher hatte sie in solchen Situationen Enrico gebeten, ihn hinauszubefördern. Doch das Erlebnis in Gregors Wohnung saß tief. Sie kannte sich mit Spinnen nicht aus.

Und jetzt? Ein Glas holen und sie rausschmeißen? Bei dem Gedanken schnellte Andrinas Puls nach oben.

Andrina scrollte durch die Kontaktliste und rief Samuel Häusermann an. Zu ihrer Erleichterung nahm er das Telefon nach dem dritten Klingelzeichen ab.

»Andrina? Was kann ich für dich tun?«

»Ich hoffe, ich mache mich nicht lächerlich.« Es war schwierig, die Panik aus ihrer Stimme zu verbannen.

»Was ist passiert?«

»Ich habe eine Spinne im Schlafzimmer.«

»Eine Spinne?« Andrina meinte, ein unterdrücktes Lachen mitschwingen zu hören.

»Groß. Braunschwarz.«

Schweigen.

Andrina kam sich dämlich vor. »Entschuldige, vielleicht bin ich hysterisch, aber seit Gregor …«

»Wie groß ist groß?«

»Nicht so groß wie die bei Gregor, aber mir eindeutig zu groß. Was nichts heißen muss.«

»Lass uns auf Videocall umstellen.«

Auf dem Display erkannte Andrina einen zweiten Mann neben Häusermann.

»Das ist Martin Gloor, der Spinnenexperte. Er ist bei mir im Büro.«

»Ich weiß nicht, ob es eine gefährliche ist«, sagte Andrina.

»Ich kann nach den Erlebnissen in Herrn Hartmanns Wohnung und dem, was in der Zwischenzeit alles passiert ist, verstehen, wie blank Ihre Nerven liegen, Frau Bianchi«, sagte Gloor. »Drehen Sie Ihr Handy bitte so, dass ich sie mir anschauen kann.«

Andrina kam der Aufforderung nach.

»Alles klar«, kam es aus dem Hörer, und Andrina drehte das Display zurück. »Ein prächtiges ausgewachsenes Exemplar. Zum Glück kann ich Sie beruhigen. Es ist eine Winkelspinne.«

Andrina ließ sich auf das Bett sinken.

»Bitte entschuldigen Sie …«

»Das ist kein Problem. Besser, Sie haben nachgefragt.«

Das Licht der Straßenlaternen wurde abgeschaltet, und Andrina musste langsamer gehen, da die Leute, die der Straße entlang standen, nur als dunkle Schemen auszumachen waren. Da halfen die Räbeliechtli nicht, die einzelne Kinder in der Hand hielten, die Personen deutlicher zu erkennen.

Wo waren Seraina, Michael und Rebecca?

Blöde Spinne. Je länger sie darüber nachdachte, desto peinlicher wurde ihr die Sache. Häusermann würde sie früher oder später wieder treffen, aber sie hoffte, nie mehr mit dem Spinnenexperten Kontakt zu haben.

Er musste sie für eine durchgeknallte Frau halten. Sie würde zur Lachnummer im Polizeikommando werden.

Nachdem sie das Gespräch mit Häusermann und Gloor beendet hatte, hatte Andrina nach einem großen, leeren Konfitürenglas gesucht, mit dem sie die Spinne einfangen konnte.

Obwohl sie die nächsten Tage nicht zu Hause übernachtete, verursachte es ihr Unbehagen, diese große Spinne im Haus zu wissen.

Die Spinne war nicht damit einverstanden gewesen, an die frische Luft gesetzt zu werden, und hatte die Flucht ergriffen. Nach mehreren Anläufen war es Andrina gelungen, sie in das Glas zu verfrachten, bevor sie unter das Bett krabbeln konnte. Ihr schauderte bei der Erinnerung, wie die Beine über den Glasrand hinausgeschaut hatten und die Spinne sie schließlich eingezogen hatte. Mit ausgestrecktem Arm war Andrina in den Garten gegangen und hatte die Spinne am äußersten Rand ihres Gartens in die Freiheit entlassen.

Nach Seraina Ausschau haltend, ging Andrina weiter und musterte jede Person am Straßenrand. Als sie an einem Mann vorbeilief, erhellte dessen Display kurz das Gesicht. Das Display erlosch. Der Mann holte ein Couvert aus seiner Jackentasche und reichte es der Person, die neben ihm stand. Diese wiederum reichte dem Mann ein anderes Couvert, das er rasch in die Jackeninnentasche schob.

Andrina brauchte einige Sekunden, bis sie begriff, um wen es sich handelte. Das war der Mann, den sie am Nachmittag an Enricos Bett angetroffen hatte. Sie drehte sich um. Der Mann hatte das Handy angehoben und machte ein Foto.

Hatte er etwa sie fotografiert?

»Was soll das?«, entfuhr es ihr. Sie marschierte auf den Mann zu, der sich rasch abwandte und sich mit ausgreifenden Schritten in die entgegengesetzte Richtung entfernte.

»Passen Sie auf«, herrschte eine Frau Andrina an, als sie versuchte, dem Mann zu folgen.

Sie drängelte sich durch die Menschen und erntete weitere Beschimpfungen.

Andrina blieb stehen. Der Mann war nicht mehr zu sehen.

Ganz ruhig und denke nach.

»Verzeihung, ich würde gerne ein Foto von meiner Tochter machen«, sagte ein Mann.

»Wie bitte? Entschuldigen Sie.« Andrina trat auf die Seite

und schaute dem Mann zu, wie er sein Handy hob und mehrere Fotos von einem Kind in einem Buggy machte, das eine leuchtende Räbe hielt.

Fotos …

Handy …

War das eben nicht der Mann aus dem Spital gewesen, und er hatte kein Foto von ihr, sondern von den Wartenden gemacht, die teilweise leuchtende Räben hielten?

Nochmals sah sie sein Gesicht im Licht des Displays. Wie es sich in den Brillengläsern gespiegelt hatte. Der Mann im Spital hatte keine Brille getragen.

Sie sollte endlich aufhören, in jedem Mann eine potenzielle Bedrohung zu sehen.

Andrina atmete tief ein und aus und machte sich wieder auf die Suche nach Seraina, Michael und Rebecca.

»Andrina?« Sie wurde am Arm festgehalten. »Ich dachte, du schaffst es nicht mehr rechtzeitig.«

»Seraina? Entschuldige bitte«, sagte Andrina und stellte sich neben Seraina, Michael und Rebecca an den Rand der Straße.

»Mami. Becca hat Räbe.« Rebecca hielt Andrina ihr Räbeliechtli entgegen, welches violett schimmerte. »Mami hat das schön gemacht«, sagte sie und tippte auf die Stellen, an denen Andrina die Muster hineingeschnitzt hatte, die weiß leuchteten.

»Wo warst du so lange?«, fragte Seraina.

»Es ist etwas dazwischengekommen«, erwiderte Andrina. »Ich erzähle es dir später.«

»Sie kommen«, sagte Michael.

»Räbeliechtli, Räbeliechtli, wo gasch hii? I de dunkle Nacht, ohni Stärneschii, do mues mis Liechtli sii …«, sangen die Kinder, als sie an ihnen vorbeizogen. Die Räben, die violett leuchteten, verbreiteten eine friedliche Atmosphäre. Andrina versuchte sich zu entspannen und die ruhige Stimmung auf sich zu übertragen, was nicht gelang.

SECHZEHN

Andrina fuhr vom Kantonsspital in die Tellstraße. Der Besuch bei Enrico hatte nichts Neues ergeben. Er hatte sich nicht gerührt. Nicht einmal ein Zucken der Augenlider hatte Andrina wahrgenommen. Heute war ihr nicht der hagere Mann von gestern begegnet.

»Ich finde es seltsam«, hörte sie Serainas Stimme im Kopf. Gestern hatten sie nach dem Räbeliechtliumzug über Andrinas Begegnung mit dem Mann gesprochen. »Ruf Max an. Er soll jemanden vor der Tür postieren.«

Andrina hatte sich die Szene durch den Kopf gehen lassen und war zur Überzeugung gekommen, zu viel hineinzuinterpretieren. Im Nachhinein sah der Mann aus, als habe er etwas vergessen. So wie er die Taschen des Arbeitskittels abgeklopft hatte. Nochmals wollte Andrina nicht überreagieren. Die eine peinliche Situation mit der Spinne reichte.

Andrina bog in die Bachstraße und kurz darauf in eine kleine Seitenstraße ein. Sie hielt vor dem Haus, in dem Fadrina mit der Eigentümerin und deren Neffen in einer WG wohnte. Fadrina war froh gewesen, nach der unschönen Scheidung von ihrem Mann in dieser WG untergekommen zu sein.

»Priska ist zwar unkonventionell, aber eine bessere Vermieterin kann ich mir nicht wünschen«, hatte Fadrina einmal erklärt.

Andrina schloss das Velo ab und betrachtete die Fassade. Es sah nicht danach aus, als sei jemand zu Hause.

Andrina schaute auf ihre Armbanduhr. Die Zeit stimmte. Sie ging auf das Haus zu. Fadrina öffnete die Tür, bevor Andrina geklingelt hatte. Hatte sie auf sie gewartet?

»Ich bin gerade nach Hause gekommen«, sagte Fadrina, und Andrina bemerkte den Mantel in ihrer Hand. Sie hängte ihn und Andrinas Jacke an die Garderobe. »Wo ist deine Tochter?«

»Serainas Mann hat heute frei. An den Tagen, an denen er keinen Dienst hat, unternimmt er mit seiner Tochter etwas. Er hat Rebecca mitgenommen.« Michael arbeitete bei der Autobahnpolizei und hatte unregelmäßige Dienstzeiten.

Fadrina führte Andrina ins Wohnzimmer, in dem ein Durcheinander herrschte, das nicht unordentlich, sondern gemütlich wirkte.

Auf dem Tischchen lagen verschiedene Illustrierte, und auf der Fensterbank reihten sich diverse Grünpflanzen dicht aneinander. Die Besitzerin des Hauses und somit Fadrinas Vermieterin war ein Pflanzenfan. Auf der Bank vor dem Kachelofen lagen bunte Kissen. Eine rot-weiß-schwarz gefleckte Katze lag darauf. Sie öffnete ein Auge und musterte Andrina kurz, bevor sie den Kopf wegdrehte. Der Ofen verströmte Wärme. Andrina legte ihre Hand auf die grünen Kacheln.

»Priska hat ihn am Morgen eingefeuert. Möchtest du etwas trinken? Ich glaube, wir haben einen Rest Bündner Nusstorte.«

Obwohl Fadrinas Bündner Nusstorte legendär war, lehnte Andrina ab. Sie traute ihrem Magen nach wie vor nicht. Heute Morgen war ihr erneut übel gewesen, und das Unwohlsein hatte sie den ganzen Tag begleitet. Ob das an der Schwangerschaft oder an der Magenverstimmung von vorgestern Nacht lag, wusste sie nicht.

Fadrina zeigte auf den Esstisch, um den vier Stühle standen. An der Einrichtung hatte sich seit Andrinas letztem Besuch nichts geändert. Das Ganze machte wie damals einen zusammengewürfelten Eindruck. Priska hatte die Möbel aus dem Brockenhaus. Ob etwas zusammenpasste, war ihr egal. Hauptsache, die Einrichtung erfüllte ihren Zweck. Das tat der Gemütlichkeit jedoch keinen Abbruch.

Andrina bemerkte Enricos Laptop auf dem Tisch. Fadrina hatte Wort gehalten.

»Mir ist nicht wohl bei dem Gedanken, den Computer vom Chef aus dem Büro geschmuggelt zu haben.«

»Hat es jemand mitbekommen?«

»Ich glaube nicht. Sie haben sich gewundert, warum ich vorgestern zurückgekehrt bin. Ich habe gesagt, ich hätte mein Handy vergessen. Da Enricos Büro direkt neben meinem ist und wir eine Verbindungstür haben, konnte ich den Laptop gut nehmen und in meine Tasche stecken. Wenn ich mir das Ganze recht überlege, hätte ich ihn erst heute mitnehmen können. Wieso war es dir so wichtig, dass ich ihn schon vorgestern holen sollte?«

»Damit das kein anderer tat.«

Fadrina runzelte die Stirn, erwiderte aber nichts. Sie räumte Hefte zur Seite, die auf einem der Stühle lagen. »Setz dich.« Sie zeigte auf den Stuhl. »Ich weiß nicht, was du dir versprichst, aber ich befürchte, Enrico wird nicht erfreut sein, wenn er merkt, dass ich darin herumgestöbert habe. Ich bin zwar seine Sekretärin, und er bezeichnet mich als seine rechte Hand, Zugriff zu allen Dokumenten habe ich dennoch nicht.«

»Was meinst du mit ›Zugriff‹ auf alle Dokumente?«

»Die von JuraMeds Server.«

»Das will ich nicht. Ich will nur auf seinem Laptop in seinen lokalen, privaten Ordnern nachschauen.«

Fadrina ging vor dem Tisch auf und ab und machte einen aufgelösten Eindruck. Die Tatsache, Enricos Laptop im Haus zu haben, musste für sie ein großer Stressfaktor sein. »Er wird nicht nur nicht erfreut, sondern richtig sauer sein. Er ist ein angenehmer Chef, aber in manchen Dingen kennt er kein Pardon. Der Laptop ist eins davon. Er wird nicht nur sauer, sondern stocksauer sein.«

»Im Moment ist das sein kleinstes Problem.«

»Stimmt, entschuldige.«

»Ich werde es auf meine Kappe nehmen. Immerhin habe ich dich dazu angestiftet.«

Fadrina lief weiter auf und ab. »Entschuldige. Ich bin wie ein aufgescheuchtes Huhn«, sagte sie, als sie bemerkte, wie Andrina sie musterte. Sie setzte sich neben Andrina und schlug das rechte über das linke Bein. Der Fuß wippte auf und ab. »Wir werden nicht weit kommen. Ich kenne das Passwort nicht.«

Verflixt, Denkfehler. Dieses Problem hatte Andrina außer Acht gelassen.

Andrina schaltete den Laptop ein. Fadrina zuckte zurück, als das Display aufleuchtete und die Log-in-Maske erschien.

Andrina dachte angestrengt nach. Sie tippte. »Fehlanzeige«, murmelte sie.

»Ich fasse es nicht. Wir hacken den Computer vom Chef. Er wird kaum deinen Namen oder den eurer Tochter genommen haben. Genauso wenig wie das Geburtsdatum.«

»Das habe ich nicht eingegeben. Wie viele Fehlversuche haben wir, bevor das Log-in gesperrt wird?«

»Das weiß ich nicht. Ich habe so was bisher nicht ausprobiert. Weder bei seinem noch bei meinem.«

Ausprobieren wollte Andrina es auch nicht. Denk nach, forderte sie sich auf. Enrico war nicht kreativ, was Passwörter betraf. Das hatte er selbst gesagt. »Halbwegs einfach müssen sie sein. Trotzdem habe ich sie eine Stunde später wieder vergessen.«

Der Ordner mit den Passwörtern war zu Hause. Dort standen alle drin. Galt das auch für die vom Büro? Sollte sie rasch nach Hause fahren? Fadrina und sie wohnten nur fünf Minuten mit dem Velo auseinander. Andrina bezweifelte, dass er das Passwort für den Geschäftslaptop dort notiert hatte.

Andrina starrte die Log-in-Maske an. Möglichst einfach, aber nicht zu einfach. Sie stimmte Fadrina zu, ihr Name und der von Rebecca sowie ihre Geburtstage fielen weg. Allerdings war es vorgekommen, dass Enrico Buchstabenkombinationen von ihren Namen und ihren Geburtstagen verwendet hatte. Andere Familienmitglieder gab es nicht. Stopp, das stimmte nicht ganz. Claudio. Marco. Wobei Andrina sicher war, Enrico würde nicht seinen Halbbruder als Passwort verwenden. Aber sein Vater war eine Möglichkeit. Oder seine verstorbene Mutter.

Andrina legte die Hände auf die Tastatur.

»Nimm ihn mit und probiere es in Ruhe zu Hause«, sagte Fadrina.

»Ich möchte ihn nicht zu Hause haben«, sagte Andrina. »Hier vermutet ihn keiner.«

Wie konnte eine halbwegs einfache Kombination der Namen seiner Eltern aussehen? Andrina wagte einen Versuch.

»Mist, auch nicht richtig.«

Auch die dritte Kombination war falsch. Genauso die vierte.

Sollte die fünfte falsch sein, war der Computer bestimmt gesperrt.

Andrina stand auf. »Ich bin gleich zurück«, sagte sie und eilte aus dem Haus, bevor Fadrina etwas erwidern konnte. Obwohl sie nach wie vor bezweifelte, dass Enrico das Passwort zu Hause hatte, musste sie sich vergewissern.

Fünf Minuten später erreichte Andrina ihr Haus. Sie stellte das Velo vor der Tür ab und eilte ins Innere. Ein kühler Luftzug schlug ihr entgegen. Verwundert blieb sie stehen. Die Tür des Gäste-WCs schwang mit einem leisen Quietschen leicht auf. Andrina schloss sie und schaute sich um. Es war kühl im Haus. Natürlich, bevor sie gestern gegangen war, hatte sie die Heizung auf Nachtbetrieb gestellt.

»Mach voran«, sagte sie und rannte nach oben zum Arbeitszimmer. Sie zog den Ordner, der mit »Versicherungen« angeschrieben war, heraus und blätterte durch die Policen bis zur Mitte. Andrina starrte Enricos geschwungene Handschrift an.

Würde er jemals ein neues Passwort notieren? Ein Tropfen fiel auf das Blatt, und Andrina realisierte, dass sie weinte. Energisch wischte sie mit dem Handrücken über die Wangen und ging die Liste durch. Nichts. Wie sie vermutet hatte. Frustriert starrte sie auf das Blatt. Was nun?

Vermutlich verrannte sie sich in etwas. Sie sollte die Aktion abbrechen. Immerhin hatte die Polizei den Laptop unter die Lupe genommen und nichts gefunden. Frust keimte auf. Für die Techniker war es sicher ein Einfaches gewesen, das Passwort zu knacken.

Am besten wäre es, mit Max Wagner oder Samuel Häusermann zu sprechen, ob Serainas Annahme Sinn ergab, Enrico könne einen Hinweis in den Dokumenten versteckt haben. Falls sie etwas entdeckt hatten, hätten sie ihr das gesagt oder entsprechende Fragen gestellt. Wirklich?

Andrina wollte den Ordner zurückstellen, hielt aber in der Bewegung inne. Was meinte Enrico mit »nicht privater Computer«? Das musste es sein.

Andrina notierte das Passwort auf einem Post-it.

Unter dem Passwort stand eine weitere Notiz: »Zugang von außen«. Andrina wurde heiß. Ein zweiter Denkfehler. Fadrina hatte erwähnt, es gebe auf dem Server von JuraMed Ordner, zu denen nur er Zugang hatte. Falls Enrico den Hinweis nicht lokal auf seinem Laptop, sondern dort abgelegt hatte, reichte nicht nur das Log-in. Sie benötigte zusätzlich den Zutritt von außen für JuraMed, obwohl das Fadrina nicht gefallen würde.

Andrina hatte keine Ahnung, wie das funktionierte, aber Fadrina würde es wissen. Sie notierte das zweite Passwort. Brauchte es ein weiteres Gerät? Wenn sie sich außerhalb vom Verlag einloggte, wurde ihrem Handy ein Code zugeschickt, den sie ebenfalls eingeben musste.

Zusammen mit dem privaten Computer hatte Wagner Andrina Enricos Handy zurückgegeben. Andrina lief nach unten ins Wohnzimmer. Es lag auf dem Buffet, wo sie es hingelegt hatte. Andrina steckte es ein, kehrte ins Entrée zurück und stutzte.

Wieso stand die Tür zum Gästebadezimmer auf? Hatte sie diese nicht eben geschlossen? Andrina gab der Tür einen Stoß, und sie fiel mit einem Knall zu. Eilig verließ sie das Haus.

»Et voilà«, rief Andrina. Sie lehnte sich nach hinten und beobachtete, wie die Startoberfläche mit dem Logo von JuraMed erschien.

»Wo soll er einen Hinweis abgelegt haben, den die Polizei nicht gefunden hat?«, fragte Fadrina. Sie sah weiterhin so aus, als wünschte sie sich, an einem anderen Ort zu sein und nicht neben Andrina sitzen und Enricos Computer durchforsten zu müssen.

»Zuerst schaue ich, ob ich eine Datei finde, die lokal abgespeichert ist. Wenn das nicht der Fall ist, müssen wir ins Netz von JuraMed.«

»Vorhin hast du erklärt, du wolltest dich nicht in die Firma einloggen.«

»Ich habe meine Meinung geändert. Wenn wir Pech haben und hier nichts abgelegt ist, muss ich dort nachschauen.«

»Dazu brauchst du die Zugangsdaten.«

Andrina deutete auf den Post-it und das Handy. »Du kannst mir sicher helfen.«

»Das ist die Suche nach einer Nadel im Heuhaufen. Wenn die Polizei, die speziell ausgebildete Leute dafür hat, nichts gefunden hat, wirst du es auch nicht.«

»Haben sie in den Dokumenten gesucht, die auf dem Firmenserver abgelegt sind?«

Fadrina schwieg.

»Ich muss es versuchen.« Andrina öffnete den Explorer. Sie klickte sich durch die einzelnen Ordner. Viele Dateien hatte es nicht. »Du hast vorhin gesagt, es gibt auf dem Firmennetz Ordner, auf die nur Enrico zugreifen kann«, sagte sie. »Habe ich das richtig verstanden?«

Fadrinas Blick war Antwort genug. Andrina entsperrte das Handy und schob es mit dem Laptop zu Fadrina. »Es bleibt uns nichts anderes übrig. Wie kommen wir dorthinein?«

»Er wird mich vierteilen, bevor er mich feuert.«

»Das wird er nicht. Du solltest ihn kennen.«

»Wie gesagt, es gibt Dinge, bei denen er kein Pardon kennt.«

»Bitte! Du möchtest wie ich wissen, wer sein Unwesen bei JuraMed treibt, wer Enrico auf dem Gewissen hat, und du möchtest genauso, dass keine anderen Personen zu Schaden kommen.«

Ohne zu antworten, zog Fadrina den Laptop zu sich und rief auf Enricos Handy eine App auf. Nachdem sie sich ins Firmennetz eingeloggt hatte, schob sie den Laptop zu Andrina zurück und machte Anstalten aufzustehen.

Andrina hielt sie am Arm fest. »Vier Augen sehen mehr als zwei.«

Andrina klickte sich durch die Ordner. Als sie dachte, sie würde nichts finden, tippte Fadrina mit dem Finger auf den Bildschirm. »Was ist das für ein Word-Dokument?«, fragte sie.

»F«, las Andrina.

»Wie du siehst, hat alles ein System, wie die Dateien benannt werden. Das Word-Dokument unaufgeräumt zwischen den Ordnern, zu denen nur er Zugang hat, ist seltsam. Okay, es könnte aus Versehen dort gelandet sein.«

»F«, wiederholte Andrina. »F für Finanzen?«

»Nein!« Fadrina starrte Andrina mit aufgerissenen Augen an. »F für Fentanyl. Das Dokument wurde das letzte Mal an dem Abend vor dem Anschlag auf ihn bearbeitet.« Sie tippte abermals auf den Bildschirm.

Andrina klickte auf das Dokument, das zum Glück nicht passwortgeschützt war. Sie beugten sich vor.

»Du hast recht«, flüsterte Fadrina. »Er hat Notizen gemacht.« Schweigend lasen sie den Text, der auf Italienisch in Tagebuchform gehalten war. Neues erfuhr Andrina nicht. Keiner, der einen Schlüssel zu dem Schrank hatte, hatte ihn vermisst. Enrico hatte die Securitas befragt, ob den Mitarbeitern, die in den letzten Wochen Dienst gehabt hatten, etwas aufgefallen war. Ohne Ergebnis. Die Mitarbeiter der Putzequipe hatten ebenfalls nichts bemerkt. Am Vorabend des Anschlags hatte Enrico notiert:

Eventuell hat keiner das Fehlen des Schlüssels bemerkt, da er nur kurz entwendet wurde, um einen Abdruck zu erstellen. Das kann vor Kurzem passiert sein oder länger zurückliegen. Nochmals Luis und Julian fragen, ob sie ihren Schlüssel mal vor längerer Zeit kurz vermisst haben.

Andrina stützte die Ellenbogen auf den Tisch und legte den Kopf auf die Hände. Da sie in dieser Position verharrte, legte sich Fadrinas Hand auf ihre Schulter. »Es tut mir leid, dass das eine Sackgasse ist.«

»Dich hat er auch gefragt, nehme ich an.«

»Ja. Sein Interesse war für alle offensichtlich. Er wollte den Grund für das Verschwinden wissen. Ihm ließ es keine Ruhe, dass ein Teil der Medikamente bei Gregor aufgetaucht war.«

Das war für Andrina nichts Neues.

»So spät schon«, rief Fadrina unvermittelt. »Ich habe einen Termin. Du kannst gerne bleiben und weitermachen.«

»Ich glaube, das bringt nichts.«

Andrina folgte Fadrina ins Entrée. Die Tür öffnete sich, und ein hagerer rothaariger Mann und eine Frau mit karottenroten, kurzen Haaren betraten das Haus. Die Haare der Frau sahen im Gegensatz zu denen des Mannes gefärbt aus. Sie standen vom Kopf ab, als hätte sie in eine Steckdose gefasst.

Andrina starrte den Mann ungläubig an. Nein, das ist er nicht. Für einen Augenblick war es ihr, als hätte sie dem Mann gegenübergestanden, den sie an Enricos Bett angetroffen hatte. Doch der hatte keine roten Haare gehabt und keine Brille getragen.

»Priska und Tristan«, sagte Fadrina.

Priska reichte Andrina die Hand. Sie war rau. »Freut mich.«

Tristan nickte Andrina zu. Seine dunklen Augen waren riesig hinter der Brille. Zusammen mit der ungesund grauen Hautfarbe verliehen sie ihm eine dämonenhafte Ausstrahlung. Er wandte sich ab und lief die Treppe nach oben.

»Tristan, deine Grillen«, rief Priska ihm nach und schwenkte einen Papiersack.

»Grillen?«, fragte Fadrina.

»Die für seine Tarantel.«

»Ich weiß nicht, ob ich mich jemals an die neue Bewohnerin gewöhnen werde«, sagte Fadrina. »Bis später, ich muss los.«

Andrina verabschiedete sich von Priska und eilte Fadrina hinterher.

»Tarantel?«, fragte Andrina, als sie die Zahlenkombination an ihrem Veloschloss einstellte.

»Ja. Er hat ein Faible für ausgefallene Haustiere. Seine Schlange ist vor einem Jahr oder so gestorben. Vor einem Monat hat er diese Spinne angeschafft. Ich weiß nicht, welches der beiden Tiere ich bevorzuge.«

Spinne. Andrina schaute zu den Fenstern im ersten Stock hoch.

»Soll ich den Laptop am Montag zurückschmuggeln?«, fragte Fadrina.

»Welchen Laptop?«

»Den von Enrico. Ich kann das auch morgen machen.«

»Was ist mit dem Alarm?«

»Ich weiß, wie man den abstellt.«

»Nein, warte bitte noch.«

Das war Fadrina offensichtlich alles andere als recht. Und Andrina gefiel es nicht, ihn auf dem Esstisch zurückgelassen zu haben, wo Priska und Tristan ihn sahen. Sie hoffte, Fadrina hatte nicht gesagt, wessen Laptop es war und warum er dort stand.

»Okay, aber zu lange sollten wir nicht warten, damit es nicht auffällt, wenn er weg ist. Immerhin sind es schon zwei Tage.«

»Am Wochenende merkt es keiner.«

»Okay.« Fadrina stieg auf ihr Velo.

»Ich melde mich.« Andrina schaute Fadrina nach, wie sie Richtung Stadt abbog.

Ein Spinnenfan wohnte bei Fadrina. Andrina drehte sich zum Haus um. Sie musterte die Fenster im oberen Stock. Bei einem meinte sie, einen Schemen hinter dem Vorhang zu sehen, der sich leicht bewegte.

Gibt es einen Bezug zu JuraMed, Gregor und Enrico, fragte sie sich. Nein, beantwortete sie sich die Frage selbst. Halt, korrigierte sie sich und wäre beim Brügglifeld beinahe geradeaus gefahren, anstatt rechts abzubiegen. Der gemeinsame Bezug war Fadrina.

Andrina fuhr in die Einfahrt ihres Hauses und hielt abrupt an. Das Fenster zum Gästebadezimmer stand offen.

Es gibt eine einfache Erklärung, sagte sich Andrina, während sie das Fenster anstarrte. Zögernd ging sie auf das Haus zu. Das Fenster bewegte sich im schwachen Wind. Andrina betrachtete die Scharniere und den Rahmen. Alles sah intakt aus.

Du hast vergessen, es zu schließen. Sie erinnerte sich an die Tür zum WC, die vorhin offen gewesen war. Nun war klar, warum. Andrina spähte ins Bad. Alles sah aus wie immer. Ein Knacken ließ Andrina herumfahren. Nichts war zu sehen. Sie hörte ein Maunzen, und eine rot getigerte Katze kam aus dem Gebüsch.

»Garfield!«

Der Kater maunzte ein weiteres Mal und lief mit aufgestelltem Schwanz auf Andrina zu. Schnurrend strich er um ihre Beine.

Andrina ging in die Hocke und fuhr mit der Hand über seinen Rücken. Das Schnurren intensivierte sich. Wenn der Kater von Dario Roth, der gegenüber wohnte, so entspannt war, war keine Gefahr in der Nähe.

Andrina brauchte Gewissheit. Sie ging um das Haus herum zur Terrasse. Garfield folgte ihr. Sie prüfte die Fenster und die Terrassentür. Es sah nicht danach aus, als hätte jemand versucht, sich Zutritt zu verschaffen. Andrina kehrte zur Haustür zurück. Garfield rannte an ihr vorbei und sprang mit einem Satz auf die Fensterbank des Gästebadezimmers. Bevor Andrina reagieren konnte, war er im Haus verschwunden.

»Dieser verflixte Kater«, hörte sie Darios Stimme im Kopf. »Er kennt nichts und geht überall rein. Irgendwann nimmt diese Zutraulichkeit kein gutes Ende.«

Andrina schloss die Haustür auf. »Garfield! Das ist nicht dein Haus.«

Der Kater tauchte in der Wohnzimmertür auf. Er würdigte Andrina keines Blickes, als er an ihr vorbei nach draußen stolzierte.

Andrina schloss das Badezimmerfenster und ging in die Küche, um nachzuschauen, ob verderbliche Lebensmittel im Kühlschrank waren. Seraina hatte sie am Morgen darauf angesprochen. Andrina räumte Milch, Käse und Joghurt in einen Papiersack. Sie warf einen Blick auf ihre Armbanduhr. Kurz nach siebzehn Uhr. Sie hatte Seraina versprochen, zum Nachtessen bei ihr zu sein, und hatte somit genügend Zeit.

Andrina lief nach oben und packte einige Kleidungsstücke und ihre Toilettenartikel ein, die sie gestern vergessen hatte. Im Wohnzimmer wollte sie den Laptop holen.

Auf dem Esszimmertisch war er nicht. Sie war sicher, ihn gestern daraufgestellt zu haben. Aufgrund der Sache mit der Spinne und der Hektik, rechtzeitig zum Räbeliechtliumzug zu kommen, war er dortgeblieben. Nur die Computermaus lag in der Mitte des Tisches neben einem Schreibblock, den Andrina ebenfalls hatte mitnehmen wollen. Hatte sie ihn gestern doch eingepackt? Nein. In der Tasche, die sie zu Seraina mitgenommen hatte, war er nicht. Im Auto war er ebenfalls nicht. Andrina ging ins Entrée und öffnete den Rucksack, den sie gestern dort platziert hatte. Er war leer. Hatte sie ihn mit ins Arbeitszimmer genommen? Das tat sie gewöhnlich nicht. Momentan war nichts normal. Andrina lief die Treppe hoch. Sie schrie auf, strauchelte und ließ sich auf den Bürostuhl fallen. Dort, wo eigentlich ihr Computer stand, herrschte gähnende Leere.

Häusermann und Brogli setzten sich Andrina gegenüber an den Küchentisch. Sie waren von einer Befragung auf dem Weg ins Polizeikommando gewesen, als man sie verständigt hatte. Andrina war Broglis Anwesenheit alles andere als recht. Der Mann mit der gedrungenen Gestalt und den sich lichtenden Haaren hatte die Beine unter dem Tisch ausgestreckt und die Hände über dem voluminösen Bauch gefaltet. Er war einer der Letzten, die Andrina momentan sehen wollte.

Ein spöttischer Gesichtsausdruck hatte den überdrüssigen verdrängt, den er normalerweise zur Schau trug. Sie fragte sich, wann heute der erste ätzende Kommentar kommen würde.

»Von vorne«, sagte Häusermann. »Dir ist nichts aufgefallen, als du nach Hause gekommen bist?«

»Nur das Badezimmerfenster, das offen stand.«

»Von dem Sie aber nicht sicher sind, ob Sie vergessen haben, es nach dem Lüften zu schließen.«

Andrina nickte und versuchte den Spott auszublenden, der mitschwang. Dieses Mal würde sie sich nicht von ihm provozieren lassen.

Ein Mann in einem weißen Ganzkörperanzug betrat die Küche. »Das Fenster weist keine Einbruchspuren auf.«

»Eine bessere Einladung haben Sie den Einbrechern nicht liefern können.«

»Ich bin momentan nicht ganz auf der Höhe und habe meine Gedanken nicht beieinander.«

»Das soll kein Vorwurf sein«, sagte Häusermann. Er schaute Brogli an, der zu einer Erwiderung ansetzte, sich aber auf ein süffisantes Grinsen beschränkte.

Andrina verstand nicht, wieso Max Wagner dieser menschlichen Katastrophe nicht kündigte. Personenknappheit hin oder her. Vermutlich lag es an Susanna. Wenn Andrina es richtig im Kopf hatte, hatte sie sich bisher nicht dazu geäußert, ob sie nach dem Mutterschaftsurlaub in den Dienst zurückkehren wollte. »Ich möchte mir alle Optionen offen behalten«, hatte sie erklärt, »da ich nicht einschätzen kann, wie der Alltag mit zwei kleinen Kindern sein wird.«

»Wie es aussieht, hat der Einbrecher zielgerichtet die beiden Computer mitgenommen, oder fehlen andere Dinge?«, fragte Häusermann.

»Soweit ich das gesehen habe, nein.«

»Habe ich das richtig verstanden, beides war da, als du vor zwei Stunden im Haus warst?«, fragte Häusermann.

»Bei meinem Laptop weiß ich das nicht, da ich nicht im Wohnzimmer war. Beim Computer im Arbeitszimmer bin ich mir dagegen zu hundert Prozent sicher. Er war vorhin noch da.«

Häusermann stand auf und lief auf und ab.

»Wer könnte ein Interesse haben, die beiden Computer zu stehlen?«, murmelte Häusermann.

»Elektronische Geräte werden gerne mitgenommen«, sagte der Beamte der Spurensicherung, der sich gegen den Türrahmen gelehnt hatte.

»Warum hat er dann den Fernseher nicht mitgenommen?«, fragte Häusermann.

»Das Gerät sieht antiquiert aus«, antwortete Brogli.

Nicht aufregen und provozieren lassen, dachte Andrina.

»Das würde ich nicht sagen«, erwiderte der Beamte. »Ich würde davon ausgehen, er wurde gestört.« Er schaute zu Andrina. »Von Ihnen, als Sie heimgekehrt sind.«

»Mir ist nichts aufgefallen«, erwiderte Andrina. »Garfield war im Haus, und er wäre nicht reingegangen, wenn eine fremde Person hier gewesen wäre.« Das stimmte nicht ganz, musste Andrina einräumen. Der Kater war zutraulich und ließ sich gerne von jedem auf der Straße streicheln.

»Wer ist Garfield?«, fragte Brogli.

»Der Kater unseres Nachbarn. Er ist durch das Badezimmerfenster ins Haus gegangen.«

»Ich muss Ihnen recht geben«, sagte der Beamte. »Er muss bereits außerhalb des Hauses gewesen sein. Weder die Terrassentür noch ein anderes Fenster waren geöffnet. Ich stelle mir das Szenario so vor: Er ist durch das Fenster des Gästebades rein und wieder mit dem Diebesgut raus. Als er die Sachen im Auto verstaute, sind Sie heimgekommen, und er konnte nicht mehr zurück, um andere elektronische Geräte zu holen.«

»Ist dir etwas aufgefallen?«, fragte Häusermann. »Ein Auto, das nicht ins Quartier gehört. Eine Person?«

»Nein.«

»Das Vorgehen ergibt keinen Sinn«, sagte Häusermann. »Andrinas Laptop war im Wohnzimmer. Dort steht gut ersichtlich der Fernseher. Trotzdem lässt er ihn links liegen, geht nach oben ins Arbeitszimmer und holt sich den Computer. Das sieht für mich zielgerichtet aus.«

»Er befürchtet, auf den Computern ist etwas, das ihn belasten könnte«, sagte Andrina.

»Wovon sprichst du?«

»Enrico hat selbst nachgeforscht, was es mit dem Verschwinden des Fentanyls auf sich hatte. Das haben alle bei JuraMed –«

»Nicht nur Sie, sondern auch Ihr Mann hat nichts gelernt«, unterbrach Brogli sie. »Ich frage mich, wann Sie begreifen, dass solches Handeln auf eigene Faust kein Spiel ist. Ihr Mann hat nun die Konsequenzen zu spüren bekommen.«

»Silvan, es reicht!« Häusermann funkelte ihn an. Als Brogli zu einer Erwiderung ansetzte, hob Häusermann die Hand, und Brogli klappte zu Andrinas Erstaunen den Mund wieder zu. Häusermann wandte sich an Andrina. »Wie du weißt, gehen wir davon aus, dass Enrico den Täter mit seinen Fragen nervös gemacht hat, und dieser sah sich gezwungen zu handeln. Daraufhin haben wir sowohl seinen Laptop als auch euren privaten Computer untersucht. Es gibt keine E-Mails und keine Dokumente, die Hinweise auf den Anschlag liefern. Wir haben auch keine Notizen von Enrico gefunden, die helfen könnten.«

»Er hat sie im Firmennetz abgelegt.«

»Woher weißt du das?«

»Ich habe mich eingeloggt«, sagte Andrina leise.

»Auch das noch«, stöhnte Brogli.

»Du hast was?«, rief Häusermann. »Womit? Über deinen Computer?«

»Mit Enricos Firmenlaptop. So hatte ich Zugriff auf spezielle Ordner, die nicht allen zugänglich sind.«

»Warst du etwa bei JuraMed?« Häusermanns Stimme gewann an Schärfe. »Andrina! Du hast gesehen, was mit deinem Mann passiert ist. Begib dich nicht wie dein Mann in Gefahr.«

***

»Puh«, stöhnte Michael, nachdem Andrina geendet hatte. »Das hört wohl nie auf.«

»Du sagst, Enrico habe nichts herausgefunden«, sagte Seraina.

»Nein, soweit ich es anhand seiner Notizen beurteilen kann.«

»Das weiß die Person nicht, die ihn auf dem Gewissen hat. Ich verstehe, wenn Sämi sauer ist, wenn du eigene Nachforschungen anstellst. Dir soll nicht das Gleiche passieren.«

Er hat recht, musste Andrina zugeben. Allerdings hatte Häusermann eingeräumt, nicht auf die Idee gekommen zu sein, Enrico habe Informationen auf dem Firmennetz von JuraMed abgelegt.

»Wie geht es Enrico?«, fragte Seraina.

»Unverändert. Wobei …«

»Ja?«

»Er hatte gestern die Augen offen.« Gestern hatte Andrina es verschwiegen, da sie inzwischen selbst daran gezweifelt hatte.

»Das sind gute Neuigkeiten.«

»Ich bin mir aber nicht sicher, ob ich es mir eingebildet habe.«

»Wieso?«, fragte Michael.

Andrina berichtete noch mal, was im Spital vorgefallen war.

»Hast du das mit diesem seltsamen Pfleger Sämi gesagt?«, fragte Michael.

»Er will sich darum kümmern.« Andrina war Häusermann dankbar, weil er nicht wie Brogli die Aussage mit einer Handbewegung abgetan hatte. Deutlich hörte sie den Spott, als Brogli auf den Vorfall mit der Spinne in ihrem Schlafzimmer hingewiesen hatte.

»Du meinst, es wird tatsächlich wie im Film ein Polizist vor Enricos Tür gesetzt, der aufpassen soll?«, fragte Seraina.

»Das weiß ich nicht.«

»Auf diese Informationen brauche ich etwas zu trinken«, sagte Michael. »Tee?«

»Ja gerne«, sagte Seraina.

Michael verließ das Wohnzimmer.

»Ich hoffe, Sämi findet einen Weg, um auf Enrico aufzupassen«, griff Seraina das Thema wieder auf. »Das, was du über diesen Pfleger erzählst, klingt wirklich beunruhigend. Gestern habe ich das nicht so ernst genommen. Und du hast ihn nie vorher auf der Station gesehen?«

»Nein. Das muss aber nichts heißen.«

»Bist du sicher?«, fragte Seraina. »Immerhin hatte er eine Brille und rote Haare.«

»Du verwechselst etwas. Der mit den roten Haaren und der Brille ist nicht der Pfleger, sondern Tristan.«

»Wer ist Tristan?«

»Er wohnt in Fadrinas WG.«

»Stimmt. Ich habe langsam ein Durcheinander.«

»Tristan ist bei der Spitex angestellt und hat eine Ahnung von der Materie«, fiel Andrina ein, was Fadrina ihr früher einmal erzählt hatte.

»Die Damen, hier ist der Tee. Für dich mit einem Schuss Rum, Andrina. Das beruhigt.«

»Bitte keinen Alkohol«, sagte Andrina leise.

Serainas Kopf fuhr herum. Andrina starrte auf ihre Hände.

»Keinen Cappuccino und keinen Alkohol. Ist das wahr, was ich vermute?«, fragte Seraina.

SIEBZEHN

Andrina bog mit dem Velo auf das Areal des Kantonsspitals ein. Der Nieselregen verstärkte sich, und sie zog die Kapuze hoch, um die letzten Meter zu Fuß zu gehen.

Das Handy klingelte, und Andrina kehrte zum Velounterstand zurück. Elisabeth.

Über das Wochenende hatte Andrina überlegt, wie sie Elisabeth am besten über den gestohlenen Laptop informieren sollte. Persönlich am Dienstag oder heute am Telefon? Es würde kein angenehmes Gespräch werden. Andrina hatte sich am Morgen entschlossen, es besser gleich zu erledigen. Elisabeth hatte das Telefon nicht abgenommen, und Andrina hatte auf der Combox die Nachricht hinterlassen, sie bitte zurückzurufen.

»Morgen fahre ich in die Ferien. Daher würde ich gerne die Teamsitzung heute Nachmittag abhalten«, sagte Elisabeth und brachte damit Andrina aus dem Konzept. Hatte sie ihre Nachricht nicht abgehört? Und Elisabeth fuhr in die Ferien? Daran hatte sie nicht mehr gedacht.

»Soll ich ins Büro kommen?«, fragte Andrina.

»Wenn du möchtest, können wir dich per Teams dazuschalten.«

»Das wird nicht gehen. Ich komme lieber ins Büro.«

»Ich dachte, es wäre einfacher für dich.«

»Das wäre es normalerweise, aber mein Laptop ist am Freitag gestohlen worden.«

Stille am anderen Ende, und Andrina überlegte, ob die Verbindung unterbrochen worden war.

»Gestohlen?« Elisabeth klang schrill. »Das sagst du erst jetzt? So nebenbei? Wie konnte das passieren?«

»Bei mir zu Hause ist eingebrochen worden. Der oder die Diebe haben meinen privaten Computer und meinen Laptop mitgenommen.«

»In dem Fall kommst du heute Nachmittag ins Büro, damit

wir das im Detail besprechen können«, schnauzte Elisabeth ins Telefon, und Andrina musste das Handy ein Stück vom Ohr weghalten.

Bevor Andrina antworten konnte, hatte Elisabeth das Gespräch beendet.

Das würde eine Standpauke geben. »Ich kann nichts dafür«, murmelte Andrina. Das stimmte nicht. Sie hatte das Badezimmerfenster offen gelassen.

Andrina steckte das Handy in die Jackentasche und ging wieder los.

Ein Mann kam ihr entgegen. Die Kappe war tief in die Stirn gezogen. Er drehte den Kopf weg, als er an Andrina vorbeiging.

Moment mal. Das war der Pfleger, den sie das letzte Mal in Enricos Zimmer angetroffen hatte. Er schob ein Velo aus dem Unterstand, als Andrina auf ihn zueilte. Kurz bevor sie ihn erreichte, sprang er auf. Andrina holte das Handy hervor. Es gelang ihr, ein Foto zu schießen, als er davonraste.

Sie hatte ihn von der Seite erwischt. Das Gesicht hatte er ihr halb zugewandt, aber das Bild war zu verschwommen, und man konnte die Gesichtszüge nicht erkennen. Hager. Es konnte jeder sein.

Als Andrina die Intensivstation betrat, kam ihr Dr. Marti entgegen. »Frau Bianchi, gerade wollte ich Sie anrufen. Ich möchte kurz mit Ihnen sprechen.« Sie klang fröhlich. »Ihr Mann ist heute Morgen aufgewacht«, sagte sie, und Andrina wurde schwindelig. »Damit hat er uns alle überrascht.«

Zu mehr, als sie anzustarren, war Andrina nicht fähig. Also hatte sie sich am Donnerstag nicht getäuscht.

»Er hat sogar gelächelt«, fuhr Dr. Marti fort.

»Das heißt …«

»Das heißt, er hat einen wichtigen Schritt getan. Ich bin vorsichtig optimistisch. Trotzdem hat er einen langen Weg vor sich, und ob er sich ganz erholen wird, kann ich Ihnen nach wie vor nicht versprechen. Wir werden alles daransetzen, dass es so sein wird. Gehen wir zu ihm.«

Sie öffnete die Tür zu Enricos Zimmer.

Enrico lag da wie die letzten Tage: das Gesicht der Tür zugewandt und die Augen geschlossen. Andrina spürte einen Stich der Enttäuschung.

»Es ist verständlich, dass er nun schläft«, sagte Dr. Marti mit gedämpfter Stimme. »Die fünf Minuten, die er heute Morgen wach war, waren für ihn anstrengend. Setzen Sie sich zu ihm. Er wird Ihre Anwesenheit spüren.«

»Enrico«, flüsterte Andrina und nahm seine Hand. Bildete sie es sich ein, oder war sie nicht mehr so kalt und so klamm wie die Tage davor?

»Enrico, ich bin es«, flüsterte sie ein weiteres Mal.

Enricos Augenlider zuckten, und Andrina hielt den Atem an. Gebannt starrte sie ihn an, aber er öffnete die Augen nicht.

***

»Danke für die Zeit, die du dir genommen hast«, sagte Elisabeth und klickte auf Absenden. Sie klang freundlicher als am Morgen am Telefon.

»Das ist das Mindeste, das ich tun konnte«, erwiderte Andrina.

Nach der kurzen Teamsitzung, in der der gestohlene Laptop mit keinem Wort erwähnt worden war, hatte Elisabeth Andrina in ihr Büro gebeten. »Lass uns bitte das Formular für die Versicherung ausfüllen«, hatte sie Andrina aufgefordert.

Andrina hatte nicht gewusst, dass Diebstahl inbegriffen war, aber sie war froh darum. Hoffentlich würde die Versicherung wegen des offenen Badezimmerfensters keine Probleme machen. Die erwartete Standpauke war zu Andrinas Erleichterung ausgeblieben.

»Es tut mir leid, weil ich nicht besser achtgegeben habe«, sagte Andrina und schob Elisabeth das Formular zu.

»Das kann passieren. Keiner von uns ist vor Einbruch sicher. Kannst du mit deinem privaten Computer auf unser Netzwerk zugreifen?«

»Der ist ebenfalls weg.«

»Sie haben beide mitgenommen? Das habe ich in dem Fall falsch verstanden. Was wurde sonst noch gestohlen?«

»Nur die Computer. Verwüstet haben sie nichts. Daher habe ich es nicht gleich realisiert.«

Elisabeth schob ihre Brille nach vorne und musterte Andrina über den Rand hinweg. »Mich beunruhigt das alles. Pass bitte auf dich auf.« Sie erhob sich. »Ich frage Kilian, ob wir einen alten Laptop herumstehen haben. Falls ja, soll er den für dich einrichten. Aber es eilt nicht. Du hast genügend anderes um die Ohren.«

»Es würde mich ablenken.«

»Das verstehe ich. Fragen wir Kilian.«

Nachdem Kilian versprochen hatte, sich darum zu kümmern, verabschiedete Andrina sich.

Bevor sie nach Erlinsbach fahren wollte, wollte sie einen Abstecher nach Hause machen, um die Post aus dem Briefkasten zu nehmen und zu schauen, ob alles in Ordnung war.

Andrina verließ das Gebäude, in dem sich das Büro des Cleve-Verlags befand. Es dunkelte ein, als sie das Velo zur Straße schob und losfuhr. Sie erreichte die Bachstraße, hielt sich rechts und bog knappe drei Minuten später in die Quartierstraße ein, in der sie wohnte.

Eine Person stand vor ihrem Briefkasten. Sie hatte sich nach vorne gebeugt, als läse sie den Namen auf der kleinen Tafel. Als Andrina sich ihr näherte, erkannte sie, dass es sich um eine Frau handelte. Sie trug einen langen, engen schwarzen Rock und einen kurzen Mantel, der ebenfalls schwarz war.

Andrina hielt hinter ihr an, und die Frau fuhr herum. Sie war älter, als sie von Weitem ausgesehen hatte. Für einige Sekunden dachte Andrina, sie stände Lucia gegenüber. Doch diese Frau war kleiner und zierlicher und wirkte zerbrechlich. Am Ansatz ihrer schwarzen, kurz geschnittenen Haare erkannte Andrina Grau.

»Kann ich Ihnen helfen?«

»Nein, danke.«

Sie wandte sich ab, bevor Andrina etwas erwidern konnte.

Das war nicht kurz angebunden, sondern richtiggehend abweisend. Mit durchgestrecktem Rücken entfernte die Frau sich. Würdevoll, dachte Andrina. Aber unheimlich.

Andrina öffnete den Briefkasten und nahm drei Briefe heraus. Während sie zum Haus ging, blätterte sie die Couverts durch. Die Stromrechnung und zwei an sie adressierte Werbesendungen. Andrina betrat das Haus und lauschte. Stille, die aber nicht bedrohlich war. Andrina legte die Couverts auf das kleine Möbel neben der Garderobe und ging nach oben. Es sah alles wie beim letzten Mal aus. Nur die leere Fläche auf dem Schreibtisch erinnerte an das, was geschehen war. Andrina schüttelte das aufkeimende Unbehagen ab und füllte die Gießkanne im Badezimmer auf. Sie kehrte zum Arbeitszimmer zurück und goss die Topfpflanzen. Eine Bewegung auf der Straße ließ sie aufmerken. Vor dem Briefkasten stand die Frau von vorhin. Sie schaute sich um, bevor sie ein Couvert hineinwarf und sich mit raschen Schritten entfernte.

Andrina rannte nach unten und lief zur Straße. Die Frau war verschwunden.

Andrina musterte das Couvert, bevor sie es herausnahm. Es war nicht beschriftet, und die Lasche war lose eingesteckt. Vorsichtig tastete sie es ab. Es war flach. Sie kehrte ins Haus zurück und betrachtete das Couvert von beiden Seiten. Vorsichtig zog Andrina die Lasche heraus. Nur ein zusammengefaltetes, computergeschriebenes Blatt lag darin.

Sehr geehrte Frau Bianchi
Ich bin mir nicht sicher, das Richtige zu tun, aber ich weiß keinen Ausweg. Wenn ich schweige, mache ich mich mitschuldig. Beweise habe ich keine, aber seit Längerem habe ich die Befürchtung, hinter den Anschlägen könnte mein Sohn stecken. Besonders seit dem Attentat auf Ihren Mann. Er ist in der Firma Ihres Mannes angestellt.
Bitte passen Sie auf sich auf. Gott schütze Sie.
M. K.

Andrina starrte die Zeilen an. Von Neuem sah sie die schwarz gekleidete Frau vor sich. Angst kroch ihren Nacken hoch. Sie rannte ins Wohnzimmer, wo sie ihre Tasche abgestellt hatte, und holte ihr Handy hervor. Ihre Finger zitterten, als sie die Kontaktliste aufrief und die Namen nach unten scrollte. Sie tippte auf das Display.

Es klingelte.

Lange.

Bitte nimm ab!

»Hallo, Andrina.«

»Sämi, ich –«

»Ich bin es, Marco.«

»Was? Wieso nimmst du Sämis Handy ab?«

»Du hast mich angerufen.«

Andrina nahm das Handy vom Ohr. Auf dem Display stand Marcos Namen. Sie musste danebengetippt haben. Marco Feller war in ihrer Liste über Samuel Häusermann.

»Andrina? Was ist passiert?«

»Ich … Ich habe einen Brief bekommen … Kannst du mir bitte Sämi geben?«

»Das geht nicht, ich fahre gerade bei mir zu Hause vor. Was für einen Brief?«

»Ich …«

»Wo bist du?«

»Zu Hause.«

»Ich bin in fünf Minuten bei dir.«

Die beiden Männer beugten sich über den Brief, der in einer Klarsichtmappe auf dem Esszimmertisch lag. Nachdem Marco bei Andrina eingetroffen war, den Brief gelesen und festgestellt hatte, dass keine unmittelbare Gefahr drohte, hatte er Häusermann angerufen.

»Hast du den Brief in die Hand genommen?«, fragte Häusermann Marco.

»Nein.«

»Du aber?«, wandte er sich an Andrina.

»Ja.« Sie ärgerte sich, nicht besser reagiert zu haben. Ihr hätte klar sein müssen, dass sie den Brief nicht hätte anfassen dürfen.

»Das ist seltsam«, sagte Häusermann und richtete sich auf. »Die Frau beschuldigt ihren eigenen Sohn. Wieso wendet sie sich nicht an die Polizei?«

»Du sagtest, du hast sie vorher nie gesehen?«, fragte Marco.

»Ja.«

»Kannst du sie beschreiben?«, bat Häusermann.

Andrina tat ihm den Gefallen. Häusermann schrieb Stichworte in sein Notizbuch.

»M. K. – Du kannst dir nicht vorstellen, wer sich hinter diesem Kürzel verbirgt?«, fragte er.

Andrina schüttelte den Kopf.

»Es könnten nicht die Kürzel der Briefeschreiberin, sondern die der Person sein, die sie beschuldigt«, sagte Marco.

»Wieso glaubst du das?«

»Ich habe zwar erlebt, wie Straftäter von den eigenen Angehörigen angezeigt worden sind, aber in solchen Fällen haben sie sich an die Polizei gewandt. Das tut sie nicht.«

»Du meinst, es ist ein Hilferuf?«, fragte Häusermann nachdenklich. »Nach dem Motto: Ich bin die Schuldige und komme aus der kriminellen Spirale nicht mehr heraus.«

»So in etwa.«

»Willst du damit sagen, die Person, die den Brief verfasst hat, hat die Straftaten begangen?«

»Das wäre denkbar.«

»Das klingt phantasievoll.« Häusermann kratzte sich an seiner Nase. »Du meinst also, sie steckt hinter dem verschwundenen Fentanyl, dem Mord an Herrn Hartmann und dem Anschlag auf Enrico?«, hakte er nochmals nach.

»Ich weiß, für eine Frau klingt das heftig. Es bedeutet nicht automatisch, sie hat es selbst ausgeführt.«

»Sondern ihr Sohn. Und dieser Brief könnte ein Anzeichen für Reue sein.«

»Muss es sich um den Sohn handeln?«, fragte Marco.

»Sie schreibt hier ›Sohn‹.«

»Ich finde, das muss nichts heißen. Er könnte der Platzhalter für sie sein, falls sie es war.«

»Wieso Sohn und nicht Tochter?«

In Andrinas Kopf schwirrte es, und sie hatte Mühe, der Diskussion der beiden zu folgen.

»Könnte sie bei Enrico angestellt sein?«, wandte Häusermann sich an Andrina.

»Keine Ahnung. Ich kenne nicht alle Mitarbeiter. Allerdings erschien sie mir älter.«

»Was meinst du mit älter?«

»Rentenalter.«

Häusermann lehnte gegen die Tischkante und schaute zum Fenster. Marco ging auf und ab. Bei der dritten Runde blieb er beim Schwedenofen stehen. »Eine andere Möglichkeit ist, dieser Brief soll Verwirrung stiften. Die Frau könnte Kurier gewesen sein, und es handelt sich nicht um ihren Sohn.«

»Wer kommt auf die Idee, eine Frau im Rentenalter – das hieße vierundsechzig aufwärts«, sagte Häusermann. »Kommt das hin, Andrina?«

»Ja, ungefähr.«

»Also, sie als Kurierdienst zu benutzen? Oder anders, welche Frau in diesem Alter lässt sich darauf ein? Es sei denn, sie kennen sich. Allerdings finde ich es in diesem Fall fraglich, wenn sie sich auf so etwas überhaupt einlässt.«

»Der Verdacht könnte auf jemanden gelenkt werden, der ohnehin verdächtig sein kann«, mischte Andrina sich ein.

»Wie meinst du das?«, fragte Häusermann.

»Anfangs dachte ich, es sei Lucia.«

»Stimmt, du sagtest, von Weitem hatte sie Ähnlichkeit mit ihr.« Marco fasste sich ans Kinn, wie er es immer tat, wenn er nachdachte. »Lass uns diesen Brief auf Fingerabdrücke untersuchen.«

Häusermann nahm die Klarsichtmappe mit dem Brief und steckte sie ein. »Mir ist nicht wohl bei dem Gedanken, wenn du allein hierbleibst«, wandte er sich an Andrina. »Ich finde es beunruhigend, wenn sie dir so nahe kommt.«

ACHTZEHN

Die Schranke zum Parkplatz war oben, als Andrina bei JuraMed vorfuhr. Nachdem sie den Motor ausgeschaltet hatte, blieb sie sitzen und schaute zu dem Gebäude. Auf den Parkfeldern, die der Geschäftsleitung vorbehalten waren, stand Enricos Wagen. Als wäre er normal bei der Arbeit.

Nach einer mehrheitlich schlaflosen Nacht war Andrina zum Schluss gekommen, Fadrina zu fragen, ob es einen Mitarbeiter gab, dessen Nachname mit K anfing. Am Telefon hatte Andrina das nicht besprechen wollen und hatte deshalb Fadrina gefragt, ob sie am späten Nachmittag Zeit habe. In der Hoffnung, die meisten Mitarbeiter wären gegangen. Gesehen werden wollte sie nach Möglichkeit nicht. Diese Hoffnung schien sich zu zerschlagen, wenn sie die geparkten Autos zählte.

Im Verlag hatte keiner sie gefragt, was sie vorhabe, als sie sich in einen verfrühten Feierabend verabschiedet hatte.

Es dunkelte ein. Reichlich früh. Doch kein Wunder bei dem Hochnebel, der wie ein Deckel über dem Mittelland hing. Den ganzen Tag war es nicht richtig hell geworden.

Andrina holte ihr Handy hervor und rief Fadrina an, wie sie es abgemacht hatten. Sie wollte nicht einfach so mit Enricos Badge in das Gebäude spazieren.

Fadrina nahm nach dem zweiten Klingelzeichen ab. »Ich komme.«

Andrina ging auf das Gebäude zu. Bei Enricos Wagen blieb sie stehen und schaute hinein. Auf dem Beifahrersitz lag sein Wintermantel. Sie erinnerte sich, wie er an dem Morgen ins Haus zurückgekehrt war, um ihn zu holen. Er hatte sie ein weiteres Mal geküsst, als hätte er geahnt, nicht so schnell wieder nach Hause zu kommen.

»Andrina?«

Andrina hatte Fadrina nicht bemerkt, wie sie sich genähert hatte. Sie stellte sich neben Andrina und schaute auf den Wagen.

»Für mich ist es am schlimmsten, jeden Morgen an seinem Auto vorbeizugehen«, sagte sie. »Für einen kurzen Augenblick denkst du, alles sei normal.« Sie berührte Andrinas Arm. »Komm, es ist ungemütlich hier draußen.«

Andrina folgte Fadrina zu deren Büro. Tatsächlich waren viele Mitarbeiter da.

Andrinas Anwesenheit löste unterschiedliche Reaktionen aus. Die einen nickten ihr zu, andere blickten rasch auf die Seite, und wieder anderen war die Angst in den Augen deutlich anzusehen. Sie schienen sich zu fragen, was die Anwesenheit der Frau des Inhabers zu bedeuten hatte. Deutlich konnte sie sehen, wie es in den Köpfen der Leute arbeitete, und sie war sich sicher, die Spekulationen würden losgehen, sobald sie außer Sichtweite war.

Andrina war sich nicht mehr sicher, ob es schlau gewesen war, herzukommen. Eine weitere Verunsicherung bei der Belegschaft wollte sie nicht hervorrufen. Und – das war ein anderer Punkt, weshalb sie sich nicht in der Firma hatte zeigen wollen – einer von den Mitarbeitern konnte die Person sein, die für den Anschlag auf Enrico verantwortlich war.

Sie hätte mit Fadrina an einem neutralen Ort abmachen sollen. Das hätte nichts gebracht, musste Andrina einräumen. In einem Restaurant hatte Fadrina keinen Zugriff auf die Datenbank von JuraMed.

Fadrina schloss ihre Bürotür zum Korridor und die Verbindungstür zu Enricos Büro. Andrina schaute durch das Glas auf sein Pult. Einzelne Blätter und eine Mappe lagen darauf. Der Laptop stand an seinem Platz. Soweit Andrina wusste, war es Fadrina gelungen, ihn zurückzuschmuggeln, ohne dass es jemand mitbekommen hatte.

»Du sagtest, du brauchst meine Hilfe?«, fragte Fadrina.

»Ja.« Andrina berichtete von der Frau und dem Brief.

»Das klingt seltsam«, sagte Fadrina, nachdem Andrina geendet hatte. »Nun ist mir klar, weshalb Herr Häusermann heute Morgen anrief und mich um eine Namensliste der Mitarbeiter bat.«

Logisch, sie haben ähnliche Rückschlüsse wie ich gezogen.

»Darfst du die Liste einfach so aushändigen?«

»Wenn ein Beschluss der Staatsanwaltschaft vorliegt, muss ich das, es sei denn, ich will mir Ärger einhandeln.«

»Darfst du auch mir diese Liste geben?«

Fadrina neigte den Kopf von rechts nach links, als wolle sie sagen, es nicht zu wissen. »Welche Information brauchst du? Ich schaue dann nach.«

»Gibt es Mitarbeiter, deren Nachname mit K anfängt?«

Fadrina setzte sich an ihr Pult und klickte einige Male. »Jürgen Keller. Er dürfte aber nicht passen. Mit zweiundsechzig kann er nicht der Sohn dieser Frau sein. Stefan Koenig. Er ist Anfang fünfzig. Auch er passt in meinen Augen nicht. Kira Kissling. Sie hat im vergangenen Sommer eine KV-Lehre angefangen. Wenn sie es ist, ist deine geheimnisvolle Frau die Großmutter von ihr. Du sagtest aber, du suchst nach einer männlichen Person.« Fadrina legte den Zeigefinger gegen die Lippen, während sie durch die Liste scrollte. »Hans Künzi. Er ist Mitte dreißig und würde passen. Allerdings ist er für einen Monat in den Ferien in Südafrika. Er war also zu den fraglichen Zeitpunkten nicht hier.« Sie schaute auf.

»Gibt es noch jemanden?«

»Das sind alle mit K.«

Sackgasse. Andrina durchquerte das Büro. Sie schaute auf den Parkplatz.

»Wieso muss der Nachname der Person mit K beginnen?«, fragte Fadrina.

»Die Frau hat mit M. K. unterschrieben.«

»Sie könnte den Namen umgedreht haben.«

Zuerst wusste Andrina nicht, was sie meinte. »Du meinst, sie hat in dem Kürzel zuerst ihren Nachnamen genannt?«

»Offenbar möchte sie nicht mit dieser Botschaft oder dem Täter in Verbindung gebracht werden.«

»Warum schreibt sie den Brief? Sie muss damit rechnen, dass ich die Polizei kontaktiere.«

»So weit hat sie nicht gedacht. Ihr ging es in erster Linie darum, dich zu warnen. Oder ihr Gewissen zu entlasten.«

»Das hätte sie anders machen können. Sie gibt einiges preis, indem sie ›Sohn‹ schreibt.«

»Dem muss ich widersprechen. Wenn du genau hinschaust, ist es nichts, was sie von sich preisgibt.«

Widerwillig musste Andrina dem zustimmen.

»Auf deine Frage, wieso sie dich und nicht die Polizei kontaktiert, kann ich nur sagen, für uns ist ihr Handeln nicht nachvollziehbar. Die Frau steht unter einem großen Stress. Wie würde es dir gehen, wenn du glaubst, dein Sohn habe jemanden umgebracht und beinahe eine zweite Person auf dem Gewissen?«

Das ergab Sinn. »Hast du jemanden mit M, der passen könnte?«, fragte Andrina.

»Sebastian Maurer. Er steht kurz vor der Pensionierung. Peter Meyer. Vom Alter würde er passen.«

Andrina stellte sich neben sie und schaute auf die Liste.

»Er gehört zum IT-Support-Team«, sagte Fadrina. Sie verschränkte die Hände hinter dem Nacken.

Die Frage »Und jetzt?« hing unausgesprochen zwischen ihnen.

Wenn sie das wüsste. Andrina starrte den Namen an. Sie konnten den Mann unmöglich ins Büro beordern und ihn fragen, ob er eine Mutter mit den Initialen M. K. habe. Genauso konnten sie ihn nicht fragen, wo er an den fraglichen Tagen gewesen sei. Das war die Aufgabe von Häusermann und den Kollegen, die am Fall arbeiteten.

Sie würden auf ihn stoßen. Oder nicht, falls sie nicht die gleiche Idee hatten, die Initialen umzudrehen. Andrina steckte in einer Zwickmühle. Er konnte unschuldig sein.

Es gab zusätzliche Alternativen. Bei den Buchstaben musste es sich nicht um die Anfänge von Vor- und Nachnamen handeln. Es konnten ebenso die Anfänge zweier Vornamen sein – entweder von der Mutter oder von dem Sohn. Oder eine Mischung aus beiden. Das dehnte die Kombinationsmöglichkeiten aus und machte es zunehmend unübersichtlich.

Es klopfte, und die Tür öffnete sich. Ein hagerer braunhaariger Mann mit Brille und einer ungesunden Gesichtsfarbe betrat den Raum.

»Wann kommt die neue Sachbearbeiterin?«, fragte er. »Oder reicht es, wenn ich den Computer nächste Woche aufsetze und ...« Er brach sichtlich irritiert ab, als er Andrina bemerkte.

»Entschuldigung, ich wollte nicht stören.«

»Andrina, Enricos Frau. Und das ist Peter Meyer, einer unserer IT-Leute.«

Die Augen des Mannes weiteten sich. »Ich hoffe, es ist kein schlechtes Zeichen, wenn Sie hier sind.«

Andrina war überfordert und nicht imstande zu antworten.

»Nein«, sprang Fadrina ein. »Sie hatte nur eine Frage und war gerade in der Nähe.« Das klang nach einer lahmen Ausrede.

Peter Meyer war nicht anzusehen, ob es ihm auffiel. Er umfasste Andrinas Hand mit seinen beiden. »Ich hoffe, es geht ihm bald besser und er wacht aus dem Koma auf.«

Andrina war für einen Moment irritiert. Natürlich wusste keiner davon, dass Enrico aus dem Koma erwacht war. Sie hatte es niemandem gesagt. Andrina beschloss, es für sich zu behalten und auch Fadrina nicht einzuweihen. Es war besser, wenn keiner davon wusste, solange nicht klar war, wer hinter allem steckte.

Der Mann hielt weiterhin Andrinas Hand umfasst. Die Augen hinter der Brille waren vergrößert. Er stand dicht vor ihr, was ihr unangenehm war. »Vielen Dank«, erwiderte sie und zog ihre Hand zurück.

»Ich komme später«, sagte Peter Meyer. »Das mit dem Computer eilt nicht. Bitte entschuldigt, dass ich einfach reingeplatzt bin.«

»Passt er, oder passt er nicht?«, fragte Fadrina, nachdem er den Raum verlassen und die Tür hinter sich zugezogen hatte.

»Das kannst du besser beurteilen«, erwiderte Andrina.

»Sah er der Frau von gestern ähnlich?«

»Nein.« Was nichts heißen musste.

Bevor Fadrina sich abermals der Liste zuwenden konnte, wurde die Tür aufgerissen. Julian und ein Mann stürmten herein.

»Es ist wieder passiert«, rief Julian.

»Was?«, fragte Fadrina.

»Andrina? Was machst du hier?«

»Sie hatte Fragen und war gerade in der Nähe.« Fadrina klang genervt. »Julian kennst du offenbar. Und das ist Luis Imhof. Er gehört zu Julians QA-Team.«

Der dunkelblonde Mann reichte Andrina die Hand.

»Was ist passiert?«, fragte Fadrina.

»Fentanyl ist verschwunden.«

Sie waren in Enricos Büro gegangen, da dort ein Vierertisch für Besprechungen stand.

Andrina fragte sich, ob sie es sich einbildete, dass der schwache Geruch von Enricos Aftershave in der Luft hing.

Von Enricos Telefon aus hatte Fadrina Häusermann angerufen. Er werde sofort kommen, hatte er versprochen. Fadrina war nach unten gegangen, um ihn in Empfang zu nehmen.

Seitdem herrschte Schweigen. Andrina ging zu Enricos Pult und umrundete es. Das Bild von ihr und Rebecca neben dem Bildschirm sprang ihr sofort ins Auge. Mit dem Zeigefinger fuhr sie über das helle Holz des Tisches. Als sie aufschaute, bemerkte sie, wie Julian und Luis sie beobachteten. Der Grund für das Schweigen wurde ihr mit einem Mal klar. Keiner von beiden wusste, welches Thema er in ihrer Gegenwart anschneiden sollte, nachdem Fadrina sie aufgefordert hatte, über das verschwundene Fentanyl erst mit der Polizei zu sprechen.

Andrina schaute zur gläsernen Wand. Eine Frau und zwei Männer gingen vorbei. Sie bemerkten Andrina und verlangsamten das Tempo, bevor sie ihren Weg rasch fortsetzten. Ihre Anwesenheit würde sich inzwischen in der Firma herumgesprochen haben und schürte die Unsicherheit der Mitarbeiter weiter.

Fadrina betrat mit Häusermann und Wagner das Büro. Falls sie erstaunt über Andrinas Anwesenheit waren, zeigten sie es nicht. Andrina war sich sicher, dass Fadrina sie es hatte wissen lassen.

Nachdem sie einander die Hände gereicht hatten, setzten sie sich an den Tisch.

»Frau Jäger hat am Telefon erwähnt, es sei weiteres Fentanyl verschwunden«, kam Häusermann ohne Umschweife zur Sache.

»Wann haben Sie den Verlust bemerkt?«

»Vor«, Julian schaute auf die Uhr, »einer halben Stunde. Wir haben direkt Fadrina verständigt.«

»Warst du zu diesem Zeitpunkt da?«, fragte Häusermann Andrina.

»Ja.«

Deutlich sah sie ihm an, wie er sich fragte, warum sie hier war. Es erstaunte sie, dass er sie nicht direkt darauf ansprach. Das kommt später, dachte Andrina. Häusermann war ihre Anwesenheit eindeutig nicht recht.

»Wer leitet im Moment die Firma? Du?«, fragte Wagner.

»Um Himmels willen, nein. Ich habe nicht die fachliche Kompetenz«, antwortete Andrina.

»Du würdest erben, sollte Enrico sterben.«

Das war wie ein Faustschlag in die Magengrube. Warum brachte Wagner es ausgerechnet jetzt zur Sprache – vor einem Teil der Belegschaft? Wollte er ihre Reaktion und die der Mitarbeiter testen? Das war absurd.

Fünf Augenpaare waren auf sie gerichtet.

»Das tut im Moment nichts zur Sache.« Andrina brauchte alle Willensanstrengung, um neutral zu antworten.

»Wie haben Sie es bemerkt? War die Schranktür offen?«, fuhr Häusermann fort, als hätte es Wagners Frage nicht gegeben.

»Sie stand wie beim letzten Mal offen.«

»Wurde sie aufgebrochen?«

»Nein.«

»Waren Sie allein, als Sie es bemerkten?«

»Wir sind zusammen in den Raum gegangen.«

»Wieso?«

Die beiden schauten einander an.

»Wie viel fehlt heute?«, fuhr Häusermann fort, ohne auf eine Antwort zu warten.

»Vier Packungen. Ich habe sofort nachgezählt.«

»Wann waren Sie das vorletzte Mal in dem Raum?«

»Gestern Abend. Da war er verschlossen.«

Häusermanns Blick wanderte zu Luis. »Irgendwann gestern am Nachmittag«, sagte er.

»Wann sind Sie heute gekommen?«

»Kurz nach acht Uhr«, erwiderte Julian.

»Ich erst gegen neun Uhr, da ich einen Arzttermin hatte«, antwortete Luis.

»Ich möchte mir den Schrank anschauen.« Häusermann stand auf.

»Geh du vor. Ich möchte vorher mit Andrina sprechen«, sagte Wagner.

Fadrina schien unschlüssig, ob sie ihnen folgen oder bleiben sollte.

»Ich möchte allein mit ihr sprechen«, sagte Wagner mit Nachdruck.

Fadrina zögerte, bevor sie wie die anderen das Büro verließ.

»Warum bist du hier?«, fragte Wagner, nachdem Fadrina die Tür hinter sich geschlossen hatte.

»Ich wollte mich erkundigen, wie es läuft. Ob die Vertretungsregelung funktioniert.«

»Warum? Du sagtest eben, du seist nicht vom Fach.«

»Es ist Enricos Firma. Obwohl ich nicht helfen kann, fühle ich mich dazu verpflichtet.«

»Was willst du wirklich hier?«

Andrina schwieg.

»Weißt du, wo dieser Schrank steht?«

»Nein.« Andrina gefiel es nicht, was zwischen den Zeilen mitschwang.

»Hast du freien Zutritt zu der Firma?«

»Theoretisch kann ich die Räumlichkeiten mit Enricos Badge betreten, der an seinem Schlüsselbund ist. Praktisch mache ich das nicht. Ich habe mich bei Fadrina angemeldet, und sie hat mich am Empfang abgeholt, als ich ankam.«

»Wie gesagt, du würdest erben –«

»Wenn du darauf anspielst, ich stecke hinter dem Anschlag auf Enrico, muss ich dich enttäuschen.« Andrina bemühte sich, den schneidenden Tonfall zu unterdrücken, was ihr nicht gelang, wie sie an Wagners Miene erkennen konnte. »Was hätte ich davon, da ich keine Ahnung von Pharma und Unternehmensführung habe?« Die Wut brodelte stärker. Lass dich nicht provozieren.

»Wie ist es um eure Ehe bestellt?«

»Wie bitte?«, rief Andrina. Tränen schossen in ihre Augen, und sie sah Wagner nur verschwommen vor sich. Was sollten diese Fragen? Wieso ging er davon aus, Andrina stünde hinter dem Anschlag? Energisch wischte sie mit dem Handrücken über die Augen.

»War gestern jemand in der Nähe, als du dieser Frau begegnet bist?«

»Soweit ich gesehen habe, war keiner dort.«

»Die Kollegen haben die Nachbarn befragt. Niemand hat so eine Frau gesehen. Eine Person gab an, dich gesehen zu haben, als du gekommen und ins Haus gegangen bist.«

Andrina brauchte einige Sekunden, bis sie begriff, was das bedeutete und worauf Wagner hinauswollte. Glaubte er, sie habe diese Frau erfunden?

✲✲✲

Andrina saß auf dem Sofa in Serainas Wohnzimmer. Rebecca hatte sich an sie gekuschelt und das Gesicht gegen ihre Schulter gedrückt. Die Nähe des Mädchens gab Andrina Kraft.

Michael und Regina hatten es übernommen, sich heute Abend um das Nachtessen zu kümmern. Am liebsten hätte Andrina sich ohne Znacht zurückgezogen. Hunger verspürte sie keinen. Das lag nicht nur an der Schwangerschaftsübelkeit, die sie heute den gesamten Tag begleitet hatte.

»Ich glaube es nicht«, ereiferte sich Seraina. »Max Wagner und sein Team haben sich in der Vergangenheit genügend fragwürdige Aktionen geleistet. Diese übertrifft aber alles. Wo nimmt er diese Ansichten her?«

»Ich weiß es nicht.«

»Wenn es nicht gut um eure Ehe bestellt wäre, wärst du nicht schwanger.«

»Erstens weiß er nichts von der Schwangerschaft, und zweitens ist sie kein Beweis für eine intakte Beziehung. Das Kind kann von jemand anderem sein.«

Seraina schnaubte. »Du sollst Gregor Hartmann diese Spinne in der Wohnung versteckt haben? Das ist der nächste Punkt, der absurd ist.«

»Das hat er nicht gesagt.«

»Anschließend stiehlst du die Medikamente und führst den Anschlag auf Enrico aus«, fuhr Seraina unbeirrt fort. »Wie sollst du das alles bewerkstelligt haben?«

»Andrina kann jemanden damit beauftragt haben«, sagte Michael und stellte Teller auf den Esstisch.

»Fängst du auch damit an?«

»Ich versuche nur zu erklären, was in Max Wagners Kopf vor sich geht.«

»Das nur, weil keiner diese Frau gesehen hat?«

»Ich kenne die Hintergründe nicht, die zu seiner Annahme führen. Es muss Aussagen geben, die ihn dieses vermuten lassen. Denk nach, wer könnte es darauf anlegen, dich mit einer Aussage zu belasten?«, fragte Michael weiter.

»Ich habe keine Ahnung.«

»Es muss jemand aus der Nachbarschaft sein.«

In Gedanken ging Andrina die Nachbarn durch. Die Schaufelbergers? Mit ihnen hatte sie ein gutes Verhältnis. So auch mit Ruth Bischofsberger. Regelmäßig gingen sie gemeinsam spazieren. Rebecca liebte die Appenzeller Hündin Fara über alles. Dario Roth von gegenüber? Ihn bekam Andrina seltener zu Gesicht. Tagsüber arbeitete er.

Und sonst? Grundsätzlich verstand sie sich mit allen aus der Straße. Wenn sie einander trafen, wechselte Andrina einige Worte mit ihnen. Sie war sich keines Vorfalls bewusst, der jemanden dazu hätte veranlassen können, sie anzuschwärzen.

»Einer deiner Nachbarn hat gesehen, wie du allein nach Hause gekommen bist«, sagte Michael in Andrinas Überlegungen. »Das muss nicht heißen, er schwärzt dich an. Er gibt nur wieder, was er gesehen hat. Und das ist in diesem Fall nicht, wie du mit der Frau gesprochen hast.«

»Andrina hat den Brief im Briefkasten gefunden«, sagte Seraina.

»Ich kann ihn ohne Weiteres selbst geschrieben haben«, sagte Andrina niedergeschlagen.

»Wie bitte?«, rief Seraina.

»Jeder kann das mit einem Computer. Jeder hat Schrift Arial in seinem Word. Ausgedruckt wurde der Brief auf normalem Papier, das man bei jedem Händler kaufen kann. Das Gleiche gilt für das Couvert. Es sind nur meine Fingerabdrücke darauf. Die Frau hat Handschuhe getragen.«

»Ich verstehe, was Andrina sagen will«, sagte Michael.

»Fingerabdrücke auf Papier?«, fragte Seraina. »Geht das?«

»Das ist kein Problem«, erwiderte Michael. »Meistens wird das Papier mit Jod bedampft, um das Papillarbild sichtbar zu machen. Mechanische Mittel wie Pulver eignen sich nicht.«

In der Küche klirrte es. Ein Aufschrei folgte.

»Regina!« Keiner hatte bemerkt, wie sie das Wohnzimmer verlassen hatte. Seraina sprang auf und rannte in die Küche. Michael folgte ihr.

Andrina presste ihre Nase gegen Rebeccas Kopf und sog den Geruch ihrer Haare ein. Das Weinen wurde lauter. Seraina sagte etwas, das Andrina nicht verstand.

»Ich hole ein Pflaster«, sagte Michael. Schritte, die sich entfernten und kurz darauf wieder näherten. »Ich übernehme das Saubermachen.«

Seraina betrat mit Regina auf dem Arm das Wohnzimmer. Das Mädchen presste sein Gesicht gegen Serainas Hals. Schluchzer schüttelten den Körper. Die rechte Hand mit dem Pflaster am Zeigefinger hing über Serainas Schulter.

»Halb so schlimm«, sagte Seraina. »Sie hat eine Tasse fallen gelassen und sich geschnitten, als sie diese aufheben wollte.« Sie setzte sich mit Regina auf dem Schoss auf den Sessel Andrina gegenüber. »Wie hat Sämi reagiert?«

»Er ging mit Luis und Julian zu dem Schrank. Die Spurensicherung hat nichts gefunden. Der Schrank wurde mit einem Schlüssel geöffnet und nicht wieder abgeschlossen.«

»Haben Luis oder Julian vergessen, den Schrank abzuschließen, und es hat jemand die Gelegenheit ergriffen und sich bedient?«

»Beide sagen Nein. Sie sind sich der heiklen Medikamente in dem Schrank bewusst und überprüfen mehrmals, ob der Schrank tatsächlich zu ist, wenn sie den Raum verlassen.«

Michael setzte sich neben Seraina auf den zweiten Sessel. »Ich finde es mysteriös, weil keiner einen Schlüssel vermisst und es keiner gewesen sein will.«

»Fadrina hat mir gesagt, es werde vermutet, jemand habe einen Abdruck von dem Schlüssel gemacht.« Das Gleiche hatte in Enricos Notizen gestanden. »Dazu braucht man den Schlüssel nicht lange auszuleihen.«

»Sie haben den Schlüssel einfach auf ihrem Pult liegen?«, fragte Michael.

»Er hängt an ihrem Schlüsselbund?«, kam es gleichzeitig von Seraina.

»Das nicht gerade. Es muss nur jemand beobachten, wie sie ihn zum Beispiel in die Jackentasche stecken.«

»Wer hat sonst einen Schlüssel.«

»Enrico«, sagte Andrina leise.

»Womit wir wieder beim Thema sind«, sagte Michael.

»Bei welchem Thema?«, fragte Seraina.

»Warum Wagner es für wahrscheinlich hält, Andrina könnte hinter allem stecken. Immerhin liegt der Schlüssel bei ihr zu Hause. Der Schlüssel für die Kassette in dem Fach seines Schreibtisches in der Firma.«

»Ich fasse es nicht!«, ereiferte sich Seraina von Neuem. »Was muss man tun, damit man ihm diese wahnwitzige Idee austreibt?«

»Es gibt eine Möglichkeit, es zu widerlegen«, sagte Andrina. »Ich muss diese Frau finden.«

NEUNZEHN

»Es tut mir leid, wenn ich dir nicht helfen kann«, sagte Ruth Bischofsberger.

Nach dem Mittagessen hatte Andrina beschlossen, die direkten Nachbarn zu befragen. Da Seraina bis halb vier Patienten hatte und erst danach auf Rebecca aufpassen konnte, hatte Andrina solange warten müssen.

Zuerst war Andrina zu Ruth gefahren. Sie war enttäuscht gewesen, weil Andrina Rebecca nicht mitgebracht hatte. Sie hatte Andrina mit Tee und Kuchen bewirtet. »Du siehst aus, als ob du das gebrauchen könntest«, hatte sie gesagt.

»Bist du sicher, nicht mit uns eine Runde drehen zu wollen? Als Ablenkung?«, fragte Ruth und reichte Andrina ihre Jacke.

»Nein. Ich möchte Anna, Werner und Dario noch befragen.«

»Die Schaufelbergers sind in den Ferien.«

Das hatte Andrina vergessen. Vor zwei Wochen hatte Anna Schaufelberger ihr erzählt, mit ihrem Mann vier Wochen mit einer Gruppe nach Costa Rica zu reisen. Ihr Hund Snoopy war in dieser Zeit bei Bekannten.

»Fara, sitz!«, rief Ruth.

Die Appenzeller Hündin setzte sich winselnd vor Ruth hin.

Andrina zog ihre Jacke an und verließ hinter Ruth und Fara das Haus.

Als sie zur Straße gingen, fuhr ein dunkler Wagen vorbei und hielt in Dario Roths Einfahrt. Das Garagentor glitt nach oben, und der Wagen fuhr hinein.

»Dario ist heute früh dran«, sagte Ruth.

»Früh?«, wiederholte Andrina. Es war kurz nach siebzehn Uhr.

»In der letzten Zeit hat er viel zu tun gehabt«, erklärte Ruth. »Regelmäßig kommt er erst nach acht Uhr am Abend nach Hause.«

Andrina verabschiedete sich von Ruth und überquerte die

Straße. Dario kam aus der Garage und blieb abrupt stehen, als er Andrina bemerkte. War es Unbehagen oder sogar Furcht, was in seinen Augen aufblitzte?

»Kann ich kurz mit dir sprechen?«, fragte Andrina.

»Natürlich«, sagte er. Es ist dir alles andere als recht, dachte Andrina. Wieso hatte er ein Problem damit?

»Ich wollte dich fragen, ob du in der letzten Zeit eine Frau gesehen hast.« Super. Das war der völlig falsche Einstieg. Bei Ruth war es ihr leichter gefallen.

»Eine Frau?«

Andrina beschrieb die schwarz gekleidete, zierliche Frau.

»Wohnt sie hier?«, fragte Dario. Seine braunen Augen huschten unruhig hin und her. »Das haben mich diese … wie hießen sie gleich? … Wagner und Häusermann von der Polizei ebenfalls gefragt«, platzte er heraus. »Das, was deinem Mann passiert ist, ist eine schlimme Sache. Wie geht es ihm?«

»Den Umständen entsprechend. Und, hast du die Frau gesehen?«

»Nein.« Erneut huschten die Augen hin und her. Warum log er? Es war für Andrina die Bestätigung, ihn hinter der Aussage zu vermuten, die Wagner veranlasst hatte, sie zu verdächtigen.

»Okay«, sagte er gedehnt. Ein Windstoß fuhr durch seine Haare, und es sah aus, als stünden sie ihm zu Berge. »Zu dem Zeitpunkt, als die Polizei mich befragt hat, hatte ich sie nicht gesehen. Also nicht zusammen mit dir.«

»Sie war aber da, als ich nach Hause kam«, rief Andrina verzweifelt.

»Ich konnte sie nicht sehen. Ich war in der Küche. Von dort sehe ich nur deine Haustür. Der Briefkasten ist von der Tanne verdeckt.« Er zeigte auf den großen Baum, der neben seiner Garage stand. »Ich habe nur am Rande wahrgenommen, wie du zu eurem Haus gegangen bist.«

»Hast du das den beiden so erzählt?«

»Ja.« Dario sah erleichtert aus.

Andrina überlegte. Die Geschichte klang plausibel. Doch etwas störte sie daran, was sie nicht benennen konnte.

Andrina realisierte, was Dario zusätzlich gesagt hatte: Zu dem Zeitpunkt, als die Polizei mich befragt hat …

»Du hast sie später gesehen.«

Dario druckste herum. »Ja, heute Morgen«, sagte er schließlich. »So eine schwarz gekleidete Frau ging langsam die Straße entlang, als ich heute Morgen zur Arbeit fuhr.«

»Hast du sie angesprochen?«

»Ja, ich fragte sie, ob ich ihr helfen könne. Sie reagierte wie ein scheues Reh.«

»Hat sie geantwortet?«

»Sie sagte, sie ginge nur spazieren.« Er trat von einem auf das andere Bein. Andrina bezweifelte von Neuem den Wahrheitsgehalt der Geschichte. Wieso konnte er nicht einfach das erzählen, was passiert war?

»Danke«, sagte Andrina und verabschiedete sich.

Dario hielt Andrina zurück. »Wer ist das?«

»Wenn ich das wüsste. Kannst du mir bitte Bescheid geben, wenn du sie wiedersiehst?«

Dario war sichtlich irritiert, aber er nickte. Andrina war sich sicher, er würde das nicht tun. »Es tut mir leid, wenn ich nicht hilfreich war.«

»Ist okay«, erwiderte Andrina. War es nicht, fügte sie im Stillen an. Immerhin hatte seine Aussage dazu beigetragen, dass Wagner auf die absurde Idee gekommen war, sie habe mit dem Mord und dem Anschlag auf Enrico zu tun.

Sie ging zu ihrem Haus. Was bedeutete es, dass die Frau zurückgekehrt war? Eine naheliegende Erklärung war, sie hatte einen neuen Brief deponiert. Andrina rannte zum Briefkasten. Er war leer.

Andrina hatte sich an das Küchenfenster gesetzt. Wie lange sie bleiben wollte, wusste sie nicht. Sie bezweifelte, die Frau werde nochmals auftauchen. Da Dario sie angesprochen hatte, würde sie sich nicht mehr in Sicherheit wiegen.

Sicherheit wiegen … Was dachte sie da?

Vorgestern war es eindeutig gewesen. Die Frau hatte Angst

gehabt, als sie den Brief bei ihr deponiert hatte. Vor wem? Vor ihrem Sohn? Befürchtete sie, er könnte herausfinden, dass sie Andrina den Hinweis gegeben hatte? Warum ging sie nicht zur Polizei damit?

Warum nannte sie im Brief nicht den Namen ihres Sohnes? Oder gab es diesen Sohn nicht, und sie steckte hinter allem, wie Marco vermutet hatte.

Das Klingeln des Handys ließ Andrina zusammenzucken. Susanna. Andrina nahm das Gespräch entgegen.

»Wie geht es dir?«, fragte Susanna.

»So, wie es jemandem in meiner Situation geht.« Das kam schnippischer heraus als beabsichtigt. Ganz ruhig, ermahnte Andrina sich.

»Ich kann nichts dafür.«

»Entschuldige.« Sie sollte Susanna nicht vergraulen. Sie war eine der wenigen, an die Andrina sich wenden konnte und mit der sie über alles sprechen konnte. Trotzdem. Häusermann gehörte zu dem Ermittlerteam. Susanna steckte somit zwischen den Fronten.

»Du musst Sämi verstehen«, kam es von Susanna.

»Muss ich nicht. Wie kommen er und Max auf die wahnwitzige Idee, ich hätte alles mit dieser Frau inszeniert?«

Susanna holte Luft, aber Andrina kam ihr zuvor. »Ich weiß, es gibt diese Zeugenaussage. Was ist aber, wenn der selbst lügt, um von sich abzulenken?« Andrina richtete sich auf. War das so? Lenkte Dario von sich ab? Wieso? Sie sah sein erschrecktes Gesicht wieder vor sich. So hatte er früher nie reagiert, wenn sie sich getroffen hatten.

»Es ist nicht nur das«, sagte Susanna und jagte Andrina mit diesem Satz einen Schauer über den Rücken. Was gab es sonst, das auf sie als Tatverdächtige hinwies?

»Die Initialen …«

»Welche Initialen?«, fragte Andrina zurück. »Die unter dem Brief?«, fuhr sie fort, da Susanna nicht antwortete. »Dort standen nicht meine Initialen, sondern M. K.«

»Eben.«

»Eben?«

»Margrit Kaufmann.«

Andrina war froh zu sitzen. »Wie um alles in der Welt kommt ihr auf den Namen meiner Mutter.«

»Max meint, es sei ein guter Versuch, von sich abzulenken, aber nicht gut genug.«

»Wisst ihr was?«, rief Andrina. »Ihr könnt mich mal!« Sie brach die Verbindung ab, lehnte den Kopf in den Nacken und schloss die Augen. Auf welcher Seite stand Susanna? Hatten Wagner und Häusermann sie auf Andrina angesetzt, weil sie annahmen, Andrina würde ihr vertrauen? Nächste Frage: Wie um alles in der Welt kam Wagner auf die Idee, Andrina habe die Kürzel ihrer Mutter benutzt?

Ihre Mutter war zusammen mit ihrem Vater bei einem Verkehrsunfall ums Leben gekommen, als Andrina fünfzehn Jahre alt gewesen war. Die Wunde war zwar verheilt, aber die Narbe schmerzte nach wie vor stark, wenn sie an ihre Eltern dachte. Sie vermisste sie, besonders an Tagen wie diesen. Die Probleme waren jeweils klein geworden, wenn sie mit ihren Eltern darüber gesprochen hatte. Sie hatten immer einen Ausweg gewusst.

Andrina konnte sich zusammenreimen, was durch Wagners Kopf ging: Der Täter suchte nach Initialen, die nicht seine waren, zu denen er aber einen Bezug hatte. In Andrinas Augen eine absurde These.

Sie hatte nur eine Chance, Wagners Theorie zu widerlegen.

Das Klingeln des Telefons riss Andrina aus ihren Gedanken. Zuerst nahm sie an, Susanna riefe auf ihrem Handy an. Sie brauchte einige Sekunden, bis sie begriff, dass das Display dunkel war und das Klingeln aus dem Wohnzimmer kam.

Andrina sprang auf. »Unterdrückt«, stand auf dem Display. Andrina war unschlüssig, ob sie das Gespräch entgegennehmen sollte oder nicht. Das Klingeln hörte auf, und der Anrufbeantworter schaltete sich ein. Enricos Stimme füllte den Raum. Nach dem Signalton war nur Rauschen zu hören. Wie neulich.

War es die Frau, die anrief?

Andrina nahm das Mobilteil in die Hand und ging die Anruferliste durch. »Unterdrückt« hatte dreimal versucht, sie zu erreichen, seitdem sie das letzte Mal hier gewesen war.

Angst kroch ihren Nacken hoch. »Du solltest nicht allein im Haus sein«, hörte sie Marcos Stimme im Kopf.

Marco ...

Polizei ...

Von Wagner und seinem Team konnte sie keine Hilfe erwarten, solange Wagner an seiner Theorie festhielt.

Es knackte. Andrina fuhr herum. Aber es stand keiner in der Wohnzimmertür. Ein neues Knacken. Das waren die normalen Geräusche ihres Hauses. Geräusche, die Häusern älteren Baudatums mit viel Holz zu eigen waren und die für Andrina dazugehörten, damit sie sich heimisch fühlte. Heute verfehlte es diese Wirkung eindeutig.

Andrina beschloss zu gehen. Seraina hatte sie gefragt, ob sie heute den Kinderdienst übernehmen könnte. Michael und sie hatten einen Essensgutschein, den sie gerne einlösen wollten. Andrina schrieb ihrer Schwester eine Nachricht, auf dem Heimweg zu sein, und verließ das Haus.

Vor ihrem Wagen, der vor der Garage stand, blieb sie stehen. Es war kälter geworden. Die Wetterfrösche hatten für diese Nacht den ersten Bodenfrost angekündigt.

Das Licht neben der Haustür und das neben der Garage verloschen. Andrina stand im Schatten, den die Garage warf und den der Lichtstrahl der Straßenlaterne nicht erreichte.

In dem Haus der Schaufelbergers ging im oberen Stock Licht an. Die Zeitschaltuhr.

Das Licht im Eingangsbereich bei Ruth Bischofsberger schaltete sich ein. Sie erkannte ihre Nachbarin und Fara, die zur Straße gingen und in die entgegengesetzte Richtung abbogen.

Andrina wollte sich ins Auto setzen, als sie Dario Roth erblickte, der auf dem Plattenweg zur Straße ging. Bevor er aus dem Gartentor trat, blieb er stehen. Hinter ihm erschien eine zweite Person. Dario zog sie an sich und küsste sie. Er hatte eine Freundin?

Andrina freute sich für ihn. Soweit sie wusste, war er lange single gewesen und hatte sich nach dem Tod seines Vaters noch mehr zurückgezogen. Die schlanke Gestalt trat aus dem Gartentor. Bevor sie sich abwandte, drehte sie sich zu Dario um und warf ihm eine Kusshand zu. Die Straßenlaterne erhellte kurz ihr Gesicht. Andrina war perplex. War das etwa Jamila?

Die Frau wandte sich ab und entfernte sich in die von Andrina entgegengesetzte Richtung. Andrina starrte ihr hinterher. Jeans, Winterjacke und Kappe. Von hinten konnte die Frau jede sein. Hatte Andrina sich getäuscht?

Die Frau verschwand aus ihrem Blickfeld. Wie passte es zusammen? Das Kind war von Gregor, oder stimmte das nicht? War Dario der Vater und Jamila stellte es als Gregors Kind dar, um etwas von Gregors Erbe zu bekommen? Das würde nicht funktionieren, und das musste auch Jamila klar sein. Die Erbberechtigten würden einen Gentest veranlassen.

Am liebsten wäre Andrina zu Dario gegangen, doch sie zögerte. Er war nicht ins Haus zurückgekehrt, sondern lehnte gegen den Pfosten des Zaunes und zündete sich eine Zigarette an. Er rauchte wieder?

Nach dem gewaltsamen Tod seines Vaters vor ungefähr einem Jahr hatte er kurzzeitig damit angefangen. Soweit Andrina wusste, hatte er nach einigen Wochen wieder aufgehört.

Sie erkannte, wie er die Hand mit der Zigarette wie zu einem Gruß hob. Zuerst dachte Andrina, er meine sie, bemerkte aber sogleich eine kleine, dunkel gekleidete Gestalt, die sich Dario näherte. Es musste eine Frau sein. Sie war kleiner als die mutmaßliche Jamila von vorhin. Und sie musste älter sein, wenn Andrina die gebückte Körperhaltung richtig interpretierte. Dario beugte sich vor und sah aus, als küsse er die Frau auf die Wangen.

Dreh dich um, beschwor Andrina die Frau. Sie tat ihr nicht den Gefallen, sondern betrat den Garten und folgte Dario zum Haus.

Andrina wartete, bis sie die Haustür erreichten und sich das Licht einschaltete. Dario verdeckte die Frau fast, als sie ins Haus gingen. Aber es reichte, den schwarzen Rock und den schwarzen Mantel zu erkennen.

**

Andrina deckte Rebecca zu und gab ihr einen Kuss. Für das Mädchen war es weiterhin ein Abenteuer, bei Seraina zu sein. Besonders begeistert war sie davon, mit Andrina zusammen auf dem ausziehbaren Sofa im Gästezimmer zu schlafen. Nachts schmiegte sie sich eng an sie. Obwohl es nicht bequem war, genoss Andrina jeden Augenblick und schaffte es sogar, zeitweise zu schlafen. Dennoch machte sich das Schlafdefizit bemerkbar.

Sie unterdrückte ein Gähnen, als sie das Licht ausschaltete und Reginas Zimmer betrat. Nachdem sie ihr »Gute Nacht« gewünscht hatte, ging sie ins Wohnzimmer.

Andrina schnupperte an dem Tee, der auf dem Tischchen stand, und rümpfte die Nase.

»Wie ich aus eigener Erfahrung weiß, hilft Ingwertee hervorragend gegen Schwangerschaftsübelkeit«, hatte Seraina erklärt, bevor sie gegangen war, und Andrina die Verpackung in die Hand gedrückt.

Andrina nahm einen Schluck. »Pfui Teufel.« Ob sie es schaffte, das zu trinken? Die Schwangerschaft mit Rebecca hatte sie auch ohne diesen Tee überstanden.

Sie stellte die Tasse zurück und nahm ein Buch. Es war schwer, sich auf den Roman zu konzentrieren. Wiederholt schweiften ihre Gedanken zu Dario ab.

Das Handy klingelte.

Jamila.

»Ich wollte nachfragen, wie es dir geht und ob es Neuigkeiten gibt.«

»Es geht so.« Andrina berichtete von dem Brief. Sogleich wurde ihr bewusst, wie ungeschickt es war, dies am Telefon zu tun. Zumal sie den Verdacht nicht loswurde, sie mit Dario gesehen zu haben. Besser wäre es, wenn sie Jamila persönlich gegenübergesessen wäre, um deren nonverbale Reaktion zu sehen.

»Du hast keine Ahnung, wer M. K. sein könnte?«, fragte Jamila.

»Nein.«

»Das sind die Initialen deiner Mutter.«

Andrina blieb die Luft weg. Fing sie auch damit an.

»Entschuldige, das war ungeschickt. Vielleicht hat sich die Person einen schlechten Scherz erlaubt oder wollte damit den Verdacht auf dich lenken?«

»Falls das so ist, hätte er es einfacher haben können.«

»Du weißt nicht, was in seinem Kopf vor sich geht. Die Person muss dich näher kennen. Zumindest muss sie wissen, wie deine Mutter geheißen hat.«

Du, dachte Andrina. »Kennst du Dario Roth?«

»Nein.«

Bildete Andrina es sich ein, oder hatte Jamila gezögert.

»Wer soll das sein?«

»Mein Nachbar von gegenüber.«

Ein neues Zögern. Hatte sich Jamilas Atem beschleunigt?

»Wieso?« Jamila zog das Wort mehr in die Länge, als es bei einer Frage nötig war.

»Ich habe heute mit ihm gesprochen, und er sagte, er müsse los, weil er sich gleich mit einer Bekannten mit marokkanischen Wurzeln treffen wollte«, improvisierte Andrina.

»Da meint er sicher nicht mich«, sagte Jamila heftig. »Ich muss Schluss machen, es hat geklingelt.«

Hatte es nicht. Jamilas lauten, durchdringenden Klingelton hätte sie durch das Telefon gehört. Andrina starrte auf das Handy, nachdem sie das Gespräch beendet hatten. Jamila hatte sie loswerden wollen. Auch ohne sie zu sehen, wusste Andrina, dass Jamila log.

ZWANZIG

Andrina betrat den City-Märt. Kurz bevor sie den Verlag verlassen hatte, hatte Seraina angerufen.

»Kannst du bitte Parmesan mitbringen? Den habe ich heute vergessen, und ich brauche ihn für die Lasagne.«

Für Andrina bedeutete es keinen großen Umweg, in der Stadt einen Stopp einzulegen, und sie war froh, sich nützlich zu machen.

Es hatte viele Leute, und Andrina kam sich wie bei einem Slalomlauf vor, als sie sich zu dem Kühlregal vorkämpfte.

»Andrina?«, hörte sie hinter sich, als sie den Käse nahm. Dicht hinter ihr stand Lucia. Andrina eindeutig zu nah. Lucia lächelte sie an, aber ihre Augen blieben starr. Sie schienen bis in Andrinas Gehirn vorzudringen, als wollte sie lesen, was Andrina dachte.

Lucia kam Andrina hagerer vor als beim letzten Zusammentreffen. Der schwarze Mantel sah zu groß aus, und unter ihren Augen hatte sie Schatten. Ihr Gesicht hatte einen ungesunden grauen Ton. Lucia hätte gut in einen Vampirfilm gepasst. Andrina wollte zurückweichen, aber hinter sich spürte sie das Kühlregal.

»So eine Überraschung.« Andrina versuchte, das Wort positiv klingen zu lassen, obwohl sie es anders empfand.

»Wollen wir zusammen einen Kaffee trinken?«, fragte Lucia.

Bloß nicht. Sei nicht ungerecht, ermahnte Andrina sich gleich darauf. Lucia musste einsam sein, aber auf einen Kaffeeklatsch mit ihr hatte sie definitiv keine Lust.

»Heute geht es leider nicht. Meine Schwester wartet auf die Kochzutaten.« Andrina hielt den Parmesan hoch.

Etwas loderte in Lucias Augen auf, und Andrina war froh, weil es so viele Leute in der Migros hatte. Sie rechnete damit, Lucia würde sie damit konfrontieren, weshalb sie ihr auswich.

Sie zur Rede stellen, wieso sie die Flucht ergriff – wie letzte Woche, als Andrina Jamila besucht hatte.

»Schade.« Das Lächeln wirkte aufgesetzt. »Ein anderes Mal?«

»Gerne. Ich melde mich bei dir.« Das würde sie nicht tun, und Andrina hasste sich dafür. Das war nicht ihre Art.

Lucia wandte sich zum Gehen, drehte sich aber nochmals um. »Das mit deinem Mann tut mir leid.«

Woher wusste sie von dem Anschlag?

Klare Antwort: Aus den Medien. Nein, das stimmte nicht. Soweit Andrina wusste, waren nie Enricos Name oder seine Position erwähnt worden. Andrina hatte sich darüber gewundert. Die Erklärung lag allerdings auf der Hand. Wagner und Häusermann hatten zurückhaltend kommuniziert. Hatten sie im Rahmen der Ermittlungen mit Lucia gesprochen? Denkbar, aber ergab es Sinn?

Jamila? Sie kam kaum in Frage. Sie wäre die Letzte, die mit Lucia sprechen würde.

»Ich drücke die Daumen, dass es ihm bald besser geht.« Sie trat dichter an Andrina heran. »Das sieht aus, als habe jemand die Firma und das Umfeld deines Mannes im Visier. Pass auf dich auf.«

Mit raschen Schritten schlängelte sie sich durch die Leute und war verschwunden, bevor Andrina imstande war, etwas zu erwidern.

Das hatte nicht freundlich und mitfühlend, sondern wie eine Drohung geklungen. Steckte Lucia hinter dem Anschlag auf Enrico?

»Du siehst müde aus«, sagte Seraina, als Andrina in die Küche kam.

»Es war ein anstrengender Tag.« Andrina reichte Seraina den Parmesan.

»Du kommst gerade rechtzeitig.«

»Ich bin später losgekommen als geplant.« Andrina hatte beschlossen, das Zusammentreffen mit Lucia nicht zu erwähnen. Inzwischen war sie überzeugt, zu viel hineinzuinterpretieren. Sie musste aufpassen, nicht langsam paranoid zu werden. Warum und vor allem wie hätte Lucia den Anschlag auf Enrico verüben sollen?

Andrina stellte sich neben ihre Schwester an den Herd. »Elisabeth hatte heute eine üble Laune.«

»Ist die nicht seit Dienstag in den Ferien?«

Seraina legte die letzte Schicht Lasagneblätter in die Auflaufform, übergoss sie mit Béchamelsauce und streute Parmesan darüber.

»Das war ursprünglich geplant. In der Nacht auf Dienstag bekam ihr Mann heftige Unterleibsschmerzen. Blinddarmdurchbruch. Er wurde in der Nacht notfallmäßig operiert. Das war es mit den Ferien.«

»An ihrer Stelle hätte ich auch schlechte Laune. Ich hoffe, sie hat diese nicht an dir ausgelassen.«

»Glücklicherweise nicht. Lukas und Kilian standen heute in ihrem Negativfokus. Wir anderen haben uns bemüht, nicht aufzufallen.« Andrina drehte einen Teelöffel hin und her, der vor ihr auf der Anrichte lag.

»Das ist aber nicht alles. Was ist sonst passiert?«, fragte Seraina.

»Ich weiß nicht, was ich machen soll«, erwiderte Andrina. Sie erzählte von Dario. Gestern Abend hatte sie dazu keine Gelegenheit gehabt, da Seraina und Michael gleich aufgebrochen waren, als Andrina gekommen war. Heute früh hatte sie in der morgendlichen Hektik nicht darüber sprechen wollen.

Seraina schob die Lasagne in den Ofen und lehnte sich neben Andrina an die Küchenanrichte. »Das klingt seltsam«, sagte sie.

»Max zu kontaktieren wird nichts bringen, fürchte ich.«

»Dem stimme ich zu. Du musst handfeste Beweise haben. Dein Eindruck, es könnten Jamila und die mysteriöse Frau gewesen sein, reicht nicht.«

Das war Andrina selbst klar.

»Hast du mit Jamila nochmals gesprochen?«

»Sie nimmt das Telefon nicht ab.«

»Was logisch ist. Sie hat deine Handynummer gespeichert.«

»Der Trick, von dem Anschluss des Verlags anzurufen, hat nicht funktioniert.«

»Sie wird die unbekannte Nummer gegoogelt haben. Das Verhalten mutet seltsam an.«

Wem sagst du das, dachte Andrina.

»Du bist dir nicht sicher, ob es bei Dario Jamila und diese Frau waren, die du gesehen hast«, fuhr Seraina fort. »Im Dunkeln sind alle Katzen grau, und das ist die Erklärung, warum sie dir ähnlich vorkamen.« Seraina füllte Wasser in den Teekocher. »Wobei ich Jamilas Verhalten, wie gesagt, auffällig finde. Das kann aber genauso gut einen anderen Grund haben. Sie selbst steht unter Verdacht, da sie von Gregor schwanger ist. Die Polizei wird ihr entsprechende Fragen gestellt haben, was ihr zusetzt.«

Das hatte Andrina bereits auch überlegt.

»Sie wird dir die Fragen von gestern übel genommen haben«, fuhr Seraina fort. »Das kann ich sogar nachvollziehen. Ich würde ihr Zeit geben und es in einigen Tagen wieder versuchen.«

Andrina ließ sich Serainas Argumente durch den Kopf gehen und musste ihr zustimmen, zu viel in Jamilas und Darios Verhalten hineinzuinterpretieren. Trotzdem blieben Zweifel.

EINUNDZWANZIG

Andrina hielt vor dem Friedhof Rosengarten. Nachdem sie den Motor abgestellt hatte, blieb sie einige Minuten sitzen und starrte auf die Mauer, die den Friedhof umgab. Andrina stieg aus, schloss den Reißverschluss der Jacke und zog die Kappe tief in die Stirn. Die Bise war eisig. Der Nebel hing tief. Es war fast Bodennebel.

Andrina holte das Heidegesteck und das Grablicht von der Rückbank und marschierte auf den Eingang zu.

Heute jährte sich der Tod ihrer Eltern. Bilder tauchten vor ihrem inneren Auge auf, als sie zwischen den Gräbern hindurchlief. Der Kies knirschte unter ihren Sohlen.

Damals hatte das gleiche Wetter geherrscht. Andrina war durch das Klingeln an der Haustür aufgewacht. Sie erinnerte sich, wie ungehalten sie gewesen war, um halb neun an einem Samstagmorgen aus dem Schlaf gerissen zu werden. Für einen Teenager definitiv ein No-Go. Sie hatte die Stimme ihrer Großmutter gehört. Warum sie damals bei ihnen gewesen war, wusste Andrina nicht mehr. Immerhin wären Seraina und sie alt genug gewesen, allein zu bleiben, wenn ihre Eltern im Ausgang waren.

Der Aufschrei ihrer Großmutter hatte Andrina dazu veranlasst, nach unten zu gehen. Sie saß in der Küche und hatte die Hände vor die Augen geschlagen. Zwei Polizeibeamte standen neben ihr. Was danach geschah, wusste Andrina nicht mehr.

Seraina hatte später erzählt, sie sei bei der Nachricht des tödlichen Unfalls zusammengebrochen.

Andrina bog rechts ab. Zwischen den Bäumen war der Nebel weniger dicht. Auf den Ästen und Nadeln hatte sich eine feine weiße Eisschicht gebildet. Biecht nannte es ihr Vater.

Andrina erreichte das Grab ihrer Eltern. Sie stellte das Gesteck hin, zündete das Grablicht an und positionierte es neben dem Grabstein.

Sie schaute auf das Todesdatum. Nächstes Jahr waren es fünfundzwanzig Jahre. Andrina schwankte. Sie wünschte, Serainas Angebot angenommen zu haben, als ihre Schwester sie gefragt hatte, ob sie zusammen gehen wollten. Die letzten Male war Enrico mitgekommen.

Bevor sie hergefahren war, war sie bei Enrico im Spital gewesen. Er hatte geschlafen. Es war frustrierend. Nie war er wach, wenn sie kam.

»Das ist kein Grund zur Besorgnis«, hatte Dr. Marti erklärt. »Er ist meistens nur kurz wach, da es ihn anstrengt. Ich kann Ihnen versichern, Ihr Mann macht große Fortschritte.«

Fortschritte, die ich nicht sehe. Aber Andrina wollte nicht undankbar sein und der Ärztin glauben. Immerhin hätte es anders kommen können, und er war nach wie vor nicht aus der Gefahrenzone. Der Zustand konnte sich jederzeit wieder zum Schlechten wenden.

»Die Phasen des Wachseins werden mehr und länger werden«, hatte Dr. Marti gesagt und Andrina angelächelt, was Andrina bei der unnahbaren Frau bisher nicht erlebt hatte. Dr. Marti war allgemein nicht mehr so kühl ihr gegenüber. »Sie werden sehen«, hatte sie zum Abschied gesagt.

Aus den Augenwinkeln nahm Andrina eine Bewegung wahr. Eine schwarz gekleidete Gestalt näherte sich den Gräbern drei Reihen weiter, die neu waren. Sie blieb vor einem Grab stehen, das mit Blumen und Kränzen geschmückt war.

Eine frische Wunde, die nie verheilen würde, dachte Andrina und wollte sich abwenden. Mitten in der Bewegung hielt sie inne und fasste die Person genauer ins Auge. Klein und zierlich. Das war die Frau, die den Brief in ihren Briefkasten geworfen hatte.

Andrina tat, als würde sie sich entfernen, und betrat den Hauptweg. Drei Abzweigungen später hielt sie sich links und näherte sich der Frau von hinten, die weiterhin vor dem Grab verharrte. Schwarzer, kurzer Mantel und langer schwarzer Rock. Es war eindeutig sie. Andrina blieb zwei Meter neben ihr stehen. Die Frau musste in ihre Gedanken versunken sein. Sie bemerkte Andrina nicht. Den Namen, der auf dem Grabstein stand, konnte Andrina von ihrem Standpunkt aus nicht erkennen.

Andrina wusste nicht, wie sie sich verhalten sollte. Sie wollte die Frau in ihrer Zwiesprache nicht stören. Genauso wollte sie Antworten.

Bevor sie sich einen Plan zurechtgelegt hatte, drehte sich die Frau in ihre Richtung. Sie stieß einen spitzen Schrei aus, als sie Andrina erblickte, und machte Anstalten, an ihr vorbeizulaufen. Schnell stellte Andrina sich ihr in den Weg.

»Es tut mir leid, wenn ich Sie störe, aber ich brauche Antworten.« Nicht gerade sensibel, aber ihr fiel auf die Schnelle nichts Besseres ein.

»Wer sind Sie?« Eine Mischung aus Mundart und Schriftdeutsch mit einem englischen Akzent.

»Das wissen Sie genau.«

»Nein.« Die Augen der Frau huschten umher. Sie suchte eindeutig nach einem Ausweg.

»Warum haben Sie den Brief in meinen Briefkasten gelegt? Sie hätten direkt mit mir sprechen können.«

»In welchen Briefkasten.«

»Enrico und Andrina Bianchi.«

Die Frau zuckte zusammen. »Wer? Ich kenne Sie nicht.«

Andrina verschränkte die Arme vor der Brust und trat einen Schritt auf die Frau zu. Sie wich zurück.

»Ich schreie, wenn Sie mich nicht durchlassen.«

»Ich tue Ihnen nichts. Ich möchte nur eine Antwort. Wieso glauben Sie, Ihr Sohn hat mit den Vorkommnissen bei JuraMed zu tun?«

Die Frau schlug die Hände vor das Gesicht. Sie murmelte etwas, das wie »Das hatte passieren müssen« klang.

»Sie können nicht zurück, nachdem Sie mir den Brief gegeben haben.«

Die Frau schwieg.

»Falls Ihr Sohn dahintersteckt, müssen Sie mit mir reden.«

»Da sonst weiteres Unglück geschieht«, sagte sie so leise, dass Andrina sich zuerst nicht sicher war, ob sie tatsächlich gesprochen hatte.

Die Frau hob den Kopf. Tränen glänzten in ihren Augen.

»Stellen Sie Ihre Fragen.« Wieder nur ein Flüstern.

»Wer sind Sie, und warum –«

»Bitte nicht alles auf einmal.« Sie faltete die Hände vor ihrem Körper und knetete die Finger. »Ich heiße Martha Klein.«

M. K. – Hoffentlich stimmte der Name.

»Wieso glauben Sie, Ihr Sohn habe mit allem zu tun?«

»Nachdem ich in der Zeitung von der Spinne las, war es mir klar.«

»Spinne?«

»Die bei Herrn Hartmann gefunden worden war. Zwar wurde nicht erwähnt, dass sie ihn gebissen hat, aber ich kann eins und eins zusammenzählen, wenn sich die Boulevardpresse darüber auslässt, eine ›australische Mörderspinne‹ sei in der Wohnung des tot aufgefundenen Mannes entdeckt worden. Das Foto war zudem eindeutig.«

»Sie kennen sich mit Spinnen aus?«

»Ja. Es war der Job meines Mannes.« Sie schaute zum Grab hinüber.

»Ist … war er Biologe?«

»Er arbeitete in der Forschung. Wir haben eine Zeit lang in Sydney gewohnt. Nathan wurde dort geboren. Mein Mann hat daran mitgearbeitet, ein Gegengift gegen das der Sydney-Trichternetzspinne zu entwickeln. Als Nate fünfzehn war, zogen wir in die Schweiz.«

Andrinas Handy klingelte. Sie holte es hervor und erblickte Fadrinas Namen auf dem Display. Sie war hin- und hergerissen. Wenn Fadrina sie auf dem Handy anrief, musste es wichtig sein. Aber sie wollte das Gespräch mit Martha Klein nicht unterbrechen.

»Es sieht aus, als hätten Sie den Anruf erwartet«, sagte Martha Klein.

Andrinas Hand schwebte über dem Display. War es schlau, das Gespräch in Martha Kleins Gegenwart anzunehmen? Sie wandte sich ab.

»Gott sei Dank«, stieß Fadrina hervor.

»Was ist passiert?«

»Nicht am Telefon. Bist du mit dem Auto oder Velo unterwegs?«

»Mit dem Auto, wieso?«

»Kannst du zu JuraMed kommen?«

»Ich ... Okay.«

Andrina drehte sich um. Martha Klein war weg. Suchend schaute sie über das Friedhofsgelände. Zwei Männer gingen den Hauptweg entlang. Zwei Reihen weiter standen zwei Frauen vor einem Grab. Eine von ihnen stellte einen Blumenstrauß in eine Friedhofsvase. Sonst war niemand zu sehen. Auch keine Martha Klein. Wie war das möglich? Das Gespräch mit Fadrina hatte keine Minute gedauert. Andrina dachte an das Zusammentreffen vor ihrem Haus. Dort war sie ebenso schnell verschwunden gewesen.

Sie musste eine spezielle Begabung dafür haben, sich wie in Luft aufzulösen. Andrina trat an das Grab. »Albert«, las sie. Kein Nachname, was ungewöhnlich war. Darunter befanden sich das Geburts- und das Todesdatum. Letztes lag fünf Monate zurück.

Martha Klein. Nathan und Albert. Sie hatte Namen, die sie Häusermann und Wagner liefern konnte.

Zuerst musste sie zu JuraMed. Dort konnte sie Fadrina nach einem Nathan Klein fragen.

Die Schranke glitt nach oben, als Andrina Enricos Badge an das Lesegerät hielt. Der Parkplatz war bis auf neun Autos leer. Das Gleiche galt für die Parkfelder der Geschäftsleitung – abgesehen von Enricos Wagen.

Andrina rief Fadrina an und betrat das Gebäude. Fast zeitgleich erschien Fadrina im Empfangsbereich.

»Danke, dass du sofort gekommen bist«, sagte sie. Andrina war erstaunt über den verängstigten Eindruck, den sie vermittelte.

»Was ist passiert?«

»Nicht hier.« Sie schaute sich um, und der Eindruck, sie habe Angst, vertiefte sich.

»Bist du allein hier?«, fragte Andrina, als sie Fadrina zu deren Büro folgte und in keinem der Räume, an denen sie vorbeigingen, jemanden erblickte.

»In dieser Etage, glaube ich. Ob sonst jemand da ist, weiß ich nicht.«

Sie schloss die Tür und nahm ihr Handy hervor. »Ich habe das da unten im Keller gefunden.« Sie tippte mehrmals auf das Display und reichte Andrina das Gerät.

»Ein Aquarium?«

»Ich dachte, es ist ein Terrarium.«

»Wie groß ist das?«

Fadrina zeigte mit den parallelen Handflächen Abstände von dreißig bis vierzig Zentimetern Höhe und der gleichen Breite in die Luft.

Andrina zoomte das Bild größer. »Ein ehemaliger Mitarbeiter von Enrico hatte ein Aquarium in seinem Büro.«

»Sind Haustiere erlaubt?«, fragte Fadrina verdutzt.

»Ich glaube, er hat eine Ausnahme gemacht. Nachdem er gekündigt hat, hat er die Fische mitgenommen, das Aquarium aber dagelassen, weil er sich ein größeres zutun wollte.«

»Du meinst, das ist dieses Aquarium?«

»Das kann ich dir nicht sagen. Ich habe es nie zu Gesicht bekommen und weiß nicht, ob es nicht später an einen Mitarbeiter verschenkt wurde, der es für seine Kinder haben wollte.«

»Gibt es einen Unterschied zwischen einem Aquarium und einem Terrarium?«

»In dem einen ist Wasser drin.«

»Sehr witzig«, sagte Fadrina. »Das weiß ich selbst. Ich meine, wenn es leer ist. Also kann man so ein Gefäß für beides gebrauchen?«

»Du stellst Fragen. Die Fugen bei einem Aquarium müssen absolut dicht sein. Ein Terrarium wird Schiebetüren haben, damit man es leichter reinigen und die Tiere füttern kann, würde ich sagen.«

»Das ergibt Sinn.«

»Auf der anderen Seite können die Tiere nicht so leicht entwischen, wenn man nur die Öffnung wie bei einem Aquarium oben hat. Ich würde sagen, es kommt auf die Tierart an, die man halten möchte. Also die Größe und die Luftzufuhr müssen stimmen.«

»Also ist das hier ein Aquarium?«

»Auf dem Foto kann ich nicht erkennen, ob es Schiebetüren hat.«

»Darauf habe ich nicht geachtet. Komm mit.« Fadrina zog Andrina mit sich aus dem Büro. Sie gingen zu einem Lift und fuhren in den Keller.

Das Pling der beiden Türen hallte in dem Gang wider, als sie auseinanderglitten. Der Boden des Korridors bestand aus grauem Beton. Ebenso die Wände. Das Licht der Neonröhren verbreitete keine richtige Helligkeit. Die Sohlen der Schuhe quietschten, als sie den Korridor entlanggingen. Mehrmals schaute Andrina sich verstohlen um. Das war eindeutig ein Ort, von dem sie so schnell wie möglich wieder wegkommen wollte.

Fadrina öffnete eine Tür und machte eine Geste, die wohl heißen sollte, Andrina solle zuerst eintreten. Das Unbehagen wurde größer.

Der Raum hatte keine Fenster, und die Neonröhre verbreitete ein ähnlich schummriges Licht wie die im Korridor. An den Wänden standen hellgraue Metallschränke und Gestelle. Fadrina musste nur die Tür zuschlagen, und Andrina war gefangen. Hier würde niemand sie hören – es sei denn, es käme zufällig jemand in den Keller, was an einem Freitagabend unwahrscheinlich war. Andrina würde frühestens am Montag gefunden werden.

Hatte Fadrina sie heruntergelockt, um sie einzusperren? Hör auf damit. Sie ist Enricos Sekretärin.

Eben, sagte eine andere Stimme in ihrem Kopf. Du weißt nicht, ob und was zwischen den beiden vorgefallen ist.

»Was ist?«, holte Fadrina sie aus ihren Gedanken.

»Ich habe Keller nicht besonders gern.«

»Wer hat das schon.« Fadrina ging vor Andrina in den Raum. Sie öffnete die Tür von einem hellgrauen Schrank und trat auf die Seite. »Keine Schiebetüren«, sagte sie. »Also nur für Fische.

Andererseits kann ich mir vorstellen, dass man so ein Ding als Terrarium für Spinnen nutzen kann.«

»Denkbar.« Andrina stellte sich neben Fadrina, sah aber zu, der Tür näher zu sein. »Wenn es schon länger hier unten ist, wird es das Aquarium von damals sein.«

»Ich habe keine Ahnung, wie lange es hier ist. Ich habe es heute zufällig entdeckt.« Fadrina fuhr mit der Fingerspitze über die Glasfläche. »Eingestaubt ist es jedenfalls nicht.«

»Es war im geschlossenen Schrank.«

»Es sieht aus, als sei es länger nicht gebraucht worden.«

Woran Fadrina das sehen wollte, verstand Andrina nicht, aber sie beließ es dabei.

Fadrina schlug die Tür zu. Der Knall klang wie ein Schuss. »Lass uns hochgehen.«

Erleichtert verließ Andrina mit Fadrina den Raum und ging zum Lift. »Wo ist der Schrank mit den Medikamenten?«

»Du meinst den für Fentanyl?«

»Ja.«

»In den Lagerräumen. Komm, ich zeige es dir.«

Sie stiegen im Erdgeschoss aus und bogen nach links ab. Fadrina entriegelte mit dem Badge eine Tür, und sie gingen einen langen Korridor entlang. Auch hier war Andrina noch nie gewesen. Fadrina blieb vor einer Tür stehen und öffnete sie. Sie betrat vor Andrina den Raum. An den Wänden standen weiße Schränke, die Andrina an die in einer Apotheke erinnerten. An der gegenüberliegenden Wand befand sich ein weißer Holzschrank.

»Das ist er«, sagte Fadrina. »Ansonsten bewahren wir in dem Raum Muster auf, die unsere Verkäufer auf ihre Touren mitnehmen.«

Wie Enrico gesagt hatte, war der Schrank für alle zugänglich, die mit ihrem Badge in diesen Bereich konnten. Andrina trat an den Schrank und musterte das Schloss und die Tür, die nicht bündig schloss.

»Einen Schlüssel dazu habe ich nicht«, sagte Fadrina.

»Okay«, sagte Andrina. Als sie sich abwandte, sah sie eine Reflexion des Lichts auf dem Boden und bückte sich.

Fadrina ging neben Andrina in die Hocke. »Ein Schlüsselanhänger?« Sie hob ihn hoch und ließ ihn sogleich mit einem
Aufschrei fallen. »Pfui Spinne!« Sie sah Andrina verlegen an
und hob den Anhänger wieder auf.

»Das ist eine Rotrückenspinne«, sagte Andrina und zeigte
auf den Anhänger auf Fadrinas Handfläche.

»Woran erkennst du das?«

»Die Form der Spinne und dieser rote gläserne Stein, der auf
dem Rücken eingefasst ist.« Sobald sie das ausgesprochen hatte,
wurde ihr bewusst, was es bedeutete. »Den hat der verloren,
der das Fentanyl gestohlen hat«, flüsterte sie. »Und es ist eine
Verbindung zu Gregors Tod.«

»Nicht nur das, der Mörder ist definitiv einer von JuraMed«,
sagte Fadrina. »Hier haben nur Mitarbeiter Zutritt. Wir müssen
das der Polizei geben.«

Sie hielt Andrina den Anhänger hin.

»Nicht ich.« Andrina wich zurück. »Ich darf nicht hier gewesen sein. Sonst glauben sie, ich habe ihn dort deponiert, um
von mir abzulenken.«

»Okay. Ich habe bemerkt, dass sie dich in Verdacht haben.
Dummerweise habe ich das Ding angefasst.«

»Wenn du ihnen erzählst, dass dir zuerst nicht bewusst war,
worum es sich handelte, ist es nicht gelogen, und dir nehmen sie
es eher ab als mir.« Andrina reichte Fadrina ein Papiertaschen-
tuch. »Hast du den Anhänger bei einem Mitarbeiter gesehen?«

»Nein. Ich habe, ehrlich gesagt, nie darauf geachtet. Wie es
aussieht, muss der an einem anderen Schlüsselbund befestigt
gewesen sein.«

»Wieso glaubst du das?«

»Hier liegt kein Schlüssel herum, und der Verschluss ist offen.
Außerdem ist er nicht allzu groß.« Fadrina wickelte den An-
hänger in das Taschentuch und steckte ihn in ihren Hosensack.
»Lass uns gehen.«

Dieser Aufforderung kam Andrina nur zu gerne nach.

»Gibt oder gab es einen Mitarbeiter mit dem Namen Nathan
Klein?«, fragte Andrina, als sie mit dem Lift nach oben fuhren.

Sie hatten zwar schon geschaut, ob es einen Angestellten gab, dessen Nachname mit K anfing. Da war kein »Klein« dabei gewesen. Aber sie musste es nochmals versuchen. Es konnte sein, dass das System diesen Namen, aus welchen Gründen auch immer, nicht angezeigt hatte.

»Nathan Klein?«, fragte Fadrina nach. Sie stiegen aus dem Lift.

»Ich bin heute seiner Mutter begegnet. Sie heißt Martha Klein …«

Eine Tür wurde aufgestoßen, und Julian Schäfer, Luis Imhof, Beat Schär von der IT, Clarissa Rüegg, die den Einkauf für Rohstoffe unter sich hatte, und Linus Gisler, der Chef der Qualitätssicherung, kamen heraus. Ihnen folgten zwei Männer und eine Frau, die Andrina nicht kannte.

»Ihr seid noch da?«, fragte Fadrina verdutzt. »Es ist Freitagabend.«

»Unsere Sitzung hat länger gedauert«, sagte Linus Gisler. »Andrina, was machst du hier?«

»Ich wollte Fadrina abholen. Wir sind verabredet.«

»Wir sind …«, setzte Fadrina an, und Andrina hätte sie am liebsten mit dem Ellenbogen in die Seite geboxt.

»Wie geht es deinem Mann?«, kam ihr Linus Gisler glücklicherweise zuvor.

»Unverändert«, sagte Andrina und blieb bei ihrem Vorhaben, nicht zu erwähnen, dass Enrico inzwischen aufgewacht war.

»Es ist gut, wenn ihr zusammen etwas macht und euch gegenseitig ablenken könnt«, sagte Clarissa Rüegg.

»Wieso?«, fragte Fadrina.

»Du bist seit dem Anschlag auf Enrico gefühlt nonstop da, und Andrina hilft es, auf andere Gedanken zu kommen. Einen schönen Abend, ihr zwei.«

»Danke. Euch auch.«

Die Gruppe entfernte sich. »Martha Klein ist die Frau, die behauptet, ihr Sohn würde hinter allem stecken, und dieser Sohn heißt Nathan?«, fragte Fadrina, als sie weitergingen.

»Ja.«

»Ich schaue im System nach.«

Fadrina entsperrte ihren Computer. »Fehlanzeige. Es arbeitet kein Nathan Klein bei uns.«

»Wie ist es mit Nate Klein.«

»Nichts.«

»Und jemand nur mit dem Vornamen Nathan oder Nate?«

Fadrina verneinte abermals.

»Gab es früher einmal jemanden mit diesem Namen?«

»Nichts, tut mir leid. Eine Martha haben oder hatten wir ebenfalls nicht.«

»Und einen Albert?«

»Wer ist das?«

»Das ist der Name auf dem Grabstein.«

»Albert wäre der Vater von diesem Nathan?«

»Ich nehme es an.«

Sie gab den Namen ein. »Auch hier muss ich dich enttäuschen.«

Andrina stellte sich ans Fenster. Linus Gisler und Clarissa Rüegg verließen das Gebäude und gingen über den Parkplatz zu zwei Autos, die nebeneinanderstanden.

Sackgasse, dachte sie frustriert.

***

»Ich würde Max Wagner informieren, obwohl der Name nicht im System von JuraMed ist«, sagte Michael. Er saß auf dem Boden in Reginas Zimmer und baute mit den beiden Mädchen eine Kugelbahn auf.

»Ich bin hin- und hergerissen. Wenn Max mir nicht glaubt, bin ich gleich weit wie vorher. Es ist nicht hilfreich, da die Frau verschwunden ist.«

»Er kann auf dem Friedhof oder besser beim Zivilstandsamt nachfragen, ob die Frau des Verstorbenen Martha Klein ist. Der Polizei wird man Auskunft geben.«

War das so? »Sie kann einen beliebigen Grabstein ausgesucht haben. Immerhin steht dort kein Nachname drauf.«

»Das ließe sich herausfinden, wenn er nachfragt. Ihm werden sie sicher die entsprechenden Informationen geben. Dort kann er auch erfahren, ob sie einen Sohn Nathan haben.«

Andrina ließ es sich durch den Kopf gehen. »Ich muss ihn überzeugen, das zu tun, und das wird schwierig sein. Er wird davon ausgehen, dass ich die Namen erfunden habe. Sein Misstrauen könnte sogar verstärkt werden. Immerhin war diese Frau von der einen auf die andere Sekunde verschwunden.«

»Schau im Telefonbuch nach«, schlug Michael vor. »Wenigstens hast du einen Namen.«

Auf die Idee war Andrina nicht gekommen. Sie holte ihr Handy und rief das Online-Telefonbuch auf. Eine Martha Klein gab es nicht. Genauso keinen Albert und keinen Nathan Klein. Andrina dehnte die Suche auf den gesamten Aargau aus. Nichts.

»Sie könnten nicht eingetragen sein«, sagte Michael.

»Oder es ist ein falscher Name, den sie genannt hat.«

»Albert wird stimmen«, erwiderte Michael. »Der stand auf dem Grabstein. Er hat vielleicht einen anderen Nachnamen. Such nur nach einem Albert. Wenn er erst seit Kurzem tot ist, ist der noch im Telefonbuch.«

Andrina gab nur Albert ein. »Es gibt einige in Aarau«, sagte sie. »Im Aargau hat es noch mehr. Dort gibt es ihn als Vor- und als Nachnamen.« Ratlos schaute sie von Seraina zu Michael. »Was hilft mir das?«

»Nicht viel, fürchte ich«, erwiderte Seraina. »Ich finde Mikes Idee die beste Lösung, wenn du Max und Sämi kontaktierst und bekniest, beim Friedhof nachzuhaken.«

»Oder jemanden anderen, dem du mehr vertraust«, ergänzte Michael.

»Zum Beispiel Susanna. Ihr seid befreundet. Zudem ist sie nicht im Dienst und schaut von außen auf alles«, ergänzte Seraina.

»Sie ist Sämis Partnerin, und ich möchte nicht, dass sie wegen mir zwischen die Fronten gerät.« Andrina war niedergeschlagen. »Ich muss diese Frau wiederfinden.«

»Das wird sie nicht wollen. Sonst wäre sie nicht einfach verschwunden. Und das gleich zweimal.«

»Ich frage mich, warum sie nicht zur Polizei geht«, sagte Michael.

»Würdest du deinen eigenen Sohn gerne bei der Polizei anschwärzen?«, fragte Seraina.

»Nein. Aber wieso kontaktiert sie Andrina?«

»Um sie zu warnen. Sie möchte, dass nicht noch mehr passiert.«

»Für mich ist ihr Verhalten unlogisch«, brummte Michael. Sogleich hellte sich seine Miene auf. »Du sagtest, der Mann habe bei der Entwicklung von diesem Gegengift mitgeholfen. Das wäre ein Ansatz. Du könntest ihn über das Institut ausfindig machen. Immerhin ist er noch nicht lange tot.«

»Er war pensioniert«, sagte Seraina.

»Woher willst du das wissen?«

»Indem ich das Alter ausrechne. Er war Ende sechzig.«

»Trotzdem sollte man ihn über das Institut ausfindig machen können.«

»Dazu muss ich wissen, wo er genau gearbeitet hat«, hielt Andrina dagegen. »Und ob die mir Auskunft geben, steht in den Sternen. Der nächste Punkt ist, sie hat erzählt, dass sie in die Schweiz gekommen sind, als ihr Sohn fünfzehn war. Wenn dieser nun bei JuraMed angestellt sein soll, wird er inzwischen mindestens zehn Jahre älter sein. Und«, sie hob die Hand, als Michael etwas sagen wollte, »ich habe nachgeschaut. Dieses Gegengift wurde 1981 entwickelt. Das ist einige Zeit her. Das heißt, sie sind seit Längerem in der Schweiz. Außerdem wissen wir nicht, wie wichtig seine Rolle bei der Entwicklung war. Er wird nicht mehr unbedingt in dem Institut erfasst sein.«

»Auch wahr«, brummte Michael. Sein Frust war überdeutlich. »Ich schaue am Montag, ob ich etwas herausfinden kann.«

»Du?«, fragte Seraina.

»Ich kann meine Kontakte aktivieren.«

ZWEIUNDZWANZIG

»Sofort«, sagte Max Wagner. Bevor Andrina nachfragen konnte, ob es nicht bis nach ihrer Mittagspause warten konnte, hatte er aufgelegt.

Andrina ließ den Hörer sinken.

»Das klingt nach schlechten Neuigkeiten«, sagte Lukas. »Hat sich der Zustand deines Mannes verschlechtert?«

»Nein. Ich soll ins Polizeikommando kommen.«

»Das heißt, sie haben Neuigkeiten?«

»Eher neue Fragen.«

»Offenbar sind sie einen Schritt weiter, wenn es so eilt.«

»Womöglich.« Womöglich nicht, korrigierte Andrina im Stillen. Es musste etwas sein, das den Verdacht gegen sie verstärkte. Hatte Fadrina den Anhänger abgegeben und gesagt, dass Andrina dabei gewesen war? Oder waren Michaels Fragen bei ehemaligen Kollegen der Grund? Hatte Wagner davon erfahren und konnte sich zusammenreimen, was Michaels Fragerei bedeutete?

Sie hatten abgemacht, dass Andrina nichts unternehmen sollte – auch über das Wochenende nicht, bis er Erkundigungen eingezogen hatte. Am gestrigen Montag hatte sie Michael nicht gesehen, und Seraina hatte nichts gesagt. Es hatte eine große Willensanstrengung gebraucht, nicht ungeduldig nachzufragen.

»Geh nur. Elisabeth ist heute nicht da und merkt es nicht. Falls sie anrufen und dich verlangen sollte, was ich für unwahrscheinlich halte, werde ich mir eine schlüssige Ausrede einfallen lassen und sagen, du würdest dich bei ihr melden.«

»Danke.« Elisabeth war ihre geringste Sorge. Was hatten Wagner und sein Team herausgefunden, dass er sie mit Nachdruck zu sich zitierte?

Schwerfällig verließ sie das Verlagsgebäude und holte ihr Velo.

Sie überquerte die Bahnhofstraße und fuhr die Kasinostraße

entlang. Zum Glück galt hier die Einbahnstraße für Velos nicht. Andrina bog in die Laurenzenvorstadt ab und fuhr danach den Tellirain bergab. Im Kreisel nahm sie die erste Ausfahrt und erreichte nach zehn Minuten das Polizeikommando.

Wagner wartete vor dem Empfang, als Andrina das Gebäude betrat. Demonstrativ schaute er auf seine Uhr.

»Fliegen kann ich nicht«, sagte Andrina.

Wagner hob den Badge an das Lesegerät, und die Schiebetür öffnete sich. Ohne ein weiteres Wort machte er eine Geste, ihm zu folgen. Andrina fand das Schweigen unheilverkündend, aber sie widerstand dem Drang, es zu brechen.

Wagner öffnete eine Tür, und Andrina hätte beinahe laut aufgestöhnt. Anstatt wie erwartet Häusermann anzutreffen, erblickte sie Brogli. Konnte es schlimmer kommen?

»Wo waren Sie gestern zwischen sechs Uhr abends und Mitternacht?«, begann Brogli, nachdem sie sich gesetzt hatten.

Andrina schielte zu Wagner. Wieso übernahm er die Fragen nicht, und wo war Samuel Häusermann? Wagner schaute sie nicht an, sondern machte eine Notiz.

»Bei meiner Schwester in Erlinsbach und –«

»Nicht allein zu Hause?«, unterbrach Brogli sie.

Das hättest du wohl gerne, dachte Andrina. Zugleich irritierte sie diese Aussage. Hoffte er, ihr etwas anhängen zu können? Was war passiert?

»Die ganze Zeit?«, fuhr Brogli fort.

»Ja. Wir haben um halb sieben Uhr Znacht gegessen, danach mit den Kindern gespielt, bevor wir sie ins Bett gebracht haben.«

»Bei Frau Steiger?« Das klang ungläubig.

»Im Moment bin ich bei meiner Schwester untergekommen. Sämi und Marco …«

»Marco hat in diesem Fall nichts zu suchen«, knurrte Brogli.

»… fanden den Gedanken, mich allein in meinem Haus zu wissen, nicht beruhigend«, sprach Andrina weiter, ohne auf Broglis Einwurf einzugehen. »Gegen zehn Uhr habe ich mich hingelegt.«

»Danach haben Sie das Haus nicht mehr verlassen?«

»Nein.«

»Kann das jemand bezeugen?«

Nein. Seraina und Michael würden das nicht können, da sie kurz vor ihr schlafen gegangen waren. In der Nacht war es leicht, sich aus dem Haus zu stehlen.

»Ich hatte keinen Grund, das Haus zu verlassen«, sagte Andrina und wünschte, geschwiegen zu haben.

»Wir werden nachfragen«, knurrte er.

Das hättest du nicht sagen brauchen. Das ist mir so oder so klar.

Brogli schob Andrina ein Blatt zu, das in einer Klarsichtmappe steckte. »Kennen Sie diese Frau?«

Beinahe hätte Andrina Nein gesagt, konnte es aber knapp zurückhalten. Fast hätte sie die Frau nicht erkannt. Sie war blass und hatte die Augen geschlossen. Die schwarz gefärbten Haare standen wirr vom Kopf ab. Das Foto stammte aus der Rechtsmedizin. Eindeutig. Inzwischen hatte Andrina genügend solcher Fotos gesehen, auf denen nur der Kopf, der Ansatz der Schultern und ein Teil des Edelstahltisches zu sehen waren.

»Offenbar ist Ihnen die Dame bekannt.« Brogli klang triumphierend.

»Martha Klein«, flüsterte Andrina. »Was ist mit ihr?«

»Sie kennen sogar ihren Namen!«

»Inzwischen tue ich das, ja.« Andrina hob den Kopf. Das Glitzern in seinen Augen machte sie wütend.

»Ich habe sie am Freitag auf dem Friedhof getroffen.«

»Auf welchem Friedhof?«

»Rosengarten. Ich war dort und habe das Grab meiner Eltern besucht.«

Das Glitzern in seinen Augen verschwand. Er fragte sich eindeutig, ob er was verpasst hatte.

»Sie war am Grab ihres Mannes, und ich habe sie angesprochen«, sprach Andrina gleich weiter.

»Warum belästigen Sie eine fremde Person auf dem Friedhof?«

»Ich habe sie nicht belästigt!« Ruhig bleiben, ermahnte Andrina sich. Er will genau das erreichen. Du sollst die Kontrolle verlieren.

»Es ist die Frau, die den Brief in meinen Briefkasten gelegt hat«, wandte Andrina sich an Wagner. »Von der ihr glaubt, ich hätte sie erfunden.«

Wagners Augenbrauen zogen sich über der Nasenwurzel zusammen. Du solltest ihn nicht reizen und ihn lieber zurück auf deine Seite ziehen, dachte Andrina. »Der Brief, der mit M. K. unterschrieben war«, setzte sie nach, um einen sachlichen Tonfall bemüht. »Ich habe sie gefragt, warum sie mir den Brief geschrieben hat und sich fluchtartig entfernt hat, als ich aus dem Haus gekommen bin.«

»Was sagte sie darauf?«

»Sie ist ausgewichen. Genauso auf meine Frage, warum sie nicht die Polizei kontaktiert. Stattdessen hat sie mir von ihrem Mann erzählt.« Andrina schilderte das, was sie in Erfahrung gebracht hatte. Kurz überlegte sie, ob sie erwähnen sollte, wie die Frau sich abermals wie in Luft aufgelöst hatte, fand es allerdings ratsamer, das nicht zu tun. Es würde den Eindruck eines neuen Fluchtversuchs erwecken – was es am Ende auch war. Und es würde so erscheinen, als habe Andrina ihr zugesetzt oder sie bedroht, sodass Martha Klein sich dazu veranlasst fühlte.

»Wieso hast du uns nicht gesagt, diese Frau getroffen zu haben?«, fragte Wagner.

»Hättest du es mir geglaubt?«, rief Andrina und ermahnte sich abermals, sich nicht aus der Reserve locken zu lassen. »Sie war wieder verschwunden, und weder von ihr noch von ihrem verstorbenen Mann gibt es einen Telefoneintrag.«

Wagner sagte nichts und schrieb etwas in sein Notizbuch, das er mehrmals unterstrich.

»Sie ist tot, nicht wahr?«, fragte Andrina leise.

»Ja«, sagte Wagner. »Sie wurde heute Morgen von ihren Nachbarn tot in ihrer Wohnung aufgefunden.«

***

Endlich war Feierabend. Wie Andrina den Tag überstanden hatte, wusste sie nicht.

Nach Broglis Befragung hatte sie gehen können. Im Verlag war sie allen aus dem Weg gegangen. Zu ihrem Erstaunen hatte keiner nachgebohrt, obwohl sich alle verstohlene Blicke zugeworfen hatten und die Neugier greifbar gewesen war. Sogar Kilian hatte sie in Ruhe gelassen. Am Nachmittag hatte Seraina aufgelöst angerufen.

»Warum will die Polizei die Bestätigung, dass du gestern und die ganze Nacht bei uns warst?«

Andrina fasste zusammen, was passiert war.

»Himmel«, hatte Seraina geflüstert. »Ich habe Angst um dich.«

Andrina stellte das Velo neben die Garage und betrat ihr Haus. Die Kühle, die sie empfing, verstärkte den verlassenen Eindruck, den es vermittelte. Andrina schaute die Briefe, die sie aus dem Briefkasten genommen hatte, durch. Nichts, das sofort erledigt werden musste.

Sie ging durch die Räume und lief danach nach oben. Vor dem kleinen Hängeschrank im Badezimmer blieb sie stehen. Die Kopfschmerzen, die sich mit einem Pochen nach dem Mittagessen angekündigt hatten, waren am Nachmittag stärker geworden. Andrina nahm eine Kopfschmerztablette. Als sie die Schachtel zurückstellte, fiel eine andere Packung heraus. Andrina hob sie hoch und erstarrte.

Was hatte Fentanyl in ihrem Medizinschrank zu suchen? Das Logo von JuraMed hob sich deutlich auf dem weißen Hintergrund der Packung ab. Die Packung war offen. Ein Pflaster fehlte.

Es klingelte. Andrina steckte die Packung in die Tasche ihrer Jeans und schloss die Tür des Medizinschrankes. Erneutes Klingeln.

Andrina eilte nach unten. Draußen stand Wagner mit Brogli und zwei Beamten in Uniform. Er hielt ihr ein Blatt hin.

»Wir haben einen Durchsuchungsbeschluss. Dürfen wir reinkommen?«

Wie in Trance wich Andrina zurück. Wagner führte sie zum Wohnzimmer, während er Anweisungen gab. Wie betäubt setzte Andrina sich an den Esstisch. Wagner nahm ihr gegenüber Platz.

»Wieso bist du hier? Ich dachte, du wohnst momentan bei deiner Schwester.«

Wieso kommst du mit dem Trupp hierher und nicht nach Erlinsbach? »Ich fahre jeden Tag vorbei, um nach dem Rechten zu sehen, die Post zu holen und um die Pflanzen zu gießen«, erwiderte Andrina mechanisch.

Schweigen machte sich breit. Die Zeit verging. Andrina wurde unruhiger. Was hofften sie zu finden?

»Warum seid ihr hier?«

»Was hast du sonst mit Frau Klein besprochen?« Wagner beugte sich vor, und sein Gesicht war nur wenige Zentimeter von Andrinas entfernt. Ihr gelang es, nicht zurückzuweichen.

»Nichts weiter, nur das, was ich euch erzählt habe.«

»Wo wohnt sie?«

Andrina war geschockt, gleichzeitig waren ihre Sinne hellwach. Am Morgen hatte sie ihm gesagt, das nicht zu wissen. Wollte er ihr den Mord anhängen?

»Das weiß ich nicht.«

»Sie hat es dir nicht verraten?«

»Das wird das Letzte gewesen sein, das sie mir sagen wollte. Immerhin hat sie zugesehen, schnell zu verschwinden, sobald sich die Gelegenheit bot. Sie wollte nicht mit mir reden.«

»Du bist der Frau nie früher begegnet? Ich meine, vor der Begegnung an deinem Briefkasten.«

Auch das hatten sie schon.

»Nein.«

Wagner trommelte mit den Fingern auf den Tisch.

Einer der Beamten trat ein. »Nichts.«

»Schaut oben nach.«

»Hier ist ein Schränkchen mit Medikamenten«, sagte der andere Beamte.

Andrina wurde heiß, als ihr aufging, wonach sie suchten. Die Packung in ihrem Hosensack war wie glühende Kohlen. Die viereckige Ausbuchtung der Schachtel war deutlich zu sehen. Andrina zog so unauffällig wie möglich den Pullover darüber. War das die einzige Packung, die sich in dem Schränkchen befand? Was hatte das Fentanyl mit Martha Kleins Tod zu tun? Andrina wurde eine Spur heißer. War sie an einer Überdosis gestorben?

Sie hätte Wagner von ihrem Fund erzählen sollen. Wann hätte sie das tun sollen, fragte sie sich gleichzeitig. Sie hatte keine Chance gehabt. Als er mit seinem Aufgebot vor der Tür stand, war es bereits zu spät.

Nichts anmerken lassen, sagte sie sich wie ein Mantra. Hoffentlich waren keine weiteren Schachteln im Haus versteckt.

DREIUNDZWANZIG

»Warum möchtest du nicht mit mir reden?«, fragte Seraina. Als Andrina am Vorabend endlich hatte gehen können, war sie sofort in ihr Zimmer verschwunden, nachdem sie in Erlinsbach angekommen war. Seraina und Michael hatten zu Andrinas Erleichterung ihren Wunsch akzeptiert, in Ruhe gelassen zu werden. Auch am Vormittag war sie Seraina ausgewichen und hatte starke Kopfschmerzen vorgeschoben, was nicht gelogen war.

»Geht es dir nicht gut? Ist mit dem Kind alles in Ordnung?«

»Es hat nichts mit der Schwangerschaft zu tun.«

»Was ist es dann?«

»Ich möchte dich nicht unnötig belasten.« Andrina nippte am Kräutertee.

»So ein Blödsinn. Was ist gestern passiert?«

»Martha Klein wurde tot aufgefunden.«

»Das sagtest du. Und sonst?«

»Nichts.«

»Warum bist du erst so spät gekommen?«

»Max hatte Fragen. Ich konnte ihm aber nicht helfen.«

Sie wollte Seraina nichts von dem Fentanyl sagen. Je weniger ihre Schwester wusste, desto besser war es. Am Ende wurde sie der Mittäterschaft beschuldigt.

Wenigstens hatte die Polizei keine weiteren Päckchen oder anderes belastendes Material gefunden. Brogli war die Enttäuschung deutlich anzusehen gewesen.

»Einen Vorteil hat deine Anwesenheit«, sagte Seraina. »Ich habe jemanden, der sich um Regina kümmert, und ich kann heute Nachmittag die beiden Patientinnen notfallmäßig behandeln.«

Die beiden Frauen hatten kurz nach dem Mittagessen angerufen, und Seraina hatte ihnen am frühen Nachmittag einen Termin gegeben. Die Erste hatte einen Hexenschuss. Was bei der Zweiten das Problem war, wusste Andrina nicht mehr.

Es klingelte an der Tür. Seraina stand auf. »Bis später und danke.«

Andrina gesellte sich zu Rebecca und Regina auf den Boden. Die beiden Mädchen waren mit einem Puzzle beschäftigt, und Andrina beschränkte sich aufs Zuschauen.

»Sie ist im Wohnzimmer«, hörte Andrina Seraina sagen. Augenblicklich verkrampfte Andrina sich. Bitte keine neue Befragung.

Anstatt Wagner und Brogli erschien Susanna im Türrahmen. Andrina zwinkerte. Susanna blieb und war keine Täuschung.

»Was machst du hier?«, fragte sie und stand auf.

»Ich weiß, ich sollte das nicht, aber ich kann nicht anders.« Susanna begrüßte Andrina mit drei Wangenküssen. »Das, was gerade abgeht, finde ich so was von daneben.«

»Was kann ich dir anbieten?«

»Gerade nichts. Wie geht es dir?«

Anstatt zu antworten, brach Andrina in Tränen aus. Susanna nahm sie in die Arme und drückte sie an sich, soweit es mit ihrem voluminösen Bauch möglich war.

Nachdem Andrina sich beruhigt hatte, führte Susanna sie zum Sofa.

»Gestern rief Marco mich an …«

»Marco?«

»Ihm gefalle die Eigendynamik nicht, die sich gegen dich entwickle. Er schimpfte etwas von Betriebsblindheit und bat mich, mit Sämi zu sprechen.«

»Marco arbeitet nicht an dem Fall mit, weil –«

»Ich weiß, Befangenheit. Er bekommt aber genügend mit, um sich selbst ein Bild zu machen. Wenn man nicht drinsteckt, hat man manchmal einen neutralen Blick auf das Ganze, hat er gesagt.«

Marco hielt sie für unschuldig? Ein warmes Gefühl breitete sich in Andrinas Innerem aus. Wenigstens einen von dem Team Leib und Leben hatte sie nicht gegen sich, obwohl es vermutlich wenig brachte, da er keinen Einfluss hatte.

»Wieso solltest du mit Sämi sprechen?«

»Damit ich herausbekomme, was los ist und welche Beweise gegen dich vorliegen.«

Eine recht unorthodoxe Vorgehensweise, dachte Andrina, aber sie spürte Dankbarkeit.

»Hat es etwas genützt?«

»Leider nicht. Er ist total stur. Sagen dürfe er mir nichts. Laufende Ermittlungen, wie ich wissen sollte.«

Andrina stutzte. Das Misstrauen schlich sich zurück.

»Warum bist du hier?«

»Um dich wissen zu lassen, dass du nicht allein bist und jemanden hast, an den du dich wenden kannst.«

»Weiß Sämi, wo du bist?«

»Wo denkst du hin?«

Andrina schwieg. Susannas Verhalten kam ihr suspekt vor. Konnte sie ihr trauen? Der Wunsch, jemanden einzuweihen, wurde größer. Unvermittelt legte Andrina ihre Hand auf den Hosensack, in dem sich nach wie vor die Packung befand. Sie hatte es nicht gewagt, sie woanders hinzutun, damit nicht Seraina oder, schlimmer, die Kinder das Medikament fanden. Oder die Polizei, falls sie auf die Idee kam, hier aufzutauchen und Serainas Haus zu durchsuchen.

»Weißt du, wieso oder woran Martha Klein gestorben ist?«

»Sie starb an einer Überdosis Fentanyl.« Susanna hatte die Stimme gesenkt, und Andrina konnte sie fast nicht verstehen.

Also doch! Es war, als würde ihr jemand den Boden unter den Füßen wegziehen, und Andrina war froh zu sitzen. Das Fentanyl in dem Medizinschrank ergab Sinn. Es war eindeutig, jemand hatte es ihr als Beweis untergeschoben. »Wie kommen sie zu der Annahme?« Andrina hoffte, Susanne merke nicht, wie aufgewühlt sie war. »Hat das die Rechtsmedizin bestätigt?«

»Ja. Und sie haben im Abfall bei ihr Packungen gefunden. Von JuraMed.«

»Wieso glauben sie, ich habe mit alldem zu tun?«

Susanna stieß einen langen Seufzer aus. »Das habe ich nicht herausbekommen. Laufende Ermittlungen – die Standardantwort.« Sie schnitt eine Grimasse. »Was ich weiß, in deinem Haus haben sie nichts gefunden, das dich belasten würde.«

Dich belasten. Angst brandete erneut wie eine Woge über sie.

Andrina beschloss, Susanna zu vertrauen. Sie brauchte dringend jemanden. »Ich weiß, sie haben das gesucht«, sagte sie und legte die Packung auf den Tisch.

Susannas Augen weiteten sich. »Wo hast du das her?«

»Aus unserem Medizinschränkchen, kurz bevor Max gekommen ist.«

»Seit wann war es dort?«

»Das weiß ich nicht. Ich vermute, der Einbrecher, der unseren Computer und meinen Laptop gestohlen hat, hat es dort deponiert. Früher oder später, hoffte er, werde man es finden, und es werde mich belasten.«

»Wieso versucht er dich als Tatverdächtige in den Fokus von Max und seinem Team zu bringen?«

»Er befürchtet, ich wisse zu viel. Ein zweiter Autounfall würde auffallen.«

»Wieso ein zweiter Autounfall?«

»Wie bei Enrico. Der Täter muss befürchtet haben, Enrico ist dem Grund für Gregors Tod und den gestohlenen Betäubungsmitteln zu nahe gekommen.«

VIERUNDZWANZIG

Andrina stellte das Velo ab und schaute zu Marcos Haus. Es brannte Licht in der Küche. Andrina hoffte, er sei zu Hause und das Licht habe sich nicht aufgrund der Zeitschaltuhr eingeschaltet.

Den Tag über hatte sie mit sich gerungen, ob sie nach Arbeitsschluss herfahren sollte. Wiederholt hatte Susanna sie gestern darum gebeten.

»Mir sind die Hände gebunden«, hatte sie gesagt. »Zum einen, weil ich krankgeschrieben bin, und ich möchte mich nicht mit Sämi anlegen. Das soll nicht heißen, dass ich nicht versuche, ihn davon zu überzeugen, auf dem Holzweg zu sein.«

Andrina steckte die Hände in die Jackentasche und ertastete die Packung mit dem Fentanyl. Da sie sich zu einem Entscheid durchgerungen hatte, wollte sie es so schnell wie möglich loswerden. Würde Marco ihr glauben, es erst vorgestern entdeckt zu haben?

Falls ja, welches Licht warf es auf Enrico? Andrina war weiterhin davon überzeugt, der Einbrecher, der die Computer gestohlen hatte, habe die Schachtel dort deponiert. Leider fehlten ihr die Beweise.

In der Küche wurde das Licht ausgeschaltet. Gleich darauf ging im oberen Stock Licht an. Entweder war es das Arbeitszimmer oder Andrés Zimmer. War André heute bei Marco? Unter der Woche?

Andrina freute sich für Marco und Gabi, einen Weg gefunden zu haben, wie sie in Zukunft miteinander umgehen wollten.

Andrina stieß sich von der Garagenwand ab und ging langsam auf das Haus zu. Sie zögerte, bevor sie auf die Klingel drückte.

Licht ging im Entrée an, und durch das Milchglasfenster sah Andrina eine Person zur Haustür kommen.

»Gabi?«, entfuhr es ihr, als sie und nicht Marco ihr öffnete.

Gabi war ähnlich überrascht. »Du hier?«

»Ist Marco da?«

»Noch nicht. Er hat vorhin angerufen, es werde später.«
Andrinas Irritation nahm zu. Wieso war Gabi im Haus?

»Möchtest du reinkommen und hier auf ihn warten? Ich
kann dir aber leider nicht sagen, wie lange es dauern wird.«

»Mami?« Hinter Gabi tauchte André im Pyjama auf. Seine
Haare waren nass. »Dina!«, rief er, als er Andrina erblickte.

»Komm rein. Es ist ungemütlich draußen.«

Andrina kam der Aufforderung nach. »Wohnt ihr zusammen?«, fragte sie.

»Nicht direkt«, erwiderte Gabi. »In der Wohnung über meiner hat es gestern einen Rohrbruch gegeben. Das Wasser ist
durch die Decke in mein Wohnzimmer getropft. Eine riesige
Sauerei. Bewohnbar ist sie nicht, hat der Vermieter erklärt. Ich
habe Marco gefragt, ob André bei ihm bleiben darf.«

»Und du?«

»Er hat mir auch Asyl gegeben.« Gabi schien von innen
heraus zu leuchten.

»Ich freue mich für euch.« Das klang lahm, obwohl sie es
meinte, wie sie es sagte.

»Das, was du denkst, ist es nicht.« Gabi errötete leicht.

Bist du sicher?

»Was möchtest du von ihm?«

»Ich brauche seinen Ratschlag.«

»Hängt das mit dem Fall zusammen?«

»Ich weiß, er ist nicht zuständig und darf nicht ermitteln,
aber ich weiß nicht weiter.«

Gabis Augenbrauen schossen hoch. Die Frage, wieso Andrina ausgerechnet Marco als Hilfe auserkoren hatte, hing unausgesprochen zwischen ihnen. Andrina wusste, wie seltsam
es anmuten musste.

»Du kannst gerne hier warten«, sagte Gabi.

»Ich gehe zuerst nach Hause, sehe dort nach dem Rechten
und komme auf dem Rückweg wieder vorbei.«

»Soll ich ihm sagen, dass du da warst?«

»Gerne. Kannst du ihm das bitte geben?« Andrina reichte Gabi die Medikamentenpackung.

»Was ist damit?«

»Er wird es wissen.«

Andrina spürte Gabis Blick auf ihrem Rücken, als sie zum Velo ging und es auf die Straße schob.

Fünf Minuten später erreichte sie ihr Haus. Im Gegensatz zu dem von Marco vermittelte es einen abweisenden Eindruck. Sie hätte während der Mittagspause und nicht bei Dunkelheit herkommen sollen.

Andrina ging zuerst nach oben. Sie seufzte, als sie die Unordnung im Arbeitszimmer erblickte. In den anderen Räumen war es ähnlich. Logischerweise hatten sie nach der Hausdurchsuchung nicht aufgeräumt.

Heute würde Andrina das ebenfalls nicht tun.

Sie kehrte ins Arbeitszimmer zurück und starrte die freie Fläche an, auf der normalerweise der Computer stand. Leere breitete sich in ihrem Inneren aus. Als sie am Nachmittag bei Enrico gewesen war, hatte er geschlafen. Obwohl Dr. Marti Zuversicht ausstrahlte, konnte Andrina es ihr nicht glauben, als sie sagte, Enrico habe »Grazie« gesagt. Sie musste es selbst mit eigenen Augen sehen und hören.

Andrina verließ das Arbeitszimmer und ging abermals durch die anderen Räume. Vor dem Medizinschränkchen neben der Badezimmertür lagen die Medikamente auf dem Boden. Erneut verspürte Andrina Erleichterung, weil keine weitere Fentanylschachtel bei den Medikamenten gewesen war.

Zweifel schob sich über die Erleichterung. War es schlau gewesen, die Packung bei Gabi zu lassen? Wenn Marco nicht so reagierte, wie Susanna es annahm, hatte Andrina ein Problem. Sie sollte zusehen, zu Marco zurückzukehren. Falls er noch nicht zu Hause war, würde sie warten.

Andrina schickte Seraina eine WhatsApp-Nachricht, dass es später werden würde, weil sie auf Marco warte, und steckte das Handy in ihre Jackentasche.

Sie löschte das Licht, verließ das Haus und blieb stehen. Mit einem Klicken fiel die Haustür hinter ihr ins Schloss. Etwas war anders. Sie brauchte einen Moment, bis sie begriff, was los war. Die Lampe neben der Haustür hatte sich nicht eingeschaltet. Das war bei ihrem Eintreffen nicht so gewesen.

Zurück ins Haus, dachte sie und geriet in Panik. Im Dunkeln war es schwer, mit dem Schlüssel das Schloss zu treffen. Bevor sie die Haustür ganz aufgestoßen hatte, wurde sie von hinten gepackt und nach vorne gedrängt. Ein harter Gegenstand bohrte sich zwischen ihre Schulterblätter.

»Keinen Mucks, sonst schieße ich«, sagte ein Mann dicht neben ihrem Ohr.

Die Tür fiel hinter ihnen ins Schloss.

»Hinlegen! Auf den Bauch.«

Der Lauf der Waffe drückte fester gegen ihren Rücken.

Andrina kam der Aufforderung nach.

»Arme auf den Rücken!«

»Bitte«, presste sie hervor.

Die Waffe wurde gegen ihren Rücken gestoßen.

Andrina drehte die Hände auf den Rücken. Das Knie des Angreifers bohrte sich in ihr Hohlkreuz. Es knackte im Rücken. Der Mann fesselte ihre Hände und anschließend ihre Füße. Er band ein Tuch über ihren Mund und zog es fest. Schmerzhaft schnitt es in ihre Mundwinkel. Er zerrte an ihrer Handtasche, die nach wie vor über ihrer Schulter hing. Der Riemen riss, und er warf die Tasche auf die Seite.

Eine Weile passierte nichts. Sie bemühte sich, im gleichmäßigen Tempo durch die Nase ein- und auszuatmen. Andrina lauschte. Außer dem schnellen Pochen ihres Herzens war nichts zu hören. Sie zitterte und meinte zu ersticken.

Nicht hyperventilieren. Atme gleichmäßig. Atme durch die Nase tief ein und aus.

Das war leichter gesagt als getan, weil ihr zusätzlich Panik den Hals zuschnürte.

War er noch da? Andrina drehte den Kopf auf die andere Seite. Ihre Augen hatten sich inzwischen an die Dunkelheit gewöhnt. Durch das Milchglasfenster leuchtete das Licht des halb vollen Mondes, und Andrina erkannte die Konturen der Garderobe und des kleinen Möbels daneben.

Unvermittelt wurde sie hochgehoben. Er warf sie über die Schulter, als sei sie leicht wie eine Feder. Sofort schnellte ihr Puls weiter nach oben.

Andrina wurde aus dem Haus getragen. Nach wenigen Metern erreichten sie ein Auto. Der Wagen stand neben der Garage und musste von den Büschen gut verdeckt sein. Selbst wenn jemand zufällig vorbeiging, würde er nicht sehen, was gerade passierte. Andrina gab erstickte Laute von sich und wand sich. Der Mann ließ sie in den Kofferraum fallen, und ein Schmerz schoss durch die Schulterblätter, als sie unsanft landete. Der Deckel schlug zu. Dunkelheit hüllte sie ein. Das Zuschlagen einer Autotür, und der Wagen fuhr an.

Es war eng im Kofferraum. Die angewinkelten Beine waren nach hinten verdreht und die Füße eingeklemmt. Sie begannen zu kribbeln. Andrina versuchte, die Position zu ändern, um den Rücken zu entlasten, was nicht ging. Sie meinte, keine Luft mehr zu bekommen, und es gelang ihr nicht, die Panik im Zaum zu halten.

Nicht hyperventilieren, befahl sie sich erneut. Du musst einen klaren Kopf behalten. Konzentriere dich lieber. Ihr Kopf wurde gegen die Wand gedrückt. Das hieß, sie bogen rechts ab. Der Wagen beschleunigte, bremste, hielt an und beschleunigte von Neuem. Wiederum wurde Andrinas Kopf gegen die Kofferraumwand gedrückt. Andrina gab auf zu zählen, wie oft sie abgebogen waren. Obwohl sie nicht lange unterwegs sein mussten, kam es ihr wie eine Ewigkeit vor. Der Fahrer gab Gas. Das Geräusch von Pneu auf nassem Asphalt. Sie mussten auf einer Autobahn sein.

Der Wagen bremste und bog scharf links ab. Gleich darauf hielt er an. Sekunden verstrichen, bevor das Auto sich erneut in Bewegung setzte. Das Fahrgeräusch änderte sich. Steine spickten gegen den Wagenboden. Es klang, als hätten sie die asphaltierte Straße verlassen und würden sich nun auf einer Schotterstraße befinden. Das konnte nichts Gutes bedeuten.

Das linke Hinterrad traf ein Schlagloch. Schmerzhaft schlug Andrina mit dem Kopf gegen die Wand des Kofferraums.

Andrina spürte ein Vibrieren in ihrer Jackentasche. Das Handy. Sie hatte es auf lautlos gestellt. Wer rief an? Seraina? Ihr hatte Andrina geschrieben, es werde später. Oder war es Marco? Wunderte er sich, wo sie blieb?

Unverhofft hielt der Wagen an. Der Motor erstarb. Das Zuschlagen einer Autotür. Schritte. Der Kofferraumdeckel klappte auf.

Zuerst war Andrina vom fahlen Licht des Mondes geblendet, der unmittelbar über ihr stand. Die Silhouette des Mannes schob sich davor. Er hielt etwas in der Hand. Es dauerte einige Sekunden, bis Andrina die Konturen des Gegenstandes zuordnen konnte: eine Waffe, die auf sie gerichtet war.

Andrina versuchte sich wegzudrehen, aber in dem engen Kofferraum war es nicht möglich. Ein Klicken. Er hatte die Waffe entsichert.

Tränen schossen Andrina in die Augen. Sie wollte nicht sterben. Rebecca!

Der Mann hielt die Waffe auf sie gerichtet. Sekunden verstrichen. Nichts geschah. Ein neues Klicken, und er senkte die Hand, die die Waffe hielt.

»Ich kann das nicht«, stieß er hervor. »Nicht schon wieder.« Er lehnte sich gegen den Kofferraum und legte den Kopf in den Nacken. Aus der Jacke kramte er eine Schachtel. Er entnahm ihr etwas und steckte es sich in den Mund. Ein Licht flammte auf. Ein Feuerzeug. Die kleine Flamme erhellte für einen kurzen Moment das Gesicht.

Luis, dachte Andrina entsetzt. Luis Imhof?

Luis und nicht Nathan?

Gierig zog er an der Zigarette, und Rauch wehte zu Andrina. Ihr würde übel. Nach endlos erscheinenden Sekunden schaute er Andrina an. Er steckte die Zigarette in den Mund und hob die Waffe.

Jetzt ist es aus. Dieses Mal schießt er, war Andrina sich sicher.

Das Handy in Andrinas Jackentasche meldete einen eingehenden Anruf. Wer versuchte ein zweites Mal, sie zu erreichen? Hoffentlich hörte Luis das Summen nicht.

»Ich wollte das nicht«, flüsterte er. »Gregor, ja. Er hat das bekommen, was er verdient.« Mit der Hand fuhr er durch die Haare. »Aber Enrico ... Warum musste er herumschnüffeln? Meine Mutter – sie hat mich verraten.« Er schaute Andrina an. Sein Gesicht lag wieder im Schatten. Zu gerne hätte sie seine Miene gesehen, um zu erkennen, wie entschlossen er war, die Waffe abzufeuern.

»Warum hat sie das getan?« Die Verzweiflung war spürbar. »Und nun du und Fadrina.«

Fadrina! Hatte er sie ... nicht weiterdenken.

»Und zusätzlich diese Zeugin.«

Jamila. War sie inzwischen auch tot?

»Wer sonst noch?«

Erwartete er eine Antwort von ihr? Mit dem Knebel im Mund würde sie ihm diese nicht liefern können.

»Wer weiß sonst davon?«, schrie er, und Andrina zuckte zusammen.

Luis ging vor dem Kofferraum auf und ab. Er nahm einen Zug und warf die Zigarette auf die Seite. Unvermittelt hielt er an und richtete die Waffe auf Andrina.

Dieses Mal, dachte sie und schloss die Augen. Würde es wehtun? Wie lange würde es dauern, bis sie tot war? Erneut sah sie Rebecca vor sich. Enrico drängte sich ins Bild. Sollte er es nicht schaffen, würde Rebecca eine Waise sein. Seraina würde für sie sorgen, war Andrina sich sicher. Wie groß würde die Wunde sein, die der Verlust der Eltern bei Rebecca hinterließ? So groß wie bei Andrina selbst? Rebecca war jung. Jünger als Andrina beim Tod ihrer Eltern. Die Erinnerungen an ihre Mutter würden verblassen.

Das Knirschen von Schritten drang in Andrinas Bewusstsein. Luis hatte sich vom Wagen entfernt. Sie hatte freie Sicht auf den Himmel mit dem Mond.

Angestrengt lauschte Andrina. Das Rauschen von Wind.

Nicht nur Wind, sondern auch das von Verkehr. Waren sie in der Nähe einer Autobahn?

War das ein gutes Zeichen, wenn er sich entfernt hatte? Würde er sie nicht erschießen?

Mach dir keine falschen Hoffnungen.

Die Luft, die über Andrina strich, war kalt. Andrina fror.

Ein Knall.

Danach herrschte Stille.

Andrina presste die Augen zusammen. Wo blieb der Schmerz? Nichts geschah. Ihr Herz pochte, und der Puls dröhnte in ihren Ohren.

Vorsichtig öffnete sie erst ein und danach das andere Auge. Nichts.

Nur die Schatten der Bäume, die sich gegen das helle Mondlicht abhoben.

War das kein Schuss gewesen? Andrina lauschte.

Nach wie vor nichts.

Ein Kauz schrie, und Andrina fuhr vor Schreck zusammen. Ein zweiter antwortete. Danach war es wieder ruhig.

Wo war Luis? Was hatte er vor?

Inzwischen war Andrina richtig kalt. Sie bebte am ganzen Körper. Die Schulter, auf der sie lag, schmerzte, und die Füße waren taub.

Wie viel Zeit nach dem Knall vergangen war, wusste sie nicht. Andrina vernahm das Knirschen von Kies und erstarrte. Schritte? Es war, als würde jemand neben dem Wagen auf und ab gehen. Nicht gehen, sondern schleichen. Luis? Näherte er sich, oder entfernte er sich? Andrina wagte nicht, zu atmen. Waren das überhaupt Schritte? Oder bildete sie es sich nur ein? Sie konzentrierte sich. Nichts. Nur das Geräusch des Windes und des Verkehrs. Wieso rührte Luis sich nicht? Worauf wartete er?

Der Mond war gewandert und schien Andrina ins Gesicht. Nie hatte sie angenommen, Mondlicht könnte blenden.

Der Wind frischte weiter auf. Wolken verdeckten den Mond,

und augenblicklich setzte Regen ein. Die Feuchtigkeit drang durch den Stoff ihrer Jeans, der sich unangenehm auf der Haut anfühlte. Bald würde die Jacke ebenfalls durchnässt sein. Wie lange würde sie es bei diesen Temperaturen aushalten, wenn sie sich nicht bewegte?

Als Andrina am Abend zu ihrem Haus gekommen war, hatte das Thermometer sieben Grad angezeigt. Inzwischen war es kälter geworden.

Ein schwacher Lichtstrahl schob sich in die Dunkelheit, und Andrina brauchte einige Sekunden, bis sie verstand, welche Lichtquelle der Grund dafür war. Irritiert drehte Andrina den Kopf, so weit es ging. Das Licht wurde intensiver. Das schwache Geräusch eines Motors drang an ihr Ohr. Das Geräusch näherte sich. Kurz darauf hörte sie Pneus auf Kies.

Die Freude, dass jemand kam, wurde von Angst überdeckt. Wartete Luis auf seinen Komplizen? Nun verstand sie, weshalb er sie nicht erschossen hatte. Er musste ihn verständigt haben. Da sie nicht gehört hatte, wie er telefonierte, musste das per WhatsApp oder SMS geschehen sein.

Was hatte er vor?

Der Wagen hielt an, und Andrina hörte den Motor im Leerlauf. Sekunden verstrichen, in denen nichts passierte. Wieso ging Luis nicht auf den Ankommenden zu?

Das Motorgeräusch erstarb. Neue Stille setzte ein, die hin und wieder vom Rascheln der Blätter im Wind unterbrochen wurde.

Das Öffnen und das Zuschlagen einer Autotür. Neue Stille.

Ein Klicken. So was hatte Andrina heute schon mal gehört. Der Ankömmling war bewaffnet. Andrinas Puls schnellte in die Höhe. Luis hatte jemanden geholt, der es übernahm, Andrina zu töten.

Schritte näherten sich.

Langsam.

Die Silhouette einer Person schob sich über den Kofferraum.

Fertig aufgeräumt. Nichts erinnerte mehr an die Durchsuchung der Polizei. Andrina ging in die Küche und bereitete sich einen Tee zu.

Bevor sie Rebecca abholte, würde sie ins Spital fahren. Gestern war Enrico zum ersten Mal in ihrer Anwesenheit wach gewesen. Lange hatte er sie angeschaut, bevor er die Augen geschlossen hatte und eingeschlafen war. Endlich konnte sie selbst die Fortschritte sehen, die er machte, was sie vom Schrecken ablenkte, den sie im Lostorfer Wald erlebt hatte.

Das Zuschlagen von Wagentüren ließ sie jedes Mal zusammenzucken, und sie dachte an die Panik, die sie vorgestern erfasst hatte, als sich jemand zu ihr in den Kofferraum gebeugt hatte. Das Licht einer Handytaschenlampe, das die Person eingeschaltet hatte, hatte sie geblendet.

»Andrina, Gott sei Dank!« Die Taschenlampe war zur Seite geschwenkt, und sie hatte Marco erkannt.

Wie sie inzwischen wusste, hatte Gabi Marco von Andrinas Besuch erzählt. Er war beunruhigt gewesen, weil sie allein zum Haus gefahren war, besonders nachdem Gabi ihm das Fentanyl gezeigt hatte. Da sie auf sich warten ließ, war er nachschauen gegangen und hatte das Haus dunkel vorgefunden. Daraufhin hatte er Seraina angerufen und gefragt, ob Andrina bei ihr sei. Bei beiden hatte die Beunruhigung zugenommen. Seraina hatte ihm von der »Finde mein Handy«-App erzählt, die sie auf Andrinas Handy installiert hatte.

Andrina war zuerst dagegen gewesen, da sie nicht an den Nutzen einer solchen App geglaubt hatte.

»Wozu?«, hatte Andrina erwidert.

»Damit man dich finden kann, falls dir etwas passiert.«

Nun war sie froh darüber, weil Seraina sich durchgesetzt hatte.

Da der Punkt sich im Lostorfer Wald befand, sahen sie sich

in der Befürchtung bestätigt. Seraina hatte Marco einen Screenshot geschickt, und er war sofort losgefahren. Unterwegs hatte er Verstärkung angefordert. Die Kollegen waren eingetroffen, als Marco Andrina aus dem Kofferraum geholfen hatte. Auf der anderen Seite des Wagens entdeckten sie den schwer verletzten Luis. Als er bei dem Suizidversuch abgedrückt hatte, war seine Hand im letzten Moment zur Seite gezuckt. Soweit Andrina wusste, war er außer Lebensgefahr, lag aber weiterhin auf der Intensivstation. Woher er die Waffe hatte, war bisher unklar. Einen Waffenschein besaß er gemäß Marco nicht. Er vermutete, Luis habe die Waffe illegal erworben.

Andrina stand auf und klappte energisch den Geschirrspüler zu, um das vor ihrem inneren Auge aufgetauchte Bild zu vertreiben.

Es war Zeit zu gehen. Andrina nahm den Autoschlüssel und lief zu ihrem Wagen.

Sie bog beim Brügglifeld in die Bachstraße ab und fuhr langsam hinter einem Velo her, das sich an der nächsten Kreuzung links hielt.

Andrina fuhr in die Tellstraße und erreichte das Parking beim Spital. Vom zweiten Deck lief sie die Metalltreppe nach unten.

Erstaunt blieb Andrina beim Zebrastreifen stehen, als sie Marco erblickte, der ihr entgegenkam.

»Was machst du hier?«, fragte sie.

»Ich … Ich habe Enrico besucht.«

»Du warst bei Enrico?«

»Es wurde höchste Zeit.«

Wie würde Enrico darauf reagiert haben?

»Er hat geschlafen«, fuhr Marco fort. »Hast du kurz Zeit?«

Nein, dachte Andrina. Sie wollte so schnell wie möglich zu Enrico. Wenn er allerdings schlief, konnte sie kurz mit Marco reden.

»Ja.«

Sie überquerten den Zebrastreifen und fanden eine Bank unter einem Baum.

»Inzwischen haben wir den Fall so weit rekonstruiert und den

Grund herausgefunden, wieso Luis Imhof diesen Rachefeldzug unternommen hat.« Marco rutschte auf der Bank herum, bis er schräg zu ihr saß. »Ich finde, du solltest das wissen, nach allem, was geschehen ist.«

Wollte sie das? Andrina traute ihrer Stimme nicht und schwieg. Marco schien es als Zustimmung aufzufassen.

»Gregor Hartmann und Albert Klein waren enge Freunde, wie du weißt.«

»Albert Klein?«, unterbrach Andrina ihn. »Wieso heißt Luis mit Nachnamen Imhof?« Inzwischen wusste sie, dass es sich bei Luis um Martha Kleins Sohn handelte.

»Er hat den Namen seiner Frau angenommen, als sie vor einem Jahr geheiratet haben. Seine Frau gibt an, von allem nichts geahnt zu haben.«

Luis war verheiratet gewesen? Das hatte Andrina nicht gewusst. Sie empfand Mitleid mit der Frau, die erfahren musste, dass ihr Mann mehrere Verbrechen begangen hatte, und wollte sich nicht ausmalen, wie schlimm es für sie sein musste.

»Gregor war mit Luis' Vater befreundet?«, nahm Andrina den Faden wieder auf.

»Ja. Sie sind sich auf einer Fachmesse begegnet. Aus dem Geschäftskontakt entwickelte sich eine enge Freundschaft.«

»Das heißt, Luis und Gregor kannten sich auch?«, unterbrach Andrina Marco.

»Das stimmt. Sie hängten es in der Firma nicht an die große Glocke, und ich bezweifle, dass es den meisten klar war.«

Andrina überlegte, ob Enrico etwas in dieser Richtung verlauten lassen hatte, konnte sich aber nicht daran erinnern. Falls es ihm bewusst war, hatte er Luis eindeutig nicht im Verdacht.

»Gregor Hartmann hat Luis zu der Stelle bei JuraMed verholfen, wenn ich das, was Herrn Hartmanns Tochter erzählt hat, richtig verstanden habe. Nach dem Tod von Luis Imhofs Vater hatte Gregor Schuldgefühle, obwohl alle sagten, er konnte nichts dafür. Als Luis auf der Suche nach einem neuen Job war, hat er ihn deshalb dabei unterstützt. Julian Schäfer fand Luis geeignet für sein Team.«

»Wie lange arbeitete Luis bereits bei JuraMed?«

»Drei oder vier Monate. Wie gesagt, sie hängten es nicht an die große Glocke, damit es nicht nach Vetternwirtschaft«, Marco malte mit den Händen Anführungszeichen in die Luft, »aussah.«

»Hat niemand gemerkt, wie es in Luis gebrodelt hat?«, hakte Andrina nach.

»Die Leute, die wir befragt haben, sagen Nein. Sie gingen stets freundlich miteinander um. Luis Imhof hat es verstanden, sich unter Kontrolle zu behalten. Auch seine Frau hat er getäuscht. Sie gab an, wie froh sie gewesen war, dass die beiden sich ausgesöhnt hatten.«

Es entstand eine Pause.

»Gregor Hartmann und Albert Klein waren, wie gesagt, eng befreundet«, setzte Marco das Gespräch fort. »Sie haben regelmäßig etwas unternommen. Dazu zählten auch gemeinsame Reisen. Im vergangenen Juni sind sie nach Australien gereist. Albert Klein wollte bei dieser Gelegenheit seinen ehemaligen Kollegen in Sydney einen Besuch abstatten. Wie du weißt, hat er bei der Entwicklung des Gegenmittels gegen das Gift der Sydney-Trichternetzspinne mitgewirkt.«

Andrina nickte.

»Damals hatte er in Australien seine Frau kennengelernt. Sie haben dort geheiratet. Später bekamen sie einen Sohn.«

»Luis. Wieso sprach Martha von Nathan?«

»Sein zweiter Vorname ist Luis. Ihm gefiel der Rufname Nathan nicht. Zu biblisch. Als sie in die Schweiz kamen, bestand er darauf, Luis genannt zu werden. Nur seine Mutter blieb hartnäckig bei Nathan.«

Marco nieste zweimal und holte ein Taschentuch hervor.

»Gregor ist mit ihnen nach Australien geflogen?«, nahm Andrina das Gespräch wieder auf, nachdem er sich geschnäuzt hatte. »Ich erinnere mich dunkel, wie Enrico erzählt hatte, Gregor habe für drei oder vier Wochen Ferien genommen, um nach Australien zu reisen. Als er zurückkam, hat er so gut wie nichts von der Reise erzählt.«

»Das verwundert mich nicht. In Sydney blieben sie eine Woche und haben sich ein Ferienhaus gemietet. Am Abend wollten sie grillieren. Luis ist mit seiner Mutter und seiner Frau einkaufen gegangen, und die beiden anderen wollten den Grill vorbereiten. Als sie in den Schuppen gingen, um den Grill zu holen, fiel die Tür zu, und der Riegel klappte von außen herunter. Albert machte Licht. Neben dem Lichtschalter saß eine Sydney-Trichternetzspinne, die die beiden nicht bemerkt hatten, als sie den Schuppen betreten hatten. Sie hat ihn gebissen.«

»Und Gregor konnte keine Hilfe holen, weil die Tür zu war«, folgerte Andrina.

»Genau. Wertvolle Zeit ist verloren gegangen. Sie hatten kein Handy. Das lag auf dem Terrassentisch. Gregor Hartmann hat Albert den Arm abgebunden und vergeblich versucht, aus dem Schuppen zu gelangen«, fuhr Marco fort. »Luis hat die Tür von außen geöffnet, als er und seine Mutter nach einer Stunde zurückkehrten. Zu diesem Zeitpunkt war Albert Klein nicht mehr zu retten. Gregor Hartmann konnte nichts für die Verkettung der unglücklichen Umstände.«

»Das hat Albert Kleins Sohn offenbar anders gesehen.«

»So ist es. Er steigerte sich in die Schuldzuweisung hinein und behauptete sogar, Gregor habe seinen Vater absichtlich in den Schuppen gelockt, damit die Spinne ihn beißt. Weder seine Mutter noch seine Frau konnten ihm diese Hirngespinste ausreden. So kam alles ins Rollen. Luis schwor bei der Beerdigung Rache.«

»Gregor sollte auf die gleiche Art sterben wie sein Vater«, sagte Andrina und schauderte. »Wie kommt er an so eine Spinne? Ich gehe davon aus, es ist nicht einfach, ein solches Tier zu besorgen oder überhaupt ein Wildtier aus Australien auszuführen.«

»Das ist so. Du brauchst eine Ausfuhrgenehmigung für alle wild vorkommenden Tiere. Wie sich das bei einer Trichternetzspinne verhält, weiß ich nicht. Leider gibt es genügend Gelegenheiten, illegal Handel zu betreiben.«

»Wenn man es will, bekommt man alles hin.«

»Genau das meine ich. Wir wissen noch nicht alle Details.«

»Wie hat er die Spinnen in Gregors Wohnung geschmuggelt?«

»Dazu können wir zum jetzigen Zeitpunkt nur Vermutungen anstellen«, antwortete Marco. »Sobald Herr Imhof vernehmungsfähig ist, erfahren wir hoffentlich mehr. Ein mögliches Szenario wäre dieses: Am Mittwoch vor seinem Tod ist Herr Hartmann früher nach Hause gegangen, da es ihm nicht gut ging. Von Frau Jäger wissen wir, dass Luis Imhof die Firma frühzeitig verließ mit der Begründung, er habe einen Termin.«

»Was nicht stimmte.«

»Davon gehen wir aus. Ein Anwohner des Aareparks gab an, so einen Wagen, wie ihn Herr Imhof fährt, am frühen Abend auf dem Besucherparkplatz gesehen zu haben.«

»Einen Volvo?«

»Er fährt keinen Volvo, sondern einen VW, wieso?«

»War nur eine Idee.« Der Volvo mit dem Elch-Sticker war ein Produkt ihrer Phantasie, war Andrina inzwischen überzeugt. Dieser Wirrwarr im Traum war aufgrund der Ereignisse kein Wunder.

»Du willst damit sagen, Luis war bei Gregor zu Besuch – unter dem Vorwand, zu schauen, wie es ihm geht?«, fuhr sie fort.

»Ja. Bei dieser Gelegenheit hat er die Spinnen deponiert.«

»Und wieso die Rotrückenspinne?«

»Hierzu können wir ebenfalls nur Spekulationen anstellen. Seine Frau hat berichtet, er habe einmal erwähnt, wie schwer es ihm fiel, seine Mutter in schwarzer Kleidung zu sehen. Sie habe es nicht verdient, so früh Witwe zu werden.«

»Schwarze Witwe«, sagte Andrina. »Du meinst, die Spinne stand als Symbol für seine Mutter?«

»Wir vermuten es. Sie war ein Zeichen, dass er sich für seine Mutter gerächt hat. Ich weiß, das klingt eigenartig. Ich muss dir nicht erklären, welche seltsamen Gedankengänge und Motivationen für Verbrechen mir in meinem Job bereits begegnet sind, die wir nicht nachvollziehen können.«

Das stimmte. Andrina schob mit dem Fuß ein Blatt vor der Bank hin und her. »Wieso hat er das Fentanyl gestohlen und warum der Anschlag auf Enrico und der Mord an seiner Mutter? Ich nehme an, der Mord geht ebenfalls auf sein Konto.«

»Das ist richtig. Nach dem Wirbel, den das Auffinden der beiden Spinnen verursacht hatte, fand er, dass der Mord mit der Spinne zu offensichtlich war und ihn in den Fokus der Ermittlungen rücken könnte. Von Luis Imhofs Frau wissen wir, dass seine Mutter mehrmals fragte, ob er dahintersteckte. Das Fentanyl sollte vermutlich als Ablenkung dienen. Ob das so ist, werden wir ihn hoffentlich bald fragen können.«

»Ich weiß, er hatte einen Schlüssel, aber er hatte zu diesem Zeitpunkt Ferien, wenn ich mich richtig erinnere.«

»Die er zu Hause verbracht hat. Luis konnte nachts ins Gebäude. Er wusste von der Kamera beim Seiteneingang, die kaputt war, und er wusste, wie man die Alarmanlage abstellt. Das Ganze hatte in seinen Augen einen netten Zusatzeffekt. Er hat sich Geld dazuverdient.«

Andrina schaute ihn verständnislos an.

»Er hat gedealt. Gegenüber seiner Frau hat er einmal angedeutet, es habe sich ihm eine Quelle aufgetan, damit sie den Umbau ihrer Wohnung finanzieren konnten. Als sie nachfragte, meinte er nur, sie solle sich überraschen lassen.«

Unmittelbar tauchte die Szene beim Räbeliechtliumzug vor Andrinas Augen auf, als sie die beiden Männer beobachtet hatte. Die beiden Männer, die einander die Couverts gaben. Damals hatte sie ihn nicht erkannt, aber im Nachhinein wurde es ihr klar. Der eine der beiden war Luis gewesen. Enrico hatte früher einmal erzählt, seine Cousine lebe in Erlinsbach und habe einen kleinen Sohn im Kindergartenalter.

»Er hat gemerkt, wie lukrativ das Ganze war«, fuhr Marco fort.

»Er hat Nachschub geholt«, sagte Andrina. »Dabei hat er den Schlüsselanhänger verloren.«

Marcos Handy klingelte. Er schaute aufs Display und drückte das Gespräch weg. »Enricos Fragen wurden ihm zum Verhängnis. Luis Imhof muss befürchtet haben, entlarvt zu werden. Wir gehen davon aus, er lockte Enrico unter einem Vorwand aus dem Gebäude von JuraMed und verübte den Anschlag auf ihn.«

Warum seine Mutter sterben musste und er Andrina töten wollte, brauchte Marco nicht auszuführen. Sie erinnerte sich an den Abend, als Fadrina ihr das Aquarium im Keller von JuraMed gezeigt hatte. Luis war bei der Sitzung gewesen und musste Andrinas und Fadrinas Gespräch gehört haben, als sie zu Fadrinas Büro zurückkehrten.

»War er auch derjenige, der mich auf der Bachstraße abgedrängt hat?«, fragte Andrina.

»Das kann ich nicht beantworten. Ich glaube allerdings, das war jemand, der nicht aufgepasst hat und nicht bemerkte, wie er dich streifte. Bisher haben wir den Fahrer nicht finden können. Entsprechende Hinweise an Luis Imhofs Wagen haben wir jedenfalls nicht festgestellt. Dort sind nur Spuren von dem Anschlag auf Enrico.«

»Was ist mit den Kontrollanrufen bei Jamila und mir? Wollte Luis herausfinden, ob ich zu Hause bin?«

»Das wissen wir ebenfalls nicht. Hierzu erhalten wir hoffentlich Klarheit, wenn wir ihn vernehmen können.«

Eine Pause entstand, in der ihr noch etwas in den Sinn kam.

»Hat Luis Viola Hartmanns Wagen verunstaltet?«

»Nein. Das war sie selbst.«

»Sie selbst?«, rief Andrina erstaunt.

»Viola Hartmann wollte es Lucia Widmer in die Schuhe schieben.«

»Wieso das?«

»Sie gab ihr die Schuld am Tod ihres Vaters und glaubte, die Ermittlungen in die richtige Richtung lenken zu müssen. Sie hat eine Spraydose auf das Parkfeld gestellt und wartete auf jemanden, der sie zur Seite stellte, damit es Fingerabdrücke darauf hatte.«

»Ich habe ihr diesen Gefallen getan.«

»Als du zu Jamilas Briefkasten gingst, hat sie ihr Auto besprüht.«

»Das ist unglaublich«, rief Andrina. »Die hat Nerven. Es hätte jederzeit jemand vorbeikommen können.«

»Du sagst es. Die bühnenreife Inszenierung wird jedenfalls noch Konsequenzen haben.«

Andrina zögerte. »Hat Lucia ihre beiden früheren Ehemänner auf dem Gewissen?«, stellte sie die Frage, die sie die ganze Zeit beschäftigt hatte.

»Frage mich bitte etwas Leichteres. Max ist nochmals durch die Akten von damals gegangen. Ihm ist nichts Verdächtiges aufgefallen, und er geht davon aus, es sei eine Verkettung unglücklicher Umstände gewesen. Es wird keine neuen Untersuchungen geben.« Marco stand auf. »Ich sollte los, damit ich nicht zu spät zum Arzt komme.«

»Zum Arzt?« Andrina erhob sich ebenfalls.

»Na ja, nicht ich selbst. André ist gestern die Treppe hinuntergefallen. Der Arzt wollte ihn heute noch einmal sehen. Ich habe Gabi versprochen, das zu übernehmen.«

Gabi wohnte offenbar weiterhin bei ihm. Es würde länger dauern, bis sie in ihre Wohnung zurückkonnte. War es als Neuanfang zu werten? Andrina hoffte es für die beiden, dass sie wieder zueinandergefunden hatten.

Und es hatten sich noch zwei andere gefunden, wie Andrina inzwischen erfahren hatte. Damals an dem Abend war es Jamila gewesen, die sie bei Dario gesehen hatte. Sie hatten einander über eine Dating-Plattform kennengelernt. Kurz darauf hatte Jamila herausgefunden, von Gregor schwanger zu sein. Dario machte es nichts aus, und ihre Beziehung vertiefte sich. Sie hatte es Andrina nicht erzählt, weil es ihr Andrina gegenüber peinlich gewesen war, auf einer solchen Plattform unterwegs gewesen zu sein.

Die ältere Frau, die später gekommen war, war eine Bekannte von Darios Vater gewesen. Nach dem Mord an seinem Vater vor über einem Jahr fühlte sie sich verpflichtet, Dario hin und wieder einen Besuch abzustatten.

Marco küsste Andrina auf beide Wangen. »Bitte grüße Enrico, falls er wach ist. Ich drücke ihm die Daumen und bin sicher, es wird gut kommen.«

Nachdem Marco aus Andrinas Blickfeld verschwunden war, stand sie auf und ging zu dem Gebäude, in dem Enrico lag. Sie fuhr mit dem Lift auf die Station. Als sie den Korridor entlanglief, kam ihr ein Pfleger mit einem Wagen entgegen, auf dem Tablette mit gebrauchtem Geschirr standen. Andrina trat auf die Seite, um ihn vorbeizulassen.

Moment mal. War das nicht der sich verdächtig verhaltende Pfleger, den sie neulich bei Enrico angetroffen hatte?

Der Mann hielt an, klopfte an eine Tür und verschwand in dem Raum. Kurz darauf erschien er mit einem Tablett, auf dem ein schmutziger Teller, ein Glas und eine Tasse standen.

»Hey, Lara, alles klar?«, grüßte er eine Pflegerin, die an ihm vorbeiging.

»Ja, und bei dir?«

»Ich kann nicht klagen.« Er setzte seinen Weg fort.

»Frau Bianchi, kann ich Ihnen helfen?«, fragte Lara Andrina.

»Nein. Alles gut, vielen Dank.« Andrina betrat das Zimmer. Enrico hatte die Augen geschlossen. Andrina zog einen Stuhl heran. Als sie aufschaute, bemerkte sie seine geöffneten Augen. Die Lippen bewegten sich.

»Ciao, Amò.«

Das war fast nicht hörbar gewesen. Ein Glücksgefühl durchströmte Andrina. Sie beugte sich vor und küsste Enrico. Seine Mundwinkel zuckten leicht. War das ein angedeutetes Lächeln? Sogar in den Augen meinte sie ein Funkeln zu erkennen.

Würde doch alles wieder gut werden?

Ja, sagte sie sich. Sie musste nur fest daran glauben.

Rezepte

Jamilas Couscous

Zutaten
4 dl Bouillon
200 g Couscous
20 g Butter
50 g Rosinen
50 ml Orangensaft
75 g Mandelstifte
80 g getrocknete Aprikosen
4 bis 5 Datteln
15 bis 20 Pfefferminzblätter
½ TL Kreuzkümmel
1 TL Zimt
½ TL Cayennepfeffer
½ TL Kardamom

Zubereitung
Die Bouillon aufkochen. Das Couscous hinzugeben und quellen lassen. Die Butter hinzugeben und mit dem Couscous vermengen. Die Rosinen im Orangensaft einweichen. Die Mandelstifte ohne Fett anrösten. Die Aprikosen und die Datteln in kleine Stücke schneiden und die Minzblätter hacken. Die Gewürze, die Pfefferminzblätter, die Früchte und den Orangensaft mit den Rosinen in das Couscous geben und alles mischen.

Serainas Kartoffelsalat

Zutaten
1 bis 1,5 kg festkochende Kartoffeln
1 bis 1,5 dl Bouillon
3 EL Essig
150 g Joghurt
2 bis 3 EL Mayonnaise
½ EL Senf
Pfeffer
1 kleine rote Zwiebel
1 bis 2 Frühlingszwiebeln
7 bis 10 Cornichons
4 Radiesli
Schnittlauch
Peterli

Zubereitung
Die Kartoffeln kochen, nach dem Abkühlen schälen und in circa
2 Zentimeter dicke Scheiben schneiden. Die Bouillon und den
Essig mischen und über die Kartoffeln gießen. Ziehen lassen. In
der Zwischenzeit für die Marinade den Joghurt, die Mayonnaise
und den Senf mischen und nach Geschmack mit Pfeffer würzen.
Die Kartoffeln mit der Marinade mischen.
Die Zwiebel in kleine Stücke schneiden. Die Frühlingszwiebeln
und die Cornichons in dünne Scheiben schneiden. Die Radiesli
in schmale Scheiben raffeln. Schnittlauch und Peterli klein hacken. Alles unter die Kartoffeln mischen.
Vor dem Servieren den Salat mindestens zwei Stunden ziehen
lassen.

Glossar

Badi – Freibad
Biecht (Mundart) – Raureif
Bise – Nordostwind im Schweizer Mittelland
Block – Mehrfamilienhaus
Cipollata – kleine Kalbsbratwürste
Couvert – Briefumschlag
Dove hai fatto gli appunti? (italienisch) – Wo hast du Notizen
gemacht?
Duvet – Bettdecke
et voilà – sieh da
Finken – Hausschuhe
Gestell – Regal
Gotti – Patentante
Guetzli – Weihnachtskekse
hoi (Mundart) – hallo
Hosensack – Hosentasche
Ich ghöre es Glöggli. – Ich höre ein Glöckchen. (Schweizer
Kinderlied)
Kittel – Anzugsjacke
Liechtli (Mundart) – Lichter
Meteo – Schweizer Wetterdienst
Parkbillett – Parkticket
Peterli – Petersilie
Plättli – Fliesen
Pneu – Autoreifen
Räben – Rüben
Radiesli – Radieschen
Sackgeld – Taschengeld

Schoggistängel – Schokoladenriegel
Spital – Krankenhaus
Spitex – spitalexterne Hilfe und Pflege für zu Hause
Tablar – Regalbrett
Trottoir – Bürgersteig
Velo – Fahrrad
Vermicelles – Schweizer Dessert aus Kastanienpüree
Wähe – flacher Kuchen mit süßem oder salzigem Belag
Zehnräppler – Zehn-Rappen(Cent)-Münze
Znacht – Nachtessen

Die Kriminalromane von Erfolgsautorin Ina Haller im Überblick

Alle Titel sind auch als eBook erhältlich.

Krimis mit Andrina Kaufmann

Tod im Aargau
ISBN 978-3-95451-076-4

Gift im Aargau
ISBN 978-3-95451-264-5

Der Metzger von Aarau
ISBN 978-3-95451-483-0

Schatten über dem Aargau
ISBN 978-3-95451-796-1

Aargau-Fieber
ISBN 978-3-7408-0058-1

Der Fluch von Aarau
ISBN 978-3-7408-0284-4

Aarauer Finsternis
ISBN 978-3-7408-0513-5

Nebel im Aargau
ISBN 978-3-7408-0925-6

Aargauer Abgründe
ISBN 978-3-7408-1259-1

Verschwunden im Aargau
ISBN 978-3-7408-1587-5

www.emons-verlag.de

Krimis mit Samantha Kälin

Rüebliland
ISBN 978-3-7408-0631-6

Chriesimord
ISBN 978-3-7408-0791-7

Chienbäse
ISBN 978-3-7408-1123-5

Liestaler Gold
ISBN 978-3-7408-1439-7

Liestal in Flammen
ISBN 978-3-7408-1758-9

www.emons-verlag.de